追夫心切

2

江邊晨露 著

風文創 425

風 文創

目錄

第二十一章 尋親

四月中旬──

「文卿，這是西陵郡今年童子試的過試名單，我抄錄了一份，妳看看。」

凌宇軒又一次前來拜訪六姊劉夫人，遞給肖文卿一張摺起來的紙，英俊的臉上流露興奮。因為有了這份名單，他父親終於同意他陪同肖文卿返鄉尋親，同時帶上聘禮，並親自寫書信，請當地知縣當媒人說親。

「我弟弟們是不是有考中的了？」肖文卿急切地問，接過凌宇軒遞來的紙張打開來看。

第一名，肖文聰……

肖文卿不敢置信地眨眨眼，懷疑自己看錯了、或者上面寫錯了。雖然她小弟參加了童子試，但沒有人認為他能考出好成績，他畢竟才十一歲，書讀得好不代表文章和答題就好。

「西陵郡今年的秀才第一名叫肖文聰。這裡出了一名十一歲的天才案首，連皇上都知道了，還說，如果秋闈的時候這小秀才考中舉人，明年春闈又考中進士，他豈不是有了一個十二歲的臣子？要是這孩子能連中三元，他就加封這孩子的父母。」凌宇軒笑道，俊臉神采飛揚。文卿的這個弟弟簡直是文卿的大福星、他們的及時雨，他將來一定要幫助這個小舅子好好地在仕途發展。

「西陵郡童子試的案首是文卿的弟弟？十一歲？」劉夫人傾身問道，一臉震驚。肖家復興得太快了，遠遠超過她的想像。

「是。」凌宇軒道。本來皇上是不會對地方童子試上心的，可是他父親和皇上私交不錯，他央求父親的事情皇上也知道了。皇上和丞相都透過不同管道詢問西陵郡今年童子試的結果，西陵郡那邊自然是結果一出來馬上快馬飛報京城。

知道西陵今年的新進秀才名單，又有凌宇軒在一邊解說，皇上讓吏部查找一下開國以來幾位元肖姓官員的資料，然後知道了肖家近況。凌宇軒乘機述說自己和肖文聰姊姊肖文卿的事情，請皇上准許他送肖文卿回鄉，並向肖家求親。

皇上沈吟一會兒便同意了，並讓人取來一對巴掌大的黃金大雁，說是賞賜給他的，讓他拿去下聘。

「文卿，祝賀妳。宇軒，大喜呀！」劉夫人喜悅地說道。皇上恩准，凌宇軒和肖文卿的婚事便是板上釘釘的事情了；這樣肖文卿嫁入丞相府，丞相夫人也不敢欺負她，因為肖文卿是皇上賜了黃金大雁的人。

肖文卿激動得左手顫抖地拿著名單，右手捂住自己發燙的臉龐。肖家終於要復興了，她太幸運了。

「文卿，妳再看看後面。」凌宇軒提醒道：「西陵今年錄取的秀才，第三十五名是肖文樺，第四十二名是肖文楓。」一門三秀才，其中一位還是案首，肖家這一回在當地聲名大噪；連皇上和他父親凌丞相看了名單都很驚訝，認為肖家守寡的甯氏善於教子。

「天啊，文卿，妳肖家真的要興旺了。」劉夫人捂著心口激動地說道。一門三秀才，而且還是同一年中的，最大的十七歲，最小的十一歲，只要這三人不出意外，肖家肯定能復興。

「宇軒，宇軒，我們可以去西陵了是不是？」肖文卿急切地問道。宇軒遲遲無法成行，應該就是他的父親丞相大人還在評估她的家世和她家族的未來。

「是，皇上已經准了我半年假，我會帶上聘禮護送妳返鄉尋親。」凌宇軒道：「我那邊都準備好了，妳這邊只要收拾一下行李就行。」因為不管有沒有這個好消息，他都決定求親下聘，所以東西一早就開始準備了。

肖文卿還沒來得及說話，劉夫人敲了敲桌子，提醒兩個興奮的年輕人。「宇軒，孤男寡女同行有違禮俗，文卿是要嫁入丞相府的，婚前的清譽非常重要。」

凌宇軒和肖文卿被她提醒，頓時冷靜了下來。

劉夫人道：「大家閨秀出遠門需要有人伺候，丫鬟、婆子不能少，還必須安排兩個以上的忠心老僕。文卿，妳桂香院的兩個丫鬟和四個媳婦婆子，妳都帶上，我讓老爺再幫妳找兩個有出門經驗的穩重老僕。」她伸手阻止肖文卿說話，繼續道：「長途跋涉，主人和下人攜帶的衣物用具很多，再怎麼精簡也還是需要四、五輛馬車。」

「六姊，這太多了。」凌宇軒無奈道，加上他準備的聘禮，那豈不是要組成一支車隊？

去西陵的路途很遙遠，有些地方陸路不通必須走水路，換車換船非常不方便。

經歷過黃林知府之女遠嫁的肖文卿知道劉夫人說的有道理，還是問道：「夫人，我只帶上水晶和瑪瑙就夠了，帶上的人越多，需要攜帶的行李就越多。我相信凌大人會帶上一些男僕的，夫人不用擔心我的閨譽。」

凌宇軒立刻道：「文卿說得對，六姊，她就只帶水晶和瑪瑙吧，我會另外安排兩個女衛保護文卿。」

「這樣啊……」劉夫人躊躇了一下，點頭道：「那就這樣吧。」反正到了西陵長河鎮肖家，肖家夫人會再為文卿添置丫鬟、婆子的。

凌宇軒見她同意，便對肖文卿道：「妳快回院子收拾，我們後天一早就出發。」

「嗯。」肖文卿頷首。她回到院子之後要吩咐丫鬟、婆子幫她打包行李，她還要寫信給一些已經和她很熟悉的世家千金們，告訴她們她返鄉尋親了，請她們勿牽掛；最好明天能和乾娘見一面，把自己返鄉的事情告訴乾娘。

劉夫人掩嘴輕笑，宇軒已經等得不耐煩了，急著要去下聘訂親，然後趕回來準備婚禮，好早點把肖文卿娶回家。

坐車乘船，一路向西南，日夜兼程，肖文卿和凌宇軒轉眼離開京城已經有一個月。一艘大客船上，他們坐在船艙裡對弈消磨旅途的無聊。

「西九北五路，宇軒，你又輸了。」肖文卿拈著一枚黑棋子落在棋盤的西九北五路上，頓時圍死凌宇軒一大片白棋。

「我又輸了。」凌宇軒坦然地認輸。他少年時因為花大量的時間練武，「文」這一面就落下了，琴棋畫這些消遣之類的才藝，他只是稍有涉獵，不甚精通，現在和文卿對弈都是輸多贏少。

肖文卿意興闌珊地開始收拾棋子，問道：「我們還有多少天才能到長河鎮？」

「船老大說了，照目前行船速度，還有四天就能到長河鎮碼頭。到了那邊，我們另外包馬車，估計半天工夫就能到肖家村。」凌宇軒很愉悅地道：「我們這一路來，真是順風順水，比平常人腳程快了半個多月。」

「嗯。」肖文卿溫柔淺笑道。

「文卿，等妳全家團聚，我下聘成功，我就要回京城了。」凌宇軒不捨地說道。「我返回京城，一定會用最快的速度準備好婚禮，再過來迎娶妳。」

肖文卿抬頭凝望著他，深情道：「我在家等你。」這來來回回應該有半年時間，足夠她把自己的嫁衣繡出來。

凌宇軒抓住肖文卿收拾棋子的白皙小手，拉到面前輕輕撫摸，深邃的雙眸凝望著肖文卿，無聲地傳達他此刻的愛戀和不捨。

水晶縮在角落裡，低眉垂眼宛如木頭人。

宇軒……肖文卿望著眼前深情無限的英俊男子，滿心柔情，心湖蕩漾著一圈圈繾綣漣漪。

長河鎮就位於香草河岸邊，是個繁華的大鎮，西陵郡的縣衙門就設立在此地。

凌宇軒包的客船停泊之後，他的管事立刻帶著兩名帶刀侍衛上岸尋找當地的馬車行，聯絡馬車。肖文卿和凌宇軒一行人便在飯莊一樓客堂裡尋了幾張桌子，按照身分依次落坐。

掌櫃的看到一下子有十來個人到自己飯莊用飯，而且這一群人主人高貴端莊，丫鬟和僕人訓練有素，還有五、六人佩戴著刀劍，立刻知道這些人是很有身分的貴客，親自過來接待。

凌宇軒聽著店小二竹筒倒豆子似地報出一長串菜名，而且說的是西陵地方語，便笑著對和自己同桌的肖文卿。「妳點菜吧，這是妳家鄉。」

肖文卿輕笑道：「我兩歲不到便和爹娘離開家鄉，哪裡還記得家鄉菜，我都不確定我是否吃得慣家鄉菜了。」她轉頭對店小二和掌櫃道：「湯一定要鯽魚豆腐湯，那豆腐要鎮上百年豆腐坊的。其他的你們看情況給我們每一桌上兩道大菜、四碟小菜。」她上岸之後入耳的便都是西陵鄉音，現在和店小二跟掌櫃說話，京城口音逐漸改變，最後一句聽起來已經有些偏向西陵鄉音了。

肖文卿對凌宇軒道：「我記得我母親做鯽魚豆腐湯的時候經常提到，長河鎮上有間百年豆腐店，那家的豆腐細白如玉，滑如凝脂，沒有半點苦味，最是好吃不過了。」她和凌宇軒說話時，口音又變成了標準的京城口音，凌宇軒聽著，心中驚嘆她的適應能力和超強記憶力。

「這位小姐說得是。」多少聽得懂京城口音的掌櫃點著頭道：「我們鎮上百年劉記豆腐坊做的豆腐最是地道，這十里八鄉的百姓進城都要帶些豆腐回家吃。」他吩咐店小二馬上去廚房通知師傅們，趕快做菜。

五桌豐盛的菜餚，這可不是普通平民吃得起的，廚房的師傅們立刻熱火朝天地忙碌起來，用最快的速度出菜。

「宇軒，你嚐嚐我的家鄉菜。」肖文卿笑道，親手挾了一筷子的魚香肉絲放到凌宇軒碗中，大慶很多地方都有魚香肉絲這道菜，不過不同的地方配料不同，吃的味道也不同。

凌宇軒挾起那魚香肉絲放進嘴裡，嚼了幾下，評價道：「還可以，就是有些酸。」

「西陵的魚香肉絲就是這個味道。」肖文卿挾了一筷子細細品嚐，道：「我覺得不錯，酸得正合適。」她吃著，覺得自己好久好久沒吃到這麼道地的魚香肉絲了。

「妳喜歡就多吃點。」凌宇軒立刻替肖文卿挾了一大筷子。

他們如此親暱，坐在其他桌位上的水晶和瑪瑙低頭扒飯，一個勁兒地告訴自己，什麼都沒看到；其他侍衛和屬下通通訓練有素，眼睛瞟都不往這邊瞟一下，嚴肅沈默地用飯，男女大防什麼的，只要他家上司高興就行，反正他們基本上算是未婚夫妻了。

「肖家三個兒子全都中了秀才，現在正是春風得意呀，肖家夫人居然婉言拒絕了我們鎮上大戶杜老爺的說親。」此時正好是午膳時間，緊靠碼頭的這家飯莊人越來越多，很多人一邊用餐一邊大聲說話。

坐在不遠處桌位上的肖文卿頓時眉頭微蹙，杜家老爺向她母親說親？他看中她哪一個弟弟了？

「杜老爺看中肖家的大兒子，想把女兒許配肖家，肖家夫人認為大兒子還小，不想為他早早訂下婚事。」

「我倒是覺得呀，肖夫人這是待價而沽，想將來讓她三個兒子都攀上更好的岳家。」

「這個肖家以前就是做官的，那三個兒子將來也必定是做官的料，肖夫人當然要為兒子們尋找更適合的岳父大人。」

肖文卿默默聽著，心中有些生氣，也許母親會有這種想法，不過母親會考慮更多的是孩子們的感受。

「別理會這些。」凌宇軒很淡定地安慰肖文卿道：「妳三個弟弟都年少得志，被有女兒的人家覬覦是很正常的。」

「我想弟弟們將來都能有個和他們情投意合的妻子，而不是為了前途、仕途高攀貴族千金小姐。」肖文卿低聲道。如果有岳家幫襯扶持，她的弟弟們的仕途會更順利一些，可是那樣，不免就把婚姻當作交易了。

「妳放心，能教導出妳這樣的女兒和優秀兒子的母親，不會是個目光短淺的人。將來妳弟弟們的婚事，我會幫著看看。」凌宇軒道，毫不在意自己手伸得太長，還未和肖文卿成親就想插手未來小舅子們的婚事。

想到凌宇軒驚人的調查能力和強大的權勢，肖文卿覺得未來弟妹們的家世和品性可以拜託他暗中調查清楚，便微笑著點頭。

凌宇軒和肖文卿一行人用完午膳，正打算起身回碼頭等行李裝上馬車就出發，卻聽到外面喧鬧起來，有人叫道：「快看，肖家大秀才和三秀才來了。」

肖家大秀才和三秀才？肖文卿一震，顧不得男尊女卑的傳統，越過凌宇軒快步走到街上。街上行人來來往往，很多人都扭頭望向一個方向，肖文卿朝那個方向尋找，就看到一名十六、七歲的清秀少年書生和一名十一歲左右、頭髮紮成不符合年齡的髮束、戴著秀才頭巾的小少年肩並肩走來，身後還跟著兩名中年隨從。

這樣裝扮的小少年，在西陵郡除了她親弟弟還有誰？肖文卿激動地打量著自己的小弟。他面容俊美如白玉精雕而成，雙眸燦若繁星，紅唇緊抿，好似不是很高興。經常被人當成猴子一樣圍觀著，任誰都不會高興呢！

肖家兩兄弟越走越近，肖文卿甚至還聽到肖家大哥對肖家小弟道：「我過來碼頭看看就行，你不喜歡被人圍著看稀奇就在馬車裡等著。」

「是娘說的，死讀書不好，要行萬里路。」肖家小弟嘟囔道，雙頰有些鼓起來。

他們來碼頭看看是為了等人嗎？難道是為了等她？

肖文卿此刻心湖如激起了陣陣漣漪，上前兩步顫聲問道：「聽聽，你是聽聽嗎？」她記得小時候，六歲的她都叫蹣跚學步的弟弟聽聽。

一個飽含激動的女聲叫著「聽聽」這個名字，肖文聽陡然停住腳步，清澄透澈的眼睛「刷」地一下就轉到了聲音來源處。客再來飯莊門前站著一名穿湖藍襦裙少女，此少女十七歲上下，五官秀美姣好，氣質高貴文靜，正驚喜地望著自己，雙眸隱隱閃爍著水光。她看他就好像看失散多年的親人，而她的面容和他的母親有七分相似。

肖文聽不敢置信地小跑到肖文卿面前，仰著臉急切地問道：「妳是肖文卿，我姊姊？」叫他聽聽小名的，只有母親和姊姊，而他姊姊最近幾天就會到家。

肖文卿蹲下身，雙手緊緊抱住肖文聽，哽咽道：「是的，我是你姊姊，我回來了。聽聽弟弟，我回來了。」一眼中閃爍著淚光，她逐漸看不清弟弟的容貌了。

肖文聽反手抱住肖文卿，激動道：「姊姊，母親一直都很想念妳，自從知道妳還活著，人在京城，就天天盼望妳回來。」京城距離西陵太遙遠了，送信的使者說他姊姊做好準備就會返鄉尋親，所以他和母親才耐心地在家等待。

「我知道，我知道。」肖文卿抱著肖文聽顫聲道：「我一直都渴望返鄉尋找你們，可是我不得自由，無法返鄉；好不容易自由了，又因為種種原因，直到今日才回來。」說著，她熱淚潸然，連身子都輕輕顫抖起來。

長河鎮碼頭上的行人驚訝地看著姊弟相見的驚喜場面，議論紛紛。有人稍微知道一點肖家長女走失的事情，也為他們姊弟能夠團聚高興，看肖家長女的穿戴和身後站著的一些僕從，他們都認為，肖家長女可能被富貴人家收養了。

看越來越多的人圍觀過來，凌宇軒上前勸說道：「文卿，肖兄弟，你們別太激動了，到飯莊裡坐下說話。」

情緒激動的肖文卿知道自己失態了，伸手拭去臉上滾滾而下的淚水，抽噎道：「聽聽，他說得對，我們進去說話。」

肖文卿說著，站起身來，目光轉向跟著肖文聰過來的清秀少年，她微微一笑，和悅道：「你是文樺弟弟吧？我看過母親的家信，知道你和文楓弟弟，謝謝你們代替我照顧母親。」這面容清秀，目光有些沈凝內斂的少年和她姊弟是出了五服的兄弟，現在被她母親收養，便是她的弟弟了。

肖文聰抬頭打量凌宇軒，眉頭微皺了一下，問道：「你就是好心派人送信給我家的那個人嗎？謝謝你把我姊姊送回家。」

肖文樺大方沈著地朝肖文卿拱手作揖。「小弟文樺歡迎大姊回家。」他看到了站在肖文卿身後的英俊男子，察覺到他對肖文卿的保護，覺得這個大姊回來後應該不久就會離開。只要大姊出嫁幸福，每回說到大姊便自責自己粗心大意的母親，終於可以放下那深深的愧疚了。

凌宇軒低頭看看面前身高還不到自己胸口的小少年，微笑道：「我是，送你姊姊回來也是我應該做的。」他又朝著肖文樺拱拱手，介紹道：「我姓凌，名宇軒，京城人士。」在肖文聰還沒有成年之前，肖家能作主的便是肖家夫人甯氏和這個已經成年的十七歲少年。

「小生肖文樺多謝凌公子千里送孤女。凌公子熱心助人，當真今世義士，請受小生一拜。」肖文樺說著，伸手正正頭上的秀才頭巾，朝著凌宇軒慎重作揖。

「肖大兄弟請勿多禮。」凌宇軒馬上拱手還禮。

肖文卿搭著肖文聰單薄的肩膀，柔聲道：「文樺，聰聰，我們進去說話。」碼頭那邊還在裝載行李，他們還是先在這裡坐著等等。

「是，大姊。」肖文樺拱手道，然後吩咐身後的兩個中年長隨，讓他們其中一個馬上回家報信，就說大小姐今日到家，現在正在碼頭。

肖文聰很乖巧地貼著肖文卿，和她一起走進飯莊。

圍觀的眾人看著肖家姊弟一行人返回飯莊，紛紛議論著。肖家失散了十一年的大小姐回來了，看這裝扮和身邊的僕人，還有陪同她回來的男子和帶刀侍衛，就能知道她在外面過得非常好。

第二十二章　婚約

馬車骨碌碌地疾速行駛著，肖文卿隔著馬車的窗紗看向外面，極力保持冷靜的臉上還是流露著激動，兩行淚水無聲地流出。

寬敞的夯土道兩邊是一望無際的青色麥子，遠處是如墨水畫成的起伏山巒和村莊。她不到兩歲時和母親從這條路到鎮上的碼頭，然後乘船離開家鄉，再和父親會合，跟著他到任職的昌興縣，在那裡生活直到父親染病過世。父親過世，母親便帶著她和弟弟扶棺返鄉，然後在她已經忘了的某個地段遇到一夥流寇，家裡僱傭的鏢師和流寇打起來，場面一片混亂，她和母親、弟弟就此失散。

一轉眼，十一年過去，她返鄉回家了，十一年不見，母親可還好？是否還是自己記憶中那溫柔如水、端莊大方的美麗女子？還是因思念女兒、含辛茹苦撫養兒子，努力圖謀家族復興，兩鬢長出了白髮？

馬車在夯土路上行駛了很久，然後拐上一條比較小的土路又行駛了一陣，路邊開始出現了房屋。

肖家村到了。肖文卿趕緊掏出絲帕擦拭自己眼中的淚水，問水晶。「我現在妝容如何？我頭髮散亂沒有？」她記得母親曾經說過，女子不可妝容不雅地出現在大庭廣眾之下。

「肖姑娘，您這樣很好，不需要重新梳妝。」水晶道。

肖文卿強壓住心中的急切，正襟危坐等待馬車停下來。

「肖家長女回來了。」

「終於回來了，肖家伯母牽掛了十一年的心終於可以放下來了。」

「哇，好多騎大馬的人，他們還佩刀呢。」

「他們是軍隊士兵嗎？」

「肖家大小姐做將軍夫人嗎？」

「哇，肖家該不會有個將軍女婿了吧。」

一隊人馬往村子裡來，肖家村在家的、在農地裡幹活的，紛紛聚過來看熱鬧，有人提前知道肖家長女回來了便對人說，眾人聽了更是好奇萬分。

侍衛是一種從事特殊職業的人，普通人根本不知道他們的存在，肖家村的人看到守護在載人馬車前後左右的騎馬佩武器侍衛，便認為肖文卿做了領兵打仗的將軍妻子，非常開心。肖家村中「肖」是大姓，二分之一的人姓肖，向上追溯，可以追到同一位祖宗。一筆寫不出兩個「肖」字，肖家長房嫡系那一支突然出了將軍女婿，整個肖氏家族都與有榮焉。

肖夫人肖甯氏接到肖文樺長隨送回來的口信，得知女兒今日到家，已經不顧尊卑站在肖府門前的石階上翹首等待了。看到馬車隊進村，她激動得淚水漣漣。

凌宇軒和肖文卿的馬車隊伍終於在一座青磚綠瓦大宅子前停了下來，不等馬車伕放下踏腳凳，肖文聰飛快地從馬車裡跳出來，興奮地叫道：「娘，姊姊回來了！」

肖夫人是見過大場面的人，一看那些佩刀男子就知道他們是專門保護高官的帶刀侍衛，而且從侍衛看凌宇軒的目光中也能猜到，他們的主人是凌宇軒而不是凌宇軒的父親，便快步走下門前石階，朝著凌宇軒福身，道：「六品安人肖甯氏拜見凌大人。」能用得起帶刀侍衛的，最低的也是四品官職，她夫君當年是從六品知縣，身邊能用得上的武夫也只有護院、家丁。

「肖夫人請勿多禮。」見到居中的中年美婦帶著丫鬟、婆子下臺階給自己行禮，凌宇軒趕緊躬身還禮，未來岳母的大禮他是萬萬不能受的。

肖夫人發現對方對自己行晚輩之禮，心中頓時一愣，隨即便認真打量對方。此人五官英俊堅毅，身形修長矯健，既有習武者的英氣又有文人的儒雅，他必然出自京城世家貴族。他不遠千里親自護送她女兒回家，莫非……

肖夫人頓時笑得很溫婉慈祥，女兒好有福氣，有這麼一個文武雙全的年輕人對她用情，忙前忙後地張羅一切。

水晶和瑪瑙兩個丫鬟先下了馬車，然後伸手扶著肖文卿下馬車。肖文卿不等站定，快步衝到肖府門前，朝著肖府的大門和母親跪下，顫聲地說道：「娘，女兒回來了。」

「文卿，我的女兒。」肖甯氏迅速上前彎腰摟住女兒哽咽著落淚。她朝思暮想的女兒終於平安回來了，日後到了九泉之下，也可以給夫君一個交代了。

「娘，姊姊回來了，這是喜事，您就別傷心了。」肖文樺趕緊上前勸道。他雖然不是父親和母親的親生孩子，但他是肖家戶籍上的義子、長子，在肖家嫡子文聰成年之前暫時主持肖家對外事務。

「娘，姊姊，妳們快些回府說話。凌大人是貴客，我們肖家不能失禮地讓他在外站著。」一直陪在肖甯氏身邊的十五歲少年說道。

「文樺，你說得是。」肖甯氏立刻說道，擦擦眼淚，伸手把肖文卿扶起來，然後介紹道：「文卿，這是妳弟弟文楓。」她在給女兒的家信中提到過肖文樺、肖文楓兄弟兩個的事情。

肖文楓拱手作揖，道：「小弟文楓歡迎大姊回家。」大姊面容秀美精緻，和母親十分相像；大姊氣質高雅端莊，也彷彿是母親親自教養大的。

「楓弟。」肖文卿擦掉眼淚對肖文楓道，點頭致意。二弟和大弟面容很相似，別人一看就知道是親兄弟。二弟比大弟稍微胖一些，估計因為是弟弟，不如長兄操心的事多。

「凌大人，請進寒舍歇息。」肖文樺拱手請凌宇軒進府，同時吩咐老管家，讓他帶人招待凌宇軒帶來的侍衛，把凌宇軒和肖文卿一行人的行李搬進肖府，另外吩咐家中眾僕人，快些去佈置客房。凌宇軒等人是貴客，又遠道而來，他們暫時沒有落腳之處，自然是要在肖府住下的。

「娘，我們進去說話。」說著，肖文卿扶著母親，和弟弟一左一右陪著她踏進自己離開了十五年的家。

肖府沒有男主人，遺孀肖甯氏獨力執掌家業撫養三個兒子，而且她還是朝廷敕封的六品安人，在女人不許進入的家族祠堂裡都有座位，所以她便沒有像平常婦人一樣帶著女兒退到後宅，把前面的事情扔給兒子們處理。

肖家正廳上，肖甯氏坐在女主人的榆木太師椅上，招呼眾人坐下喝茶，溫和地詢問凌宇軒和肖文卿的旅途經歷。凌宇軒坐在右邊下面的椅子上，朝著肖甯氏拱拱手，很客氣地向未來的岳母彙報了一遍旅途經歷。

「凌大人，您一路辛苦了。您的大恩大德我肖氏無以回報，請多住些時日，讓我兒文樺、文楓和文聰好好招待您。」肖甯氏說道。她已經多少猜到這位大人對自己女兒動了真情，只是人心隔肚皮，她要多瞭解這位京城世家公子才行。

「肖夫人，在下有公職在身，不敢久留，估計過些時日就要走了。」凌宇軒道。

「哦，凌大人年紀輕輕，已在朝中任官了？請恕我斗膽，大人現任何官職，官居幾品？」肖夫人道。

「在下目前是京城龍鱗衛指揮使司指揮同知，為從三品官。」凌宇軒很謙虛地說道。

「指揮同知？」肖夫人頓時嚇了一大跳。朝廷官員是有定數的，三品及三品以上的官階，是絕大多數出生官宦世家的人也可望而不可即的。眼前二十五、六歲的年輕人居然已經是三品高官了，看來此人不僅出身權貴，自身能力也非同小可，所以才會被皇上重用。

三品官？在下面陪坐的肖家三兄弟都不敢說話了，他們還是白丁呢！

「妾身冒昧，敢問令尊何人？」肖夫人問道，為女兒的未來深深擔憂。兩家家世太懸殊了，即使他們已經情投意合，她家的女兒怕也只能成為對方的貴妾。

凌宇軒朝著京城方向一拱手，道：「家父凌鈺，官居左丞相一職。」

「左丞相……」肖夫人心頭大震，心中很是沮喪，猶豫了一下深吸一口氣，道：「小女身分卑微，承蒙大人憐憫護送返鄉……」說著，她叫肖文卿起身過來自己面前，然後拉著肖文卿一起朝凌宇軒屈膝福身。「大人千里送落難女返鄉，義薄雲天，妾身現攜小女再次感謝大人救難之恩。」她如此這般，肖家三兄弟立刻起身，同時向凌宇軒行大禮。

凌宇軒看到肖夫人帶著肖文卿過來，便連忙站起身來，看到她領著一家給他行禮，迅速避開，深深作揖還禮。他明白了，肖夫人這是不希望她女兒和他有什麼特殊情緣，她希望她的女兒能堂堂正正地嫁給別人為正妻。

見凌宇軒執意還大禮，肖夫人確定了他對自己女兒有情，只好道：「凌大人遠途而來，一定很疲憊了，不如讓我兒送您去客房休息，晚上，再讓我兒給凌大人接風洗塵。」說完，她拉著肖文卿的手，打算回後院仔細詢問肖文卿和他的事情。如果對方只是一廂情願，她願意用其他方法感謝對方的善舉，同時勸對方死心；如果是兩相情願，她會給女兒剖析官夫人的後宅生活，勸她三思而行。

「肖夫人。」凌宇軒在肖夫人拉著肖文卿從自己面前欲走過去時，突然亮出他的殺手鐧。「家父寫了一封信給西陵知縣桂大人，請他幫在下向肖家說親；在下此行帶來了聘禮，那聘禮裡還有皇上得知在下要向肖姑娘提親御賜的黃金大雁。」他知道只要給文卿正妻之位，肖夫人必然會允婚。

丞相請西陵知縣說親？只有娶正妻才需要三媒六聘；他和文卿的婚事皇上知道而且同意？

肖夫人邁出去的腳步頓時停住了，陡然轉頭不敢置信地望著凌宇軒。此人性格果決、動作雷厲風行，而且心思縝密、考慮周全，幾乎無懈可擊。他抬出皇上，即使文卿不喜歡他，肖家也不能拒絕他的求親。

肖家三兄弟和在正廳裡伺候的肖家眾僕人個個呆若木雞。皇上在獲悉凌大人要娶肖家姑娘的時候還御賜黃金大雁，分明就是支持丞相之子和家道中落的肖家之女結親。姊姊（小姐）有了皇上的首肯，必定是丞相之子的正妻，連婆婆也不能隨意欺壓她，肖家眾人頓時對凌宇軒好感陡增。

肖夫人笑容滿面地轉身對凌宇軒說道：「凌大人旅途勞頓，先回客房歇息吧。文樺、文楓、文聰，你們替我好好招待凌大人。」說完，她還是帶著面帶羞赧的女兒離開了，這一回，她要好好詢問女兒和這凌大人的事情，瞭解他們之間究竟到哪一步了。

肖府後宅萱草堂，肖夫人居住的庭院中，肖氏母女一左一右地坐在羅漢床上，身邊的丫鬟和婆子都被打發到外面去。

聽完女兒這些年的經歷，肖夫人哭濕了一條絲帕，擦擦淚水，她嗓音有些沙啞地問道：「文卿，這裡沒有旁人，妳和娘說實話，妳和凌大人是否已經有了夫妻之實？」

肖文卿立刻搖搖頭。「娘，凌大人意志堅定，為了讓我以後不被人非議，他從來不越雷池一步。」

「妳在當丫鬟時，可被主子占了便宜？」肖夫人不顧害羞地再次問道，眼中透著急切。

她擔心文卿在做丫鬟的時候被男主子碰了，然後等嫁給凌大人，凌大人洞房花燭夜發現文卿早已不是清白身……凌大人心中肯定產生芥蒂，卻因為文卿是他執意要娶的，便只能隱忍，最後……文卿可能會因「生病」或者被其他「意外」的理由死掉；如果這樣，她寧願揹負拆散鴛鴦的罪名，也要拒絕凌大人家的提親，將文卿永遠留在家中。

聽母親問得如此詳細，肖文卿脹紅著臉，頭搖得像撥浪鼓。

肖夫人雖然知道女兒聰慧，但又擔心她不明白「占便宜」是什麼意思，便又問道：「妳真的明白娘想問的是什麼嗎？」

肖文卿羞得頭都快垂到胸前了。「娘，我做過何大少夫人的貼身丫鬟，許大嫂和乾娘也給我看過《辟火圖》。」她說著，聲音低得肖夫人如果不是豎耳傾聽還聽不到。

明白就好。肖夫人頓時十分喜悅，頷首道：「既然這樣，等凌大人提親，我應允了便是。」她遺憾地抓住肖文卿的手道：「妳剛回家就要出嫁，娘捨不得妳。」雖然她話是這樣說，但在去年八月得知女兒的下落後，就開始替女兒準備嫁妝了。女兒十七歲，已經到了花嫁的年齡，她再怎麼捨不得女兒，也不能讓女兒拖成老姑娘。

「娘……」肖文卿握住母親的手，孺慕的眼中閃爍碎鑽般的水光。她是捨不得母親和弟弟，可她也深深愛戀著凌宇軒，所以她說不出「女兒不嫁，女兒要永遠陪在母親身邊」那種用來哄母親開心的話。

母女倆都哭得雙眼通紅，臉上淚痕斑斑。因為想知道的都知道了，肖夫人把趕到外面的丫鬟、婆子們叫進來，吩咐打水給她們母女洗臉。

讓兩位兄長繼續招待貴客的肖文聰急匆匆進來，就看到姊姊和母親都哭得眼睛通紅，立刻勸道：「娘，姊姊，妳們別太傷心了，小心身子。」

「聰兒，娘知道了，娘不哭。」肖夫人憐惜地安慰最是關心自己的小兒子。文樺和文楓也關心孝順她，只是他們畢竟是義子，被過繼時一個七歲、一個五歲，都記事了，所以始終無法像文聰這樣直接地表達關心孝順。

「文卿，娘帶妳去妳的閨房。」肖夫人起身道：「聰兒，你也一起吧。」那建造在花園池塘邊的小巧庭院，是肖文卿父親在世時就決定給長女居住的，女兒不到兩歲便和他們夫妻赴任，後來和家人失散，那庭院便一直空著。肖夫人得到女兒的下落，且知道她過陣子就回來，便立刻將那清蘭小院佈置起來，等女兒返家居住。

「嗯。」肖文卿立刻起身，跟著母親認識自己的後院。她開蒙得早，儘管兩歲不到便離開這個家，但還依稀記得自己的家，沿途回憶，和母親述說過去的事情。

肖夫人很欣慰，左手牽著女兒、右手牽著兒子，回憶十多年前的事情，那時候，他們一家三口的生活幸福美滿。「要是妳爹還在的話，妳就不會吃這麼多苦了。」她感嘆道。

「是的，如果爹還在世的話，娘您也不用獨力支撐肖家，聰聰也不用這麼早就嶄露頭角。」肖文卿道。如果爹還在世，爹娘會保護幼子，讓他藏拙，讓他只稍微優秀於同齡人，而不是讓他早早地成為被普通人妒忌羨慕的天才孩童。

「文卿，明天我們一起去肖家祖墳祭拜，告訴他們妳回來了。」肖夫人道。因為昌興距離西陵長河只有不到半個月的路程，而夫君病故的時間是冬季，所以她才得以將夫君的遺體順當地帶回家鄉埋入祖墳。

「這是一定要的。」肖文卿道。想起父親，她忍不住又落淚了。

晚上，前院的接風洗塵宴席有肖家三兄弟主持，由於村長和肖家族長親自過來祝賀肖家長女回家，他們也邀請村長和族長一起赴宴。後院，肖家母女坐在一起，母親憐惜女兒，還親自下廚做了兩道女兒愛吃的菜——當然，這兩道菜也都送了一份到前院。

前院傳杯換盞之際，凌宇軒向肖家兄弟、肖家村村長和肖家族長提到，後日，他會向肖家提親下聘，還請肖家同意這門親。

第二日，肖家帶足了香燭和金紙，全家去肖家祖墳祭拜祖先。人家祭祖，外人凌宇軒不便前往，和肖家說了一聲便去長河鎮上了，等明日上午和說親的桂知縣一起過來下聘。

第三日，西陵郡桂知縣帶上自己的夫人和夫人的好友、兩名官媒，一名合八字的道人，與凌宇軒一起帶著一大馬車的禮物來到肖家。今日，凌宇軒將頭面整理得乾乾淨淨，頭戴束髮金冠，身穿紫色墨竹華服，英姿颯爽，器宇不凡。

盛裝打扮的肖夫人端坐在高堂之上，面前站著小兒子肖文聰，左邊下面依次坐著村長和族長、長子肖文樺和次子肖文楓，右邊則依次坐著凌宇軒和桂知縣、知縣夫人和知縣夫人的好友。

穿得花枝招展的男方官媒口若懸河地說著男方凌宇軒的家世和身分，誇讚他的諸多優點，眾人面帶笑容地聽著官媒那千篇一律的說親詞，村長和族長這才知道凌宇軒是當朝丞相之子，驚喜得合不攏嘴，興奮肖家嫡系一脈終於要復興了，也許還連帶著他們這些旁系支脈也能一併繁榮起來。

男方官媒一說完，肖夫人笑容滿面地點頭，表示很滿意男方的家世和人品。被丞相父子拜託的媒人桂知縣便起身將帶來的禮物奉上，這其中，最貴重的便是皇上賜予的那一對巴掌大的黃金大雁。

御賜黃金大雁放在一個鋪著紅錦緞的托盤上，被一僕人端到眾人面前。因為皇恩浩蕩，肖家眾人盡皆跪地接受。肖夫人親自接過那一對黃金大雁，然後起身交給身邊最信任的貼身管事媳婦，讓她送到後院給大小姐，最後讓長子肖文樺代替全家收下知縣大人命人抬到正廳的其他幾抬禮物。

知縣大人指著一僕人手中的托盤對肖夫人道：「這是凌公子的庚帖，丞相大人親筆所寫，請夫人察看。」說著，他示意那僕人走到肖夫人面前。

肖夫人拿過凌宇軒的庚帖看了一下又放回去，讓一托著紅托盤的丫鬟過來，指著那盤子裡的一張陳舊帖子道：「這是小女的庚帖，先夫當年親筆所寫。」

跟隨知縣一同前來的道士一甩拂塵，唸了一句道號，開始給今天即將訂親的男子和女子合八字。這位道人在西陵郡很有名，因為他的名字很吉利，叫「紅雲」，而且他很會看相算命、批八字。

眾人平靜地觀望著，凌宇軒和肖文卿已經情投意合，互許終身，今日合八字只是走個過場。這紅雲道人已經被提醒過了，不管他合八字合出什麼結果來，總之只能合得上，不許出現衝撞。

面容矍鑠，頗有幾分仙風道骨的道人，先拿著凌宇軒的生辰八字看了一下，嘴唇輕嚅，左手掐指計算，然後道：「……出生於此生辰的男子旺家、剋母，母子緣淺，其命格貴不可言。」打開肖文卿的庚帖掐指算了一下，紅雲道人面露驚愕，然後又算了一遍，才道：「此女子少小多難，父母緣淺，芳齡十七命犯小人，有必死劫難；不過怪哉，死轉生連續遇貴人，命格改變，以後雖有磨難，但旺母家、興夫家，宜家宜室。」他掐著手指算兩張庚帖生辰八字的金木水火土和相剋相生等等，良久眉頭舒展，批命道：「此對男女八字罕見地般配。」

隨即，他拿起僕人準備好的筆墨，在一張紅紙上寫道——

妻憑夫貴，舉案齊眉，白頭偕老，兒孫滿堂。

眾人看著紅雲道人合八字批命，雖然不確定他是不是已經知道今日要結親的男女的事情，但聽他算這兩人的命，又驚又喜，因為紅雲道人以前給人算命，雖然不能十分精準，但也中了七成。凌宇軒是丞相之子，現在已經是三品高官，自然命格高貴，想來他以後官運亨通，會位極人臣，所以紅雲道人才說他貴不可言。他命中剋母雖然不好，但和此婚事無關；他旺家，這很好。文卿少時命運乖蹇，雖然紅雲道人說她今年有死劫，但會遇到貴人，或者說已經遇到貴人了，所以她才會由死轉生；她將來會旺母家、興夫家，會妻憑夫貴，而且她還能和跟她合八字的凌宇軒白頭到老、兒孫滿堂。

「這個八字合得好。」肖夫人很高興地說道：「桂大人、凌大人，妾身代替先夫答應這門親了。」她希望紅雲道人給她女兒算的下半生命能靈驗。

女方答應男方求婚，凌宇軒立刻精神抖擻地站起身來，正正衣冠，上前對著肖夫人跪下，朗聲道：「小婿凌宇軒拜見岳母大人。」說完，他開始叩頭。

肖夫人興高采烈地說道：「賢婿，快快起身。」此人是她女兒命中的貴人呀！

這裡，肖夫人一答應男方的求婚，外面接到消息，馬上敲鑼打鼓，點燃準備好的鞭炮。「噼哩啪啦，碰——啪——」、「咚咚咚」、「鏘鏘鏘」，喜慶的鑼鼓聲和鞭炮聲中，凌宇軒從京城帶來的聘禮開始往肖家送。由於路途遙遠，他準備的都是金銀細軟，至於酒果糕點和雞鴨魚肉等物，是桂知縣接受凌家父子委託緊急置辦的。

「康慶二十六年鑄十兩金元寶二十八個，康慶二十六年鑄十兩銀元寶六十四個。赤金紅寶頭面一套，赤金翡翠頭面一套、鑲貓兒眼累絲金簪一對、祖母綠項鍊一副，黃金瓔珞兩個，羊脂玉手鐲兩副、龍鳳呈現玉珮一對、花開富貴錦緞四疋，貢緞六疋……」

桂知縣的夫人和她的好友代表男方請來的全福婦人、以及男方官媒一起奉上聘禮單子和通婚書，讓僕人們把禮物抬到正廳裡給女方家長親眷過目。

肖文樺、肖文楓兄弟兩人和女方官媒驗收聘禮，他們驗收無誤後，肖夫人親筆寫了回執，表示女方確實收到了這些聘禮，然後又寫答婚書，答應將長女肖文卿嫁與京城凌丞相第四子凌宇軒。

半天時間，三書中的聘書、禮書完成，六禮中的納采、問名、納吉、納徵也完成。桂知縣驗看了肖夫人寫的禮書和婚書，將之送給凌宇軒，詢問肖夫人，男方決定八月到女方家迎親，夫人可來得及準備。

肖夫人很捨不得失而復得的女兒這麼快出嫁，可是一來女兒年紀不小了，再拖就成老姑娘了，二來剛才紅雲道人的那「女子十七命犯小人有死劫，男子是女子的貴人」批命嚇住她了，決定還是讓女兒早些和能夠保護女兒的貴人成親，便頷首問道：「知縣大人，紅雲道人，八月分可有宜嫁娶的好日子？」

紅雲道人頷首道：「肖夫人，貧道看過黃曆，八月十八、八月二十六都宜嫁娶。」

肖夫人想了想，問凌宇軒。「賢婿，八月二十六可好？」她擔心時間太緊，凌宇軒趕不過來。

「岳母大人決定。」凌宇軒拱手道。十八和二十六也就相差八天而已。

「那就八月二十六日吧。」肖夫人道。

在座的主客都記下了這個婚期。完成這些大禮之後，午時將至，肖夫人熱情地請眾人用餐，肖家也開始向聚在肖府門前的村人發紅喜錢，求祝福。

第二十三章　緣分

婚事已定，凌宇軒反而不方便再住在肖府了，便帶著自己的管事丁伯和小廝，還有一半的侍衛屬下離開肖府，暫住到長河鎮上的客棧中。既然婚事已定，他便要回京城準備婚禮了，他很捨不得離開肖文卿，可是為了能早些娶她進門，他必須要出發了。

按規矩，即使訂婚前年輕男女認識，訂婚後也不能再見面。凌宇軒思念肖文卿，在拜訪肖家三兄弟時，暗示他馬上要離開西陵返回京城，希望能在離開之前再見見未婚妻。他決定，如果肖家人要一直死守規矩的話，他不介意黑衣蒙面夜入香閨，做一回採花郎。

肖家三兄弟哪敢作主，紛紛推到母親身上。

肖夫人得知凌宇軒的渴望，便道：「過兩日，我打算帶文卿去附近青陽道觀燒香祈福。」女婿對她女兒的感情越深，她對女兒出嫁後的生活就越安心。京城太遠了，丞相府門第太高，女兒的娘家太弱勢，女兒唯一能依賴的只有女婿的愛。

肖家三兄弟得到母親的暗示，便立刻傳話給凌宇軒，凌宇軒非常高興岳母大人通情達理。

西陵郡周圍多山多水，長河鎮附近的棲雲山古木蔥郁、風景秀麗、山峰陡峭，山腳下有一座三百年的小道觀，香火頗為鼎盛。

清晨，六、七名男子快馬輕騎來到青陽觀。他們一開始在青陽觀附近轉悠，欣賞自然風景，等山門開了便進去燒頭炷香，然後捐了一些香火錢。香客捐了不小的香火錢，觀主便派了一名知客道人陪同這些香客參觀整座青陽觀。

「大人，肖夫人和肖小姐的馬車快要到了。」一名帶刀侍衛快步走進來，朝主人稟報道。

凌宇軒「刷」地一下打開增添自己風雅氣質的白紙扇輕搖了兩下，慢條斯理地點頭道：「我知道了。」說完，他便繼續和那知客道人閒聊。「你家道觀有什麼出名的？」他搖著扇子很挑剔地道。這座道觀很普通，也就是周圍的風景比較秀美而已，香火能鼎盛到哪裡去？當他的侍衛出去打聽青陽觀，那指點青陽觀位置的路人居然說這家道觀很有名，香火很旺盛。

已過中年的知客道人回答道：「我家觀主的師叔青河道長最善相面，西陵郡遠近聞名，只是他老人家已經不見外客，只偶爾給有緣人相面。」前來燒香的香客很多人都希望是青河道長的有緣人，能被他相面，預知人生。

「哦？」凌宇軒很平淡地哦了一下。

知客道人熱情地介紹道：「西陵郡專門替人批命的紅雲道人是青河道長的徒弟，據說，他也只得到他師父六成真傳。」

想起紅雲道人對自己和文卿的批命，凌宇軒突然有些興趣了。那紅雲道人是桂知縣安排的，他還親自叮囑他，合八字時一定要合得上，還要挑好話說。在回來的路上，那紅雲道人對他坦言，他沒有說謊，他當時給他們姻緣的批命就是他推算出來的結果。

「道人，青河道長已經不見外客，別人如何成為他的有緣人？」凌宇軒笑著問道。

「不知道。」知客道人搖頭道。青河道長已經隱居了，沒有機緣的人豈能見到他？

這時，一名帶刀侍衛快步走到凌宇軒面前，躬身稟報道：「大人，肖夫人和肖小姐已經進山門了，正往大殿而去。」

凌宇軒聽了便道：「道人請便，我去大殿那邊轉轉。」說著話時，他英俊的臉龐瞬間變得溫柔起來，他打算和岳母、未婚妻「不期而遇」。

「是，大人。」知客道人已經猜到眼前的貴客只是借著青陽觀好和某人家的女眷相見，聞言便躬身退下。

快步走往道觀玄武大殿前，帶著兩名帶刀侍衛的凌宇軒開始信步而行，手中的白紙扇優雅地搧著風。

上午時分，玄武大殿裡除了肖家主僕還有四、五名香客。當肖母帶著肖文卿、肖文聰姊弟和丫鬟、婆子上過香走出玄武大殿，便看到一白衣瀟灑的英俊書生面帶笑容地走了過來。

「咦，好巧，岳母大人今日也來上香。」凌宇軒笑著說道，快走幾步上前，朝肖夫人躬身施禮。「小婿拜見岳母。」

果然如文卿說的，很會演戲呢！肖夫人面露驚喜地道：「宇軒，我沒想到你也會到道觀上香呢，好巧。」人長得英俊，衣裳怎麼穿都好看。她的女婿今日頭上束著月白色書生巾，身穿月白色儒衫，少了兩分英氣多了兩分書卷清氣，冷毅精銳的雙眸看起來也柔和了很多。

「姊夫。」陪同母親、姊姊一同來上香的肖文聰朝凌宇軒拱手作揖，姊姊和眼前人已經訂親，現在就叫姊夫無妨。

「聰弟。」凌宇軒拱手還禮。這個小妻弟今日打扮得倒是很符合他的年齡，頭髮梳成總角，上穿衣、下穿褲。

目光轉向肖夫人左邊的美麗少女，凌宇軒的目光便再也轉不開了。文卿今日梳著望仙髻，戴著他聘禮中的赤金綠翡翠步搖和簪子，穿著月白色刺繡對襟襦裙，未施脂粉，面容清秀婉約，優美嘴角噙著淡淡羞意的微笑。

「咳咳。」發現女兒、女婿的目光好像要凝在對方臉上，肖夫人重重地咳嗽了兩聲。這道觀除了他們兩家的僕人、侍衛，還有道人和其他香客呢。

肖文卿害羞地立刻低下頭，白皙的雙頰疑似染上紅暈。

「既然巧遇，我們不如去一邊坐坐，說說體己話。」肖夫人笑道。女婿和女兒情深似海，她這做母親的是再高興不過了。

「是，岳母。」凌宇軒馬上走到肖夫人右邊，和小妻弟走在一起。

一行人在玄武大殿旁邊的客房中坐了一會兒，肖夫人便道：「難得到棲雲山來遊玩，你們乾坐在這裡陪我這個老婆子有什麼意思，都出去玩吧。聽兒，你姊姊上一次來棲雲山時才一歲，早就不記得了，你帶她到處看看；宇軒，你也是，讓聽兒帶你走動走動，看看棲雲山的風景。」兒子們如果和這大舅子關係好，未來必然會受到他一些庇護照顧。

肖文聽知道母親的用意，便道：「好的，娘。」

「那就有勞聽弟了。」凌宇軒笑吟吟道。

臉上桃紅色還未褪去的肖文卿低聲道：「娘，我和弟弟、凌大人出去轉轉，您等我們回來。」她和凌宇軒這次見面之後，要一直等到他上門迎親才能再見面了。

肖夫人朝他們擺擺手，讓他們出去，她是個很通情達理的母親。

被帶在身邊的水晶和瑪瑙跟著肖文卿一起出去，然後便很習慣地落後肖文卿和凌宇軒他們三丈遠，兩個專門被調來保護肖文卿的女侍衛更是落在很遠的地方。

肖文聽領著肖文卿和凌宇軒走出道觀，然後沿著左邊一條石階繞著山體蜿蜒向山上去。他笑著對肖文卿和凌宇軒道：「姊姊，姊夫，我帶你們去棲雲山山腳附近幾處美景看看。棲雲山，山高崖峭，上山的路在山腳下的那幾段還好走，往上走不到兩刻鐘時間便沒有現成的路了，只有採藥人才會冒險繼續向上爬。」

凌宇軒走在肖文卿的身邊，耳邊聽著肖文聽的介紹，眼裡心裡都是肖文卿。

走在前頭的肖文聽回頭便發現這個姊夫很心不在焉，眼珠子一轉，突然捂住肚子道：「哎喲，姊夫，姊姊，我肚子突然疼了。」

肖文卿被嚇了一跳，趕緊道：「我們快回去，道觀裡也許有懂得醫術的道人。」

肖文聰馬上道：「姊姊，不是那種肚子疼，是，是……我要如廁。」說著，他不顧臉面地往後跑，邊跑還邊說：「水晶姊姊，瑪瑙姊姊，妳們有沒有帶紙？妳們過來幫我看著，別讓人靠近我。」

凌宇軒和肖文卿立刻明白，這小子是在找藉口讓他們獨處呢。水晶和瑪瑙雖然慢了一拍，但很快明白了，一前一後追去；兩名女侍衛面面相覷，很安靜地消失在凌宇軒和肖文卿面前。

閒雜人等全都識趣地消失了，凌宇軒便立刻伸手挽住肖文卿的手，道：「我們到處走走。」說著，他便拉著肖文卿拐進一條隱藏在鬱鬱蔥蔥綠樹下的小道上。

「你呀。」肖文卿掩嘴輕笑，一雙明眸流轉著動情的柔光。

鄉下民宅的護院家丁只是力氣大、會幾招把式，他若像在前何御史府那樣夜入肖府，沒人能知曉。他為了她的名聲不敢冒一絲險，弄得要見她一面還要花心思，真是苦了他了。

將肖文卿帶到陰暗的樹林深處，凌宇軒一把將她緊緊摟抱在懷中，呢喃道：「我們已經四天沒有見面了。」他回京城的行李前天已經全部準備好了，就等著今日見她一面，明早出發。

「宇軒……」肖文卿溫柔地依偎在凌宇軒的懷中，低聲道：「我昨晚又夢到你了。」她經常夢到他……

「妳要天天夢到我。」凌宇軒很霸道地說道，因為她的這一句話，心中瞬間充滿了激動和幸福。

「嗯。」肖文卿將臉埋在他的胸膛，讓鼻端充斥他獨有的男性氣息。作夢這事豈是人能控制的，不過她會努力夢到他，在美好的夢中感受他的溫柔和愛護。

情意綿綿的未婚夫妻，旁人都識趣地避開，身邊只有被涼爽山風吹得搖曳的樹枝藤蘿，擁抱在一起的他們情動心動，凌宇軒心猿意馬再也忍不住了，猛地伸手捧住肖文卿的臉龐，低頭含住她那櫻花般粉嫩的菱唇，熱切地舔舐、吮吸……

「嗯……」第二次被他如此熱吻的肖文卿菱唇輕啟，閉上雙眸，溫順地迎合他強壓了很久很久的渴望。

山風吹得樹枝搖曳，發出沙沙沙的聲響，將逐漸急促的呼吸聲完全隱藏了起來。

一會兒，凌宇軒陡然放開肖文卿，將她狠狠壓在懷中。肖文卿被他的熱情和急切吻得差點窒息，她眼神迷茫，癱軟的身子要不是因為他雙手緊緊抱著，幾乎要癱下去了。

氣息急促而沈重的凌宇軒懊惱道：「我真應該向妳乾娘求親，把妳娶回家之後再帶妳到西陵尋親。」如果那樣，他何必要承受相思苦，何必要壓抑身體的本能；可是，為了讓她能有更好的身分嫁入他家，將來不被其他官夫人輕看，他必須忍耐。

肖文卿滾燙的臉頰貼在他懷裡，耳朵聽到了他沈重的呼吸聲，急速的心跳聲，同時也感受到他透過衣服散發的熱力。

「兩情若是長久時，又豈在朝朝暮暮。」肖文卿柔聲說道，沈浸在他的熱情和溫柔中。

「嗯……」凌宇軒用勁摟著她的後背和纖腰，努力將自己的身體熱潮壓制下去。

良久，凌宇軒放開肖文卿，牽著她的手沿這條有些隱蔽的小道往回走。山中蛇蟲較多，他一個人是無所謂，帶著文卿自然還是走現成的石頭臺階好。拾階而上，他們肩並肩欣賞棲雲山周圍的景致，正如肖文聰所言，這路越往上越難走，凌宇軒不放心肖文卿，便道：「我們別再往上了，回去吧，岳母也許等得心焦了。」

「嗯，我們慢慢走回去，也許能趕上青陽觀的素齋。」肖文卿道。母親在來時的路上說過，會請青陽觀的道人做一桌素齋給他們用。

凌宇軒點點頭。他聽知客道人說過，青陽觀的素齋採用的是棲雲山中的食材，味道特別鮮美，只要香客提前打招呼，並多留些香火錢就可以吃到，他已預訂了一桌。

兩人剛要轉身，便看到一名揹著暗褐色藤背簍、手中抓著一把小藥鋤的白髮老道士沿著蜿蜒的石階迎面走來。

「老道長，山上的路很不好走，您怎麼還去採藥呢？」肖文卿驚訝地問道。青陽觀的道士們也真是，這位道長偌大年紀了竟還讓他上山採藥。

凌宇軒仔細打量這位白髮老道士，見其年紀雖大，但面容紅潤、皮膚光滑，雙眼精光熠熠，腰板筆挺，腿腳索利不亞於年輕人。

見到一對年輕男女，越走越近的白髮老道長露出驚訝之色，然後便停在這對年輕人面前。

他對凌宇軒道：「你天庭飽滿，印堂潤澤，必然年少得志，將來官封王侯；雙眉有斬子紋路，剋子剋女，無兒女送終；額前隆起稍稍偏左，乃剋母之命；兩顴豐隆，骨肉勻稱，雙唇飽滿，對君對家都忠心忠誠。」

凌宇軒愣怔。

白髮老道長仔細端詳肖文卿的面相，驚詫道：「老道生平相面無數，卻從來沒有見過姑娘這般奇特的。初看，妳面相清秀單薄，父母兄弟、兒女情緣都極淺，心比天高、命比紙薄，一口薄棺、一處淺坑是妳的最後歸屬。」

父母兄弟、兒女情緣極淺，一口薄棺、一處淺坑，這不就是她去年三月某一晚突然作的噩夢裡的下場嗎？肖文卿被老道長相面相得臉色蒼白如紙，身體微顫，後背心一片冰涼。

白髮老道長盯著肖文卿的臉繼續道：「可是細看，我卻又得出一個截然不同的結果。妳面容偏瘦，但雙頰不肥不瘦恰到好處，額頭平滿寬廣，鼻梁正直，鼻翼勻稱，人中清晰，下巴橢圓，耳垂圓潤柔軟，是一品貴婦之相，兒孫多且聰慧。只是……」他對著肖文卿的臉看了又看。「妳今年有死劫，過得去，兒孫滿堂，一生享盡榮華富貴；過不去，秋風秋雨哭香魂。」

秋風秋雨哭香魂……夢中的那個她在秋風秋雨中孤寂地死去……肖文卿的手指不斷顫抖。

「妖道，你這是胡說八道！」凌宇軒怒叱道，英俊的臉上充斥陰狠狂暴之氣。他懷疑這位老道人就是知客道人提到的青河道長，紅雲道人的師父，那個相面很準的人。

「怪哉，像是帝王之怒呢，不過還是差多了。」老道長驚奇地望著凌宇軒的臉，道：「你命貴不可言，你的貴能護她一生。我看你二人手牽手便知道你們是一對，特地從你們的面相上推算一下你們的夫妻運，可是天作之合呢，一個命貴卻剋子剋母，一個只要度過死劫便能兒孫滿堂。」

他這一句話頓時讓凌宇軒息怒了。凌宇軒緊緊抓住肖文卿顫抖的冰涼小手，沈聲問道：「我真能護她一生？」

「你若願意，便能護她一生，而她則會讓你兒孫滿堂。」老道人鐵口直斷道。

凌宇軒頓時轉怒為喜，只要文卿一生平安即可，他確實剋母，將來可能真的剋子，所以兒女有就有，沒有也不強求。

宇軒可以庇護她一生嗎？肖文卿緊張地望向凌宇軒。

凌宇軒斬釘截鐵道：「妳是我的妻，夫妻同體，我的命便是妳的命。」

肖文卿感動地反握住凌宇軒的手，他們夫妻同體，如果她能兒孫滿堂，他必然也兒孫滿堂。

「哈哈哈哈……」老道人大笑著撫著雪白的山羊鬍鬚。「你們能配成夫妻真的很有緣分。」說著，他便從他們身邊走過。

「等一下，道長，您可是紅雲道人的師父青河道長？」凌宇軒握著肖文卿的手，追上兩步問道。

「老道便是青河，莫非你們最近叫我徒兒合過八字？」老道人道。他那徒弟不潛心修道，跑到俗世算命、批八字，過富裕生活去了。

「真是。紅雲道人替我兩人合八字時也說，我們妻憑夫貴，舉案齊眉，白頭偕老，兒孫滿堂。」凌宇軒道，兩位道長都這樣算，文卿就不用害怕那個死劫了。

「嗯，我看面相，他算八字，既然結果都一樣，那麼恭喜兩位了。」青河道人笑道，沒有哪個算命的敢說，自己算命絕對準確。

「道長這是要回青陽道觀嗎？請允許我兩人隨行。」凌宇軒放開肖文卿的手拱手道。

青河道長無所謂地點點頭，繼續朝前走。

凌宇軒便牽著肖文卿的手跟上青河道長，他現在記住了，他要盡可能地陪伴在文卿身邊，用他的「貴」保護她，解除她的死劫。

快步趕路，肖文卿雖然被凌宇軒牽著走，但還是走得氣喘吁吁。反觀滿頭白髮的青河道長，他腳步輕快，不見半點氣喘；凌宇軒氣定神閒，彷彿只是散步，沒有花半點氣力。

接近山腳下，坐在路邊石頭上聊天的水晶和瑪瑙起身迎接單獨相處了很久的凌大人和肖姑娘；兩個女侍衛如幽靈一般出現，非常安靜地站在肖姑娘身後。

「四舅老爺，肖姑娘，肖夫人剛才派人過來，請你們回去。」水晶道，拿出一條繡帕遞給肖文卿。「肖姑娘，您的臉上全是汗水，快擦擦。」

瑪瑙也道：「凌大人、肖姑娘，你們不用趕著回來的，快坐下歇歇。」肖姑娘面龐通紅，額頭和鼻尖沁出密密的汗珠，爬山遊玩很辛苦，肖姑娘是千金小姐，禁不得累。

肖文卿接過水晶遞過來的繡帕將臉上的汗水擦掉，凌宇軒立刻朝青河道長一拱手，歉意道：「道長，請恕我們失陪。」

青河道長又是一陣哈哈大笑，道：「姑娘，要多活動身子骨兒呀。」生孩子不僅是體力活，還是生死關，多少孕婦因為體力不支，最後生不下孩子而死；不過現在已經是六月了，這位姑娘還是在室女，應該不會在今年秋季遭遇生產死劫的。

青河道長笑著走了。

瑪瑙扶著肖文卿坐到她剛才和水晶坐著的乾淨石頭上。

凌宇軒覺得青河道長最後一句話很可能是某種提醒，心中馬上思索，該如何讓文卿多活動，增強體力。

肖文卿坐在石頭上歇了好一會兒，呼吸才平順下來，她不好意思地起身道：「宇軒，我娘在等我們呢。」應該要用午膳了。

凌宇軒朝肖文卿伸出手，肖文卿羞赧地搖搖頭，朝遠處的青陽觀走去。她再累，也不能當著丫鬟和女侍衛們的面由他扶著走呀。

第二十四章　親人

凌宇軒記得青河道長給文卿相面時說過，文卿今年有死劫，過不去，秋風秋雨哭香魂，相信那死劫會發生在今年秋季，所以他決定趕快回京籌辦婚禮，然後快速趕回來，提前把肖文卿接到自己身邊。青河道長說，他的「貴」可以幫她擋風遮雨。

凌宇軒日夜兼程、馬不停蹄，六月十九日便趕回了京城。他將禮書、答婚書，以及肖家的部分還禮單子交給父親察看，懇請父親幫忙籌備婚禮，他要趕過去迎親。

對兒子的急切，凌丞相笑著直搖頭。「軒兒，為父知道你急著要成親，也同意你娶那肖家小姐了，你就不能耐心點，將迎親之日定在年底前或者明年三、四月分？西陵和京城之間距離太遠，正常一趟來回就需要近三個月，現在都六月十九日了，你剛回京城就又去西陵，簡直是找罪受。」如果他實在憋不住，那就收個通房丫鬟好了。

「父親。」凌宇軒對父親的信任是無以復加的，便把青河道長和紅雲道人這對師徒的相面和批命結果說了一遍。

「貴……不可言，官封王侯，剋母……」凌丞相捏著鬍鬚沈吟了良久，道：「那青河道長確實有些真本事，看來，你和肖家小姐的婚事還真是天作之合。」一個貴不可言卻剋母剋子，一生享盡榮華富貴卻老來膝下空虛、無子送終；一個雖然有死劫，但只要有貴人庇護，度過死劫後就能成為一品貴婦人、兒孫滿堂。

母親……凌宇軒有些傷感地低下了頭。

「你急著趕回來，又急匆匆回去，簡直要成了別人的笑話。你是守護皇宮和皇上的龍鱗衛指揮同知，皇上再對你青眼有加，你也不能長期不去拜見他；你明日就去復職，處理公務，七月初再向皇上請婚假。」凌丞相道。「你母親不贊成你的婚事，也很惱火你不提前詢問她的意思，不過她既然是你母親，你的婚事就需要她操持。你我都是男人，婚慶習俗各種細節一概不懂，你母親操辦過你兄長、姊姊們的婚事，幫你籌備是輕車熟路。」

「是，父親。」凌宇軒點著頭道：「等一下我就去給母親請安，請她老人家幫我佈置新房、操辦婚事。」母親討厭見到他，所以他儘量不出現在母親面前。

「嗯。」凌丞相點點頭，繼續道：「你在肖家看到了肖家三兄弟，覺得他們怎麼樣？」

「父親，肖家三兄弟現在都還太年輕，未經世事，如果太早涉入仕途，不是被我們捧得順風順水從此不知天高地厚，便是被別人打壓得一蹶不振。」凌宇軒道。「我們需要好好培養他們才行。」

「嗯。」凌丞相能做到丞相，除了靠早年和皇上培養的「兄弟友情」，自身也老謀深算，很有看人眼光，兒子這樣一說他便知道肖家兄弟只要有人小心栽培，便可成棟梁之才。丞相府有這一門親，未來幾十年可以維持一定繁盛。

「我岳母睿智冷靜、目光深遠，今年秋闈只讓長子文樺和次子文楓參加，同時也不求他們必中；文聰才十一歲，岳母要他五、六年之後再考慮參加科考，這其間最好能經常出門走動，見見世面。」凌宇軒道。「文樺和文楓已經決定，秋闈落榜後就去考鵬程或者白鹿書院。」

大慶皇朝有八大書院，其中鳳凰、青雲、鵬程、白鹿排在前四位，不是讀書人或是有錢人想進去就能進去的，想進去進修的學生不僅需要有名人、熟人推薦，還要經過嚴格考試。鳳凰書院和青雲書院裡的學生非富即貴，凌宇軒後來考慮過，覺得文樺和文楓兄弟進去容易產生自卑心理，就放棄勸他們考那兩間書院，而去考平民書生比較多的鵬程或白鹿書院。

「哦，肖家自己已經打算好了。」凌丞相滿意地點著頭道：「軒兒，你擔心的事情發生了，為父已經替你壓下去了，只是，後續的事情，還是需要你和那肖姑娘自己證明。」他起身從書架上抽出一封案卷遞給凌宇軒。

凌宇軒打開迅速看完，英俊的臉上寒得宛如千年玄冰雕成，雙眼充斥著殺氣。

案卷裡記錄的事情和凌宇軒、肖文卿有關。京城四俊之一的凌宇軒送肖家姑娘返鄉尋親，這豈是一件普通的事情，足以令眾人議論紛紛。半個月後，京城突然傳言，肖家姑娘曾經嫁給一個面容醜陋的侍衛，後來冒充未婚純潔少女勾引丞相之子。這件醜聞很快在京城傳開，凌丞相大發雷霆，嚴厲鎮壓此事，但是有人唯恐天下不亂，繼續散播流言，前何御史的侍衛趙明堂被人爆出來，他就是肖家姑娘肖文卿曾嫁過的丈夫，街坊鄰居都可以作證。

事情越傳越糟糕，趙大娘不得不出面澄清，是有這事，不過那段時間她兒子趙明堂根本不回家，和媳婦只有夫妻之名無夫妻之實，他們兩個不投緣，於是她認文卿為乾女兒，兩個孩子以兄妹相稱；趙家已經寫了放妻書，文卿是乾乾淨淨從她趙家離開的。

凌丞相派人追查流言之源，查到是從何長青郎中後宅傳出來的，肖家姑娘原本是何長青兒媳婦的陪嫁丫鬟，何長青收到警告，責令自己的夫人嚴加管理後宅，目前他家大兒媳病了，在家養病不見外客。

「軒兒，肖家姑娘的流言暫時是壓下來了，但以後她能不能被京城貴婦人們接受，還要看她自己了。」凌丞相道。他一開始就是因為這個原因不同意兒子的請求，可是兒子執意要明媒正娶肖家姑娘，他才不得不同意。兒子自己選擇的妻子，妻子帶來的麻煩應該由他自己處理。

「父親請放心，這事，我會好好處理的，絕對不讓我凌家丟臉。」凌宇軒寒著臉沈聲道。

「你長途跋涉累了，先回院子梳洗一下，然後給你母親請安去。」凌丞相憐惜道。「明日你就去龍鱗衛復職。」

「是，父親，孩兒告退。」凌宇軒說著，拱拱手，轉身離開父親的書房，朝後院走去。

看著兒子英挺矯健的身影從眼前消失，凌丞相面露悵然。

凌宇軒住在丞相府西邊的福壽院，這裡地勢比較高，周圍有小山和蓮湖，景致也非常優美。這院子原本是他祖母頤養天年所住的院子，祖母八十八歲高齡駕鶴西歸後半年，父親就把這丞相府地理位置最好的院子全部翻修，重新佈置，院名都不改地讓才兩歲的他搬進去。依照一風水先生的說法，地養人，人養地，這裡風水極好，居住在這裡的主人運道也會好；這裡曾經居住過一位福祿壽三全的一品貴婦，她的好命也增添了這塊地的靈氣、寶氣。

就是因為有這種說法，母親對父親將這院子翻修後不讓她或者體弱多病的嫡長兄入住養身子，而讓健健康康的兩歲幼子入住極為不滿。他長兄病故之後，母親的不滿更是達到極點，她對他惡言惡語，要不是父親阻攔，她差點把福壽院燒掉，包括住在裡面的他和僕人都會遭殃。父親隱瞞了那時候發生的事情，並封了知情人等的嘴巴，不過他當時隱約有這個印象，在以後的日子裡逐漸回憶起來，再派人調查，便知道母親並不是自己的生母，她在他很小的時候便對他不仁了。

凌宇軒回到自己院中沐浴更衣，然後便去了母親的馨怡院。

「四公子。」馨怡院長廊裡的丫鬟和媳婦婆子見到凌宇軒歸來，紛紛朝他行禮，同時向裡面通報。

正屋裡傳來錚錚的琴聲，凌宇軒便問道：「何人在彈琴？」他母親早就沒了這些雅興。

「四公子，大小姐和孫小姐在裡面陪著夫人。」一名丫鬟躬身道：「孫小姐在彈琴。」她說著話時，另一名丫鬟掀開竹簾請凌宇軒進去。

「哦。」凌宇軒跨過門檻進入正屋。

正屋裡有些清涼，丞相夫人和她唯一的嫡女坐在羅漢床邊喝茶，聆聽外孫女蔡佳玉彈琴。

看到凌宇軒進來，蔡佳玉停止彈琴起身給凌宇軒福身，道：「佳玉見過四舅，四舅萬福。」

凌宇軒笑著點頭，讚道：「佳玉，好久沒聽妳彈琴，妳琴技大有長進。」說完，他朝端坐羅漢床的丞相夫人躬身拱手，道：「母親，孩兒今日回來了，特來給您請安。」請安後，他又朝母親旁邊的中年美婦拱手。「大姊，妳比小弟上次見時清減了不少，莫非有什麼煩心事，如果有需要，請和小弟說。」

望著養於自己名下的嫡幼子，丞相夫人保養得當的臉上展露一絲笑容，道：「嗯，坐吧，你的親事可訂下了？」

「託母親的福，孩兒訂親之事一切順利。」凌宇軒道，坐到右邊一張放了竹編坐墊的高背椅上。

凌宇軒坐定後，蔡家大夫人輕笑道：「宇軒，愚姊一定要有煩心事才能瘦下嗎？」她這小弟突然向父母提出要娶一個家道中落還做過丫鬟的姑娘，然後雷厲風行地準備聘禮，向皇上請假，送那肖家姑娘返鄉尋親。一開始就被蒙在鼓裡的母親大發雷霆，堅決反對，還把小弟的同夥——六妹劉夫人叫到丞相府痛罵了一頓；只是這婚事父親同意了，皇上還特地賜下黃金大雁，母親只好保持沈默。

凌宇軒聞言立刻拱手賠罪，道：「大姊，小弟說錯話了，請大姊原諒。」大姊是個聰明人，雖然看不起庶出的弟弟、妹妹們，但對他這個弟弟還算友好。

蔡大夫人摸摸自己的臉，笑道：「我是為你外甥女的親事忙的。」

「佳玉說人家了？大姊，對方是哪家，那男子品性如何？請告訴小弟，小弟幫妳查查。」凌宇軒笑著問道。

「這外甥女婿你一定見過，就是太子太師李岩的嫡長孫李子皓。宇軒呀，你外甥女出嫁，你這個做舅舅的不能小氣。母親，您說是不是？」蔡大夫人邊說邊笑道。其實她最近幾年一直都在勸母親對宇軒好些，宇軒是父親的繼承人，她們母女將來都要依靠宇軒。她生有一子一女，唯一的嫡子十歲那年夭折，她已經不能再生，現在都在考慮要不要從庶子裡挑一個養在自己名下了，母親怎麼還是想不開呢？

「李子皓？」凌宇軒想了想，道：「倒是門當戶對。他容貌俊秀，性情溫和，佳玉嫁過去不會吃虧。」

聽四舅也誇讚自己未來的夫婿，知道四舅能力的蔡佳玉再一次滿意了。

明白唯一嫡女多問一下自己的用意，丞相夫人微笑著點點頭，叮囑道：「宇軒，佳玉是你第一個外甥女，你不能虧待了她。」她雖然有九個孫女、外孫女，但只有佳玉是她嫡親的。

見母親一改自己離家時的冷怒對自己和善，凌宇軒略一思索，道：「母親，孩兒有一對翡翠麒麟，是西域波爾國進貢給皇上，皇上又賜予孩兒的，就送與佳玉做添箱好了。」

那對翡翠麒麟丞相夫人是知道、也親眼看過，聞言，立刻露出滿意的笑容，轉頭對蔡佳玉道：「妳還不快謝謝妳四舅。」翡翠麒麟價值連城，這份添箱的價值不亞於蔡家給蔡佳玉置辦的全套嫁妝。還有，舅舅送這麼一份大禮就是告訴佳玉的夫家，他庇護著這個外甥女，這外甥女如果受到什麼委屈，舅舅會站出來說話。

蔡佳玉又驚又喜，立刻給凌宇軒行大禮。

那對翡翠麒麟足夠做傳家寶，凌宇軒送出也有一些惋惜，不過他送這份特別大禮是有用意的。

第一，他大姊生了一兒一女，兒子夭折，名下嫡親的孩子只有蔡佳玉一個。蔡佳玉也就是他母親唯一的嫡親後代，他送如此厚禮給蔡佳玉做添箱，能稍微緩和他和母親的矛盾；他和母親的關係改善了，文卿嫁過來便不會遭到太多欺負，文卿就算被母親欺負，大姊過來時多少會勸阻些。

第二，佳玉在文卿進入京城官家千金小姐圈子出了不少力，他要感謝她，他送她厚禮讓她在夫家地位穩定，她必然會投桃報李，將來更加幫助文卿。

「我家佳玉六月行過文定之禮，婚禮訂在九月十八，宇軒，你這個舅舅可不能再缺席了。」蔡家大夫人道。她家女兒文定時，親舅舅出遠門了，連禮物也是外祖父替他準備、用他的名義送的。

「對不起，大姊，小弟也在為自己的婚事奔波。」說到這裡，凌宇軒開始說自己過來的主要目的。

朝丞相夫人一拱手，凌宇軒道：「母親，孩兒把迎親之日訂在八月二十六日，成親之日還請父親和您商議決定。」

八月二十六日？京城和西陵之間的旅程一般需要一個半月到兩個月的時間，他要是去西陵迎親，肯定是趕不回參加外甥女出嫁的喜事。「宇軒，你也太急躁了，迎親和婚禮要是放到年底或者來年，你和肖家姑娘不是可以準備充分些，這麼短的時間，我估計肖家連嫁妝都準備不齊全。」蔡家大夫人說道，她在女兒十歲的時候就開始著手準備嫁妝了。

「大姊，小弟今年二十五，不小了。」凌宇軒道。「西陵距離京城太遠，大件的嫁妝運輸不方便，肖家決定找人幫忙在京城選購。」

「現在急了，你早年幹什麼了？」蔡家大夫人掩嘴笑道。

「宇軒，你何必把迎親日訂得這麼近，這來回奔波，你吃得消，肖家姑娘可吃得消？」丞相夫人無奈道：「既然已經訂了迎親日便無法更改了，你去迎親吧，我會在十月裡給你挑個好日子。」

「母親，孩兒的婚房和婚宴、請客諸多事宜還請您多多費心。」凌宇軒道。

因為外孫女收到一份大厚禮，又被親生女兒勸了多日的丞相夫人心情不錯，聞言便點頭道：「我有數。」

見母親心情很好，凌宇軒很高興，便道：「母親，孩兒過來匆忙，沒來得及把您老人家的禮物帶過來，晚些時候我再親自送過來。」

「娘，宇軒對您可是真孝順呀。」蔡家大夫人道。「宇軒，不知道你這趟西陵之行，有沒有帶什麼禮物給大姊？」

「小弟都有準備，只是剛回到家，行李還沒有整理好，等明日，小弟派人送給妳和佳玉。」凌宇軒道。「一些當地特產，希望母親和大姊妳們不要嫌棄。」

凌宇軒該有的禮數都做到了，蔡家大夫人很滿意，丞相夫人也挑不出毛病來。蔡家大夫人和蔡佳玉插科打諢，努力調和丞相夫人和凌宇軒的關係，一時間，他們之間親情濃濃。

「宇軒，西陵那邊情況這樣？那邊的百姓臉色如何，可安居樂業？」皇宮御書房中，年過六旬，頭髮花白的大慶皇帝放下手中的朱砂紅筆問道，三句不離本行。

「回稟皇上，微臣從京城一路向西南方的西陵，所經城鄉大致安定祥和，百姓大多富足健康，雖然城中有乞丐行乞，但數量都在合理範圍內。」凌宇軒回答道，因為是趕路，所以他在經過集鎮鄉村時也是走馬看花看個大概。看百姓要看其氣色，他所看到的百姓極少出現面黃肌瘦、衣衫襤褸的，這說明那些地方風調雨順，百姓安居樂業。

「這就好。西南區域距離京城太遠，地方官員隻手遮天，朕鞭長莫及。」皇上撫著花白鬍鬚道，狹長的丹鳳眼中流露一絲得意。只要不出現天災，人禍又在掌控之中，百姓們就不會造反，他的統治便堅如磐石。

「皇上英明，百姓之福也。」凌宇軒拱手嚴肅道。皇上有九位皇子和十一位公主。元后生四公主、二皇子，繼后生六公主、七皇子，當今太子是二皇子。太子和當今皇后所生的七皇子……皇上有皇上的思量，他只希望宮廷內鬥不要殃及無辜。

「你送已故昌興知縣遺孤返鄉，可順利和她家結親？」皇上詢問道。

「託皇上鴻福，微臣訂親順利，已經決定八月二十六日前往西陵迎親。」凌宇軒回答道。

「你回到京城之後，凌丞相可告訴你肖家姑娘嫁過人的事情？」皇上問道，眉頭皺了起來。

凌宇軒很淡定地回答道：「皇上，家父已經告訴微臣了。在趙家和肖姑娘成親的是微臣，皇上，那個時候微臣正假扮侍衛趙明堂調查前御史何長青的瀆職問題。」

「這件事情朕知道，凌丞相也知道，所以也沒有反對你娶肖家姑娘。」皇上撫著鬍鬚問道：「凌丞相說這件事的後續處理就交給你了，你打算怎麼做？一個後宅愚蠢婦人興風作浪罷了，何家父子頂多就是擔個治家不嚴的罪過。」

「皇上放心，微臣會妥善處理的。」凌宇軒拱手道。

皇上點著頭道：「你明白就好。」

「今年八月二十六日你要到西陵迎親？宇軒，你太急切了些。」皇上搖著頭道。「西陵和京城相隔萬里，你有重要官職在身，還是派迎親使者去吧。」說著，他看著凌宇軒的臉露出慈愛的笑容。

「皇上，迎親儀式是男子一生中一件很重要的事情，微臣不想請別人代勞。」凌宇軒道：「西陵和京城相隔萬里，微臣也不放心未婚妻旅途安全。」

「還是你血氣方剛，不捨得和那肖家姑娘分別太久吧？」皇上大笑著道：「朕也曾經年輕過。」

凌宇軒不好意思地低下頭。皇上和他父親在政治上很合拍，私底下友情深厚，所以皇上把他當作子姪輩愛護培養。

皇上突然問道：「宇軒呀，你身邊可有其他女子？」

「回稟皇上，微臣沒有。」凌宇軒拱手道。

「沒有？」皇上頓時深深皺起眉頭。「難道丞相夫人忘了給你安排通房丫鬟？朕知道她一向對你不夠關心，可沒想到她連做母親的責任都忘了。」權貴人家男孩子到了十六歲，母親都會安排幾個容貌秀麗的丫鬟伺候兒子。

「皇上。」凌宇軒趕緊道：「微臣的母親派人送過丫鬟，那時候微臣跑去黑衫軍當兵，回來之後便把她們退回給母親了。」

「那些丫鬟容貌醜陋？」皇上不悅道：「丞相夫人居然因為不喜歡小兒子，給小兒子安排醜丫鬟當通房？」

「不是，皇上，是微臣沒有興趣，不想收，非家母選人不當。」凌宇軒道。

「後來呢，她便沒有再管？」皇上皺著眉問道。

「是微臣讓她別管的，因為微臣不重女色。」凌宇軒趕緊道。

皇上沈吟了一會兒，吩咐身邊的一個太監道：「尚明，你去見皇后，讓她找兩個溫順貌美的年輕宮女。」他笑著對凌宇軒道：「既然你母親不負責任，你父親也沒管，朕便賜你兩個通房。」

「尚公公且慢。」凌宇軒立刻跪下，拱手道：「皇上不可。」

皇上龍眉一挑，鳳目閃過一絲不解。

凌宇軒急切道：「微臣叩謝皇上好意，微臣不重女色，而且已經和所愛女子訂婚，所以不想納妾、收通房。」

皇上頓時吃了一驚，坐在龍椅上的身子微微前傾一些，急切道：「宇軒，大丈夫豈能只有一妻？」莫非他身子有些問題，所以他在假扮趙明堂和肖家姑娘成親時，還讓那肖家姑娘保有清白之身？

「皇上，大丈夫只有一妻也沒什麼。古代齊國上大夫夏侯明只娶孟氏一妻，前朝征西大將軍劉志唐只有一妻，本朝太祖皇帝的趙丞相也只有唐氏這一妻。」凌宇軒回答道。

皇上皺著眉頭道：「齊國上大夫夏侯明只娶孟氏一妻，是因為孟氏是母老虎，他畏妻；前朝征西大將軍劉志唐只有一位夫人，是因為夫人巾幗不讓鬚眉；本朝太祖皇帝的趙丞相只有唐氏一妻，是因為唐氏是他糟糠之妻，對他有三次救命之恩，他承諾終身不負她。你看中的肖姑娘，哪裡值得你不納妾、不收通房？」

「皇上，肖姑娘不愛榮華富貴，不在乎人的美醜。」凌宇軒道。「更主要的是，微臣不想自己的後宅被幾個女人弄得一團糟。」

「嗯……」皇上想著，搖頭問道：「趙丞相只娶一妻，雖生兩兒，但長子夭折，次子病故，從此絕了嗣。」

凌宇軒馬上道：「皇上，兩位很有名的算命道長分別給微臣和肖姑娘算過命，微臣覺得他們說得非常靈驗。」

「哦？」皇上頓時興致盎然起來，問道：「他們怎麼說？」

凌宇軒便把紅雲道人的批命和青河道長的相面詳細說了一遍。

「母子緣淺，命格貴不可言，年少得志，將來官封王侯；剋子剋女……」皇上低聲呢喃著這些，面容越來越驚愕。

「皇上，微臣和肖家姑娘是天作之合，娶了她便能兒孫滿堂。」凌宇軒道。

「嗯，既然這樣，朕就不多管閒事了。」皇上道：「你起來說話。」子不語怪力亂神，第一位算命的道人拿人錢財會揀好聽的說，第二位算命的道人只是和兩個陌生年輕人在山中偶遇，有緣才給他們相面的，沒有必要說謊，而且兩位道長都把宇軒的前半生算得精準，不由得他不信道長們算出來的下半生命運了。

「謝皇上。」凌宇軒舒了一口氣，再次起身。皇上硬要賞賜他兩個宮女，他強硬地拒絕就是抗旨不遵，皇上即使念著他父親不怪罪於他，心中也肯定會留下不滿。

「宇軒，你可見到那個十一歲的案首？」皇上開始詢問肖家那讓他感興趣的小天才。

凌宇軒得知皇上還惦記這肖家小弟，便認真而詳細地把肖家小弟的事情說給皇上聽。皇上記住了肖家的天才，四、五年後，肖家小弟如果能參加殿試，皇上必定會對他多加關注。

第二十五章　成親

七月二十五日，日夜兼程的凌宇軒帶著他的迎親隊伍到達西陵長河鎮上。

七月二十七日，肖家派女方媒婆對凌宇軒從京城帶過來的媒婆說，一切準備妥當，明日吉時過來迎親。

七月二十八日，凌宇軒到西陵長河鎮上的第三天，長河鎮萬人空巷，大家都跑到街上看丞相之子迎親。

七月二十九日，肖府小姐出閣，幼弟肖秀才送嫁，新郎動用軍船趕路。

八月二十四日，迎親和送嫁隊伍一起到達京城，新娘進入新郎六姊夫劉學士府中待嫁。

八月二十五日，劉學士府將新娘嫁妝送到新郎府中。

八月二十六日，下午，丞相府前車水馬龍，京城大半官員都攜帶家眷抬著賀禮前來參加丞相嫡子龍鱗衛指揮同知凌宇軒的婚禮，一時間丞相府前院、後院人聲鼎沸，萬頭攢動。凌丞相帶著兩個兒子——三子凌宇樓、新郎凌宇軒，和兩個孫子在前面招待前來祝賀的官員，丞相夫人帶著媳婦崔氏和長女蔡大夫人一起招待各家的夫人、小姐。

「恭喜恭喜呀，親家母，妳最小的兒子成親了，妳也終於了卻一樁心事。」丞相夫人的老姊妹笑著恭喜道。

「呵呵呵，親家母，聽說妳二孫女開始說人家了，有沒有看中的，要不要我給妳家說媒？」丞相夫人說道，滿臉笑容。

「小丫頭挑三揀四，暗示對京城四俊剩下的兩位有好感，她也不想想，皇上親口封的四俊是好說話的嗎，需要機緣呀，就像妳小兒媳遇到妳小兒子那樣。」被丞相夫人稱為親家母的老年貴婦說道。

丞相夫人嘴角抽抽，苦笑道：「是機緣呀。」

「親家母，妳有沒有準備那個？」丞相夫人長女的婆婆蔡老夫人貼近丞相夫人問道。能夠被丞相夫人招待的，只有和她同齡的高階誥命夫人，所以在這裡就坐的只有五、六位老婦人。

「什麼？」丞相夫人問道。

「元帕呀。」蔡老夫人道：「前陣子不是有那個流言嗎？妳準備兩塊元帕，一塊乾淨的，一塊沾染上雞血、鴨血的元帕，不管怎麼樣，只要有染血的元帕，那些流言便不攻自破了。」

「嗯，這等隱私之事不適合公開，不過為了丞相府的名聲，我該準備一下。」丞相夫人苦笑著點頭道。

見提醒了丞相夫人，蔡老夫人也不多說了。雖然本朝比風氣開放的前朝更在意女子的貞潔，但也沒有在意到非要看處女落紅不可的地步，可是既然京城出現過新娘子身子不潔的流言，丞相府還是出示落紅元帕證明一下比較好。

因為新郎已迎過親，只因為兩家距離太遠，新娘暫住在劉學士府中休整，等待成親。傍晚時分，新郎凌宇軒帶著奢華精美的八人抬大紅花轎和迎親隊伍出發去劉學士府，一路放炮，吹吹打打，吸引街上行人紛紛圍過來看熱鬧。

劉學士府前院張燈結綵，大門敞開，新郎過來迎親也沒有受到任何刁難。新郎到來後不久，新娘蓋著紅蓋頭被丫鬟和喜娘、媒婆，一群媳婦婆子簇擁著來到前院。

「文卿，上花轎吧，我們祝妳和宇軒百年好合，早生貴子。」劉夫人熱情地說道。

「劉大人，劉夫人，這一年來多謝你們全家關心照顧，文卿無以為報，請受文卿一拜。」說完，肖文卿輕輕福身下拜。

劉夫人等肖文卿拜下之後立刻伸手把她扶起來，柔聲道：「叫六姊、六姊夫。妳是我的弟媳，我們是一家人，哪裡來這麼多見外的禮節。去吧，上花轎，我和妳六姊夫，還有紫苑隨後就到。」今日紫綾是壓轎童女，一大早就被人送到外公家，剛才和壓轎童男一起坐著大紅花轎過來了。

「是，六姊、六姊夫。」蓋著紅蓋頭的肖文卿點頭道，然後由喜娘和丫鬟扶著，跟在新郎和自己弟弟肖文聰的身後走出劉府。

劉府門前鑼鼓震天。喜娘拉開轎簾，就看到一對七、八歲左右的童男、童女坐在轎子裡，他們穿著一身繡金線的紅衣褲，畫眉塗脂，眉心點著朱砂圓印，頸項套著黃金瓔珞圈。

壓轎童女笑著對外面的人說道：「四舅、四舅媽，紫綾祝你們百年好合，兒孫滿堂。」她的同伴也道：「叔叔，嬸嬸，景淵祝你們百年好合，兒孫滿堂。」

一般人家壓轎用男孩，不過「女」、「子」兩字成好，代表兒女雙全，所以富貴人家既要壓轎童子，也要壓轎童女。

喜娘立刻笑道：「大吉大利，大吉大利。」

早就得到暗示的肖文聰立刻從一名僕人的手中托盤裡取出兩個很有分量的紅綢荷包，探頭進去道：「小弟弟、小妹妹，乖，下來，我這邊有好玩的東西給你們哦。」說著，他揚揚手中繡工精緻的荷包。

壓轎童女劉紫綾這兩天已見過肖文聰，見他誘哄自己下轎，便一本正經道：「你作一首和夏季有關的詩給我，我就下轎子。」

壓轎的孩童不是收到新娘家的紅包，再被人誇讚幾句就會讓出花轎，讓新娘子上轎的嗎？現場作詩，誰叮囑她這樣做的，丞相外公？這分明是要考肖文聰嘛，他雖然有些才氣，但也只有十一歲呀！眾人頓時很擔憂地望向肖文聰。

肖文聰皺眉想了一會兒，道：「半池粉藕半池香，倒影茅亭入小塘。珠簾捲動微風起，漾漾青波葉似裳。」（注一）

「好。」他剛唸罷，劉學士便大聲稱讚，他一稱讚，別人馬上跟著鼓掌附和。

肖文聰拿著一個荷包遞給劉紫綾。

劉紫綾笑著接過來，道：「肖家小叔叔，您好厲害。」說完，她跑出了大紅花轎。

被留在花轎裡的童男，新郎凌宇軒哥哥的小兒子有些驚慌了，連忙道：「你再作一首夏詩我就下來。」

肖文聰只好努力再想，別人都等著他，現場靜悄悄的。雖然不是第一次這樣被人圍觀，但如此有壓力，肖文聰還是第一次，他緊張了，額頭冒出細密的汗珠。

新郎凌宇軒見狀，便道：「景淵，下來，讓你嬸嬸上花轎。」

肖文聰立刻道：「姊夫，你等等，我再斟酌一下詩句。」還差一些。

聽他這樣說，旁人知道他心裡已經有譜了，便繼續等待，一會兒後，肖文聰唸道：「芳菲盡處何須恨，茉莉牆頭正養人。黃梅杏子輕風雨，滿架薔薇暗暗芬。」（注二）

「不愧是西陵郡今年的童子試天才案首。」劉學士驚嘆道，對花轎裡的男童道：「景淵，下來吧，以後有機會你要向嬸嬸的弟弟學習。」

「是，六姑父。」凌景淵連連點頭，接過肖文聰遞過來的荷包，快速跑出花轎。

壓轎童女和童男都讓出了花轎，鑼鼓立刻敲起來，喇叭嗩吶滴滴答答吹起來，喜娘大聲道：「新娘子上轎啦——」說著，她和陪嫁丫鬟綠萼一左一右扶著新娘子坐進花轎，然後放下轎簾，吆喝道：「起轎——」

注一、二：這兩首詩皆由作者好友朱九原創。

劉府門前發生的小插曲馬上有人飛報丞相府的眾人，在那邊等待新郎把新娘子接過來的賓客們對此議論紛紛。古時候很多名人少年是聰穎過人，被人謂之天才，這位肖家少年天才，將來可有機會名留青史？

遠處隱隱傳來鼓樂聲，有人開始往丞相府門口聚攏，一名丞相府的家僕從人群擠過，快步跑到坐在花堂裡的丞相面前，向丞相傳了新郎的話。丞相聽了，撫著花白鬍鬚道：「我知道了。」

和丞相一起端坐在花堂裡的幾位官員笑著說道：「丞相，凌同知還真愛護他的小舅子呀。」剛才那家僕是跟著新郎過去迎親的，現在趕回來傳新郎的話——他小舅子生長在西陵鄉下，年齡太小沒有經歷過大場面，請諸位大人不要再考驗他了。

「幼苗嘛，要小心呵護才是。」丞相笑道，派人給後院傳信，新郎和新娘就要拜堂成親了，請在後院嘮嗑、看嫁妝的眾家夫人到前院花堂來觀禮。

落轎……引贊，新郎踢轎門，新郎躬身拱手請新娘下轎，喜娘和陪嫁丫鬟扶著新娘從大紅花轎裡出來。新郎在前、新娘在後，一起進丞相府前院的家族小祠堂。丞相和三兒子、兩個孫子已經站在祠堂裡了，身後是府中的多年老僕。

丞相燒香祭拜祖先，告訴祖先，他的幼子凌宇軒今日娶西陵肖氏之女為妻，祈求祖先保佑他們白頭到老、兒孫滿堂。

丞相跪拜之後，凌宇軒領著肖文卿跪在凌家歷代祖先的靈位前。一名老僕將點燃的檀香分別遞給凌宇軒和肖文卿。凌宇軒將三炷香高舉過頭，告訴祖先他今日娶妻，祈求祖先保佑他們夫妻恩愛，家宅平安，然後恭恭敬敬地磕頭。

凌宇軒叩頭，肖文卿便隨著他叩頭。祠堂是女人的禁地，絕大多數女人唯一能進入祠堂的那一次就是成親這天到夫家的祠堂裡祭拜祖先，讓祖先認認自己。

新娘祭拜過夫家祖先後，被新郎領著出來，再由喜娘和陪嫁丫鬟扶著，跟新郎拜天地。

「一拜天地……」

「二拜高堂……」

「夫妻對拜，送入洞房……」

古老的拜天地之禮後，新郎牽著喜帶另一端的新娘緩緩走入他們的新房。

格外容光煥發的新郎拿著裹了紅綢的秤桿，輕輕挑開新娘的紅蓋頭。柔軟的紅蓋頭被挑開，露出新娘美麗的面容。新娘頭戴赤寶孔雀百花金釵冠，身穿繡工精美無瑕的新娘嫁衣。她緩緩抬起頭來，那張秀美到極致的精緻臉龐肌膚白嫩吹彈可破，雙頰暈著醉人的酡紅；纖長濃密的睫毛如顫抖的蝶翼，隱隱遮住晶瑩水潤的雙眸；俏鼻小巧，如櫻花般嬌嫩的菱唇抹了一點嫣紅。

「新娘子好漂亮。」有人讚道，擠到洞房裡看新娘的眾人紛紛說道。

喜娘請新郎坐到新娘身邊，讓丫鬟們拿來交杯酒，說唱古老的祝福歌，然後請新娘和新郎手腕勾手腕喝酒。新郎和新娘喝下交杯酒，喜娘拿起一名丫鬟手中的紅色簸箕，抓了一把裡面盛放的花生、紅棗、桂圓和蓮子，一邊往床內，也往新娘和新郎身上撒，一邊唱道：

「撒帳東……」

觀禮的年輕人也從自己的荷包裡取出裡面的花生形金豆子，一顆一顆地往新郎和新娘身上砸，有那惡作劇的，故意往新郎臉上砸。砸金豆是京城富貴人家的鬧新房遊戲，刻著如意吉利字眼的金豆子都是送給新娘、新郎未來孩子玩的，新郎不可以翻臉、不可以動氣，只能左躲右閃。

一道金光往新娘臉上扔去，新郎眼疾手快，立刻伸手接住，小指肚大小的金豆子用勁砸人也是很疼的。別人看他維護新娘，便大笑著紛紛朝新娘的臉上扔去，害羞的新娘努力往新郎身後躲，武藝高超的新郎我接我接我接接接。幸好金豆子不是紅棗、桂圓、花生、蓮子，鬧新房的年輕人們帶得不多，很快就都扔光了。金豆子扔完，鬧新房的眾人意猶未盡，不過喜娘和兩名丞相府管事婦人一起連哄帶勸地把觀禮的年輕人們推出了新房。

喜娘請新郎和新娘起身去新房的外間坐下，吃一些帶有吉祥如意、早生貴子彩頭的湯圓、糕點。新娘身邊的三個丫鬟便開始清理床下、床上的桂圓等物，還有那用黃金鑄成的金豆子，重新鋪床。

丫鬟們忙完一切，喜娘便朝新郎和新娘福身道：「恭喜新郎、新娘百年好合，子孫滿堂。」說完，她招呼房中所有丫鬟、媳婦婆子，一起離開新房，把空間留給新郎和新娘。

相愛已久的新郎和新娘終於可以正大光明地在一起了。「文卿，妳終於是我的妻了。」凌宇軒說著，伸手輕輕地將肖文卿摟在懷中。

「宇軒，我也可以公開叫你的名字了。」肖文卿柔聲道，溫順地依偎在他懷中。

他們兩人能在一起不容易呀。

一開始，凌宇軒易容成趙明堂，她在許淺侍衛和許大嫂的幫助下脫離奴籍嫁給他。在趙家相處的那段日子裡，她真心愛上了那時候面容醜陋的他，頂著趙大哥面容的他也對她動了真情，所以他在任務完成之後，不是靜悄悄地離開，讓趙大哥默默地接收她，而是揭開真相，讓趙大哥寫放妻書放她自由，然後直接將她接走。

宇軒知道普通人要進入京城貴婦圈子是不可能的，他為她制定一個很完美的計劃。他找嫁入書香世家，本身性格也善良的六姊照顧她，將她培養成一名大家閨秀，然後慢慢將她領入世家千金小姐的圈子裡，獲得容易接受新人的年輕姑娘們的友情。

有了學士夫人的認真培養，加上她父親、先祖們確實曾做官，她逐漸被越來越多的世家小姐和年輕夫人們接納，她們都讚她孤女落難不忘祖先氣節。

宇軒高調送她返鄉尋親，又帶著大量禮物，只要有些腦子的人都會知道其中原因。宇軒和她離開京城之後，京城上流夫人、小姐們，還有權貴大人們，他們肯定議論紛紛，估計有說天作之合巧姻緣的，也會有人說她勾引丞相之子，她都不在意，她最最擔心的是，她曾經做過「趙大哥」妻子的事情會不會被別人發現，他們會用什麼眼光看宇軒、看明堂大哥？他們之間清清白白的，可是想必除了趙大哥和乾娘，連劉夫人也是半信半疑吧？除非別人都知道那個娶她，和她做了一個月假夫妻的是易容的宇軒，她就算不純潔，她的純潔也是給了宇軒。

今晚洞房花燭夜，會有人惦記著嗎？

肖文卿心緒如潮水，凌宇軒心裡則激動不已，擁著肖文卿走到梳妝檯前，扶著她坐下，開始幫她拆頭上的新嫁娘釵冠。

「宇軒，我來。」肖文卿羞澀地說，妻子應該伺候丈夫的。

「不，還是我來。」凌宇軒阻止道。

手指靈活地將固定釵冠的髮簪、髮釵一根根取下來，他將那沈重的新娘孔雀百花釵冠取下來，放在梳妝檯上，然後抽掉肖文卿髮髻上的繫繩，拿起黃梨木雕花梳子梳理她黑綢般的長髮，如絲般柔順的長髮從他手指間滑過，他的心如被羽毛劃過，癢癢的。

「佳人美如玉。」他低聲呢喃，嗓音醇厚宛如千年陳釀回味無窮。

肖文卿嬌顏酡紅如醉，心跳如擂鼓。今晚是他們的真正洞房花燭夜……

凌宇軒從肖文卿的身後走過來，雙手捧住肖文卿的臉龐，親吻她雪白的額頭，緊張得如搧動羽翼的眼皮，嬌豔誘人的粉嫩菱唇，舌尖……

「嗯……」第三次被他如此吻著，她學會了迎合，雙手環住他的脖頸……

叩叩叩，有人敲門，還叫道：「四公子，丞相大人叫你去敬酒。」前面酒過三巡，賓客們催促著要新郎出來敬酒，新郎不能不過去。

豐沛的熱情還沒有找到宣洩的出口，便被人再次堵住，凌宇軒有些惱火地粗聲道：「知道了，我這就來。」說著，他對著肖文卿嬌豔欲滴的紅潤菱唇狠狠吮吸了幾下。

「去吧。」肖文卿氣息不穩地說道，雙眸不知道什麼時候升起了迷離水霧。

「文卿，等我回來。」凌宇軒柔聲叮囑道。

肖文卿點點頭，眸光落在凌宇軒的嘴唇上，欲言又止。她今日抹了紅色口脂，而現在那口脂已經被他吻得暈開，他也因為吻她，嘴唇上留著很明顯的殘紅。

砰砰砰！外面又有人高聲道：「新郎官快些出來。」

「咦，莫非已經在洞房了？」

「快讓我聽聽。」

「去去去，不害臊。」

凌宇軒聽到外面的聲音，知道同僚和朋友一起過來催他出去敬酒，立刻道：「文卿，妳累了就先休息，我讓丫鬟們進來伺候妳。」說著，他匆匆往外面去。

肖文卿剛剛從袖子裡取出絲帕，還沒來得及替他擦去唇上的口脂，只好道：「宇軒，這裡。」說時，她指指自己的嘴唇。

凌宇軒回頭看到肖文卿的動作，一愣之後馬上撩起衣袖將嘴唇上沾到的口脂抹去，放下新房內分隔前後兩室的紅綢帷帳去開門，然後和前來催自己的同僚朋友說話，再吩咐在外面等待伺候的水晶、瑪瑙和綠萼進去伺候新娘。水晶和瑪瑙這兩個丫鬟伺候得肖文卿很好，凌宇軒就向六姊劉夫人提出要買下她們，劉夫人便直接把她們兩個的賣身契轉給他，權當她送給他的新婚賀禮。

新郎被人拉到前面給客人們敬酒去了，新娘在水晶、瑪瑙還有她的陪嫁丫鬟綠萼的伺候下重新梳洗了一番，換上紅色寢衣回到拔步床上。

新房裡燃燒著兩支成人手臂長的龍鳳描金喜燭，描金彩漆雕花拔步床旁的兩邊條桌上也都點了一支一尺高的龍鳳描金喜燭。肖文卿走近拔步床，就看到紅色的大紅鴛鴦子孫被上放著一個精緻的朱紅色牡丹畫案的木匣子。

肖文卿親自清點過自己的嫁妝，記得沒有這個木匣子，便問道：「水晶、瑪瑙、綠萼，這個小匣子是哪兒來的？」之前的一個儀式，喜床上撒滿了花生等物還有金豆子，她這三個貼身丫鬟清掃掉那些，將床重新鋪了一次。

「夫人，這是老夫人那邊的劉嬸送過來的，說讓大人和夫人圓房時用。」水晶害羞地回答道，瑪瑙和綠萼的臉上也露出了幾分羞意，她們一直懷疑這木匣子裡放著傳說中的《辟火圖》。

肖文卿微微皺起眉頭，道：「我知道了，妳們去外面候著，等大人回來。」

等丫鬟們走出去之後，肖文卿坐到床邊，將那沒有上鎖的木匣子拿過來打開。這木匣子內板襯著紅綢布，中央放著一塊摺疊得整整齊齊的雪白帕子。

肖文卿望著帕子，面色淡定。

「姑爺。」

「公子。」

守在外面的三個丫鬟突然起身叫道，然後肖文卿就聽到凌宇軒那低沈溫潤的聲音。

「妳們只留一個在外面伺候吧，其他人回房休息去。」

「是。」丫鬟們應聲。

新房的門被推開，頎長英挺的紅色身影走了進來。

凌宇軒將房門反手關上後，腳步平穩地走進內室，穿過幾重床幔來到肖文卿身邊。

「宇軒。」肖文卿起身迎接，緊張地端詳他，發現他臉上沒有半點醉意。

凌宇軒看到肖文卿手中的雪白帕子，苦笑道：「原來有很多人在意新娘的貞操呢！」說著，他把自己手中拿著的紅底金漆鳳凰花紋檀木盒子遞給肖文卿看。

「這是什麼？」肖文卿驚訝地問道。男人不管內宅事務，除了婆婆有資格要求驗看落紅元帕，誰還有資格？

「宮裡一位姑姑送來的。」凌宇軒鬱悶地走到床邊坐下，將手中的檀木盒打開，這木盒裡放著一塊雪白的絲帕。

「那姑姑是皇后娘娘派來送禮的，祝賀我這龍鱗衛指揮同知新婚大喜。禮物是玉珮首飾布疋，和普通賞賜差不多，只有這個檀木盒子是那姑姑親手交給我的，她說希望能得到回覆，然後便催著我回房。」凌宇軒皺著眉頭道：「我覺得可疑，在回來的路上就打開看了，別人新娘的貞操，皇后娘娘操什麼心？」

「宇軒，也許是我和『趙大哥』的事情傳得太凶了，有人希望合情合理地解釋過去。」肖文卿道。初夜見血真的能證明貞潔嗎？如果有人用其他血，譬如雞血、鴨血，或是割破手指滴血在元帕上，豈不是也能蒙混過去？

「世人迷信這個。」凌宇軒無奈道。

「兩塊，你打算用哪一塊？」肖文卿羞答答地問道，兩指拎著婆婆派人送過來的雪白帕子。

「自然是皇后娘娘派人送過來的了。」凌宇軒伸手將肖文卿拉到自己身邊坐下，憐惜道：「對不起，要讓妳受委屈了。」說著，他動作輕柔地脫下肖文卿身上薄如紅霧的撩人寢衣，那宮裡的管事姑姑說等他的回覆呢……

肖文卿滿臉羞赧地任由凌宇軒脫去自己的寢衣，露出那鳳穿牡丹大紅綢抹胸……

凌宇軒熱情似火地親吻撫慰他的新娘。他的新娘嬌羞得閉上逐漸濛上情慾的迷濛水眸，當褪去衣裳的他覆在她身上時，她陡然緊張起來，身子緊繃。

「文卿，別害怕，我不會傷害妳，我是妳的夫，我永遠都會在妳身邊。」凌宇軒低聲說著，努力讓她相信自己。

耳邊聽著凌宇軒溫柔耐心地誘哄，肖文卿沈浸在他的憐惜愛護中，為他敞開了自己的身心。

「嗯，好疼。」青絲凌亂，嬌顏酡紅的肖文卿嬌嗔道，清婉的嗓音透著房事之後的嗄啞繾綣。

「文卿，抱歉，我剛才失控了。」凌宇軒聲音嗄啞地說道，輕輕地拿著一塊白帕擦拭肖文卿的腿間。那濃白之物裡混著鮮紅的血液，將原本就墊在身下的白帕弄得更加狼藉。

將她腿間擦拭乾淨，凌宇軒便把那白帕快速放進紅底金漆鳳凰花紋的檀木盒子裡，然後拉來剛才踢到床裡側的大紅鴛鴦子孫喜被蓋住她汗濕潮紅的赤裸身子，起身下床。

「宇軒……」肖文卿情意綿綿地望著他，眼中充滿著他離開自己的不捨。

「我把這個交給還在外面等待的那位姑姑。」凌宇軒很無奈地說著，將脫去的衣裳穿上。

肖文卿聽了，頓時害羞地躲進被子裡面去了。

「我馬上就回來，等我。」凌宇軒道，拿著那木盒子下了拔步床，走到外間打開房門。

「水晶，妳在。」看到站在外面的水晶，凌宇軒想了想，高聲道：「侍衛在不在，出來一個。」

道。

「公子，您有事吩咐？」負責今晚守夜的水晶趕緊道。

「大人。」一個黑影從新房附近的角落裡箭步走過來。

「水晶，妳把這個木盒子送到前院老夫人那邊去。南飛，你護送水晶去。」凌宇軒吩咐道。

「是，公子。」水晶立刻雙手接過，微微屈身後離開福壽院。

黑衣侍衛南飛朝著凌宇軒一拱手，快步追上水晶，保護在她的身後。

凌宇軒望著他們的身影消失，才將房門再次關上，回到妻子身邊。他在敬酒敬不到五分之一的時候被「趕」回來洞房，不就是某些人急著想要看證明嗎？這時候不知情的、沒有資格的人已經走了，有心人估計還坐在桌邊喝茶磨時間。

「奴婢拜見老夫人。」水晶進入喜堂後，朝丞相夫人福身，將手中的檀木盒子雙手舉高遞向丞相夫人。

「妳的臉看著很陌生，是四公子院中的新丫鬟？」丞相夫人問道，示意站在自己身邊的長女蔡大夫人接過那個紅底金漆檀木盒子。

「回稟老夫人，奴婢是大人買來伺候夫人的。」水晶躬身回答道。她的主人是凌宇軒，所以她稱呼凌宇軒的妻子夫人，稱呼凌宇軒的母親老夫人。

丞相夫人沒有再看水晶，而是對坐在身邊的宮裝婦人道：「青蓮姑姑，這個請妳帶回宮去吧。」她沒想到皇后會不合常理地派一名姑姑過來索取她兒媳婦的落紅元帕。

宮裝婦人，皇后宮中的管事姑姑起身叫蔡家大夫人過來，然後打開那盒子，伸出兩指翻看那被處女殘紅和男人精液弄污的絲帕，然後道：「這是真的。」說著，她雙手拿起那絲帕抖開，展示給眾家夫人看。

眾家夫人都是過來人，一看便知道這是真的落紅元帕，面面相覷，然後硬著頭皮恭喜丞相夫人。這種事情沒有幾家會公開驗證的，這太讓人尷尬了，而且萬一要是新娘沒有處女落紅，或者落紅是假的，女家顏面無存，親家從此變仇家。

丞相夫人也很尷尬地接受別家夫人的慶賀，那管事姑姑便笑道：「丞相夫人收著吧，這是妳家小兒媳婦的貞潔證明，前一陣子的流言已經被證明是誹謗了。」說完，她一拱手道：「我該回宮了。」

「青蓮姑姑，這個，皇后娘娘……」丞相夫人趕緊問道。

「夫人，皇后娘娘知道妳家現在正為新娘的流言煩惱，凌大人又是皇上喜歡的年輕人，所以特地如此幫你們一把。」管事姑姑青蓮笑道：「皇后娘娘要這個做什麼？」上位者之心，下位者猜不到，她只能聽命從事。

第二十六章　認親

懷中擁著香軟柔滑的嬌軀，鼻端盡是嬌妻清晰悠長的呼吸聲，凌宇軒熱血沸騰，很想再和她恩愛一回，因為他們的第一次都很緊張，還要弄出那落紅元帕應付外面等待的人，做得倉促，他很不滿意，而她，想來也沒有享受到洞房的歡愉。

可是，她那嬌嫩的裡面受傷流血了，需要休息，不能承受他的連番征伐，他只能咬牙忍耐、克制。

「呼……」身體躁熱的凌宇軒重重吐了一口熱氣，強迫自己的腦子從纏綿的綺麗幻想中出來，轉而深思起朝中越來越混亂的明爭暗鬥。

尊貴的皇后娘娘為什麼要插手他家的內事？她當然不會讓他家出醜，不管他洞房之後能不能交出落紅元帕，皇后派來的人肯定會宣佈新娘是純潔的。她這很不合常理的舉動是為了什麼？皇上最近幾年確實很重用他，他也明裡暗裡掌管了皇宮二分之一的龍鱗衛勢力，她這樣公開地向他示好，皇上會高興嗎？估計太子殿下都會嘲笑皇后這一蠢招吧。

皇后娘娘從原來的昭儀一路晉升，直到坐上后座，沒有點手段、沒有點心計是不可能的，這個蠢招不大可能是她會出的，那麼，是她在替別人做嗎？替別人頂著愚蠢、多管閒事的名聲做的嗎？能讓她這樣做的人，只有——皇上！

如果是皇上在意他親口封的京城四俊之一娶的新娘清白，皇后娘娘體察聖心來要落紅元帕倒是可能的，只是那樣應該是悄悄進行，而不是讓管事姑姑當著眾多客人的面給他一個小匣子，催促他馬上洞房。皇上年紀大了，有時候腦子糊塗胡思亂想會鑽牛角尖，只是這次皇后體察聖心，如此公開行事，未必能討得到皇上的歡心，可能反而會因為太過高調，讓皇上龍心不悅。

腦中思考今日的事情，凌宇軒身體的躁熱逐漸消退，慾火也暫時熄滅了，便擁著肖文卿睡去。

天濛濛亮，凌宇軒本能地醒來，拔步床旁條桌上的龍鳳蠟燭已經全部熄滅，床內一片漆黑，只有飄渺悠遠的清香瀰漫在室內。他從沒有在府中聞過這種熏香，估計這是府中新進的一批驅蚊蟲熏香，這種陌生的香氣他談不上喜歡不喜歡，就是有些不習慣，等過些日子，他讓文卿重新佈置他們的房間，用上她喜歡的熏香。

他成親請了婚假，這十天不用進宮做事，雖然他也有聞雞起舞的習慣，但此刻他一點也不想動，只想擁著懷中的軟玉溫香賴床。就這樣，凌宇軒躺在肖文卿的身邊，猶如撫摸世上最珍貴的物品一般，長著薄繭的修長手指在她曼妙的嬌軀上慢慢撫摸游移。

「嗯……」熟睡的肖文卿被他騷擾得醒來，雖然睜開眼什麼都看不到，但能感受得到他的手越來越熱，強健的身子向她散發出男性熱力。

「妳醒了？」凌宇軒柔聲問道，手開始更加不規矩起來，身為一個剛剛開了葷的熱血新郎，他面對心愛的妻子定力大減。

「被你弄醒啦。」肖文卿嬌嗔道，聲音裡透著慵懶和嫵媚。被窩裡的她光溜溜的，而他的手擁有神奇的力量，滑到哪裡，她那裡就熱起來，然後整個人都熱了，莫名的空虛不知不覺襲上她的身、她的心。

晨間成年男子特有的體徵和初為人夫的興奮讓凌宇軒克制不住了，他親暱地咬著她的耳朵急切地問道：「妳還疼嗎？」他渴望著……

肖文卿雙頰一熱，動了動身子，害羞地回答道：「不疼了。」他真的很溫柔，只讓她疼了一會兒，然後就讓她享受了她不敢置信的美好。

她的一句「不疼了」彷彿是某個信號，凌宇軒立刻開始……然後……喘著粗氣問道：「可以嗎？」

肖文卿雙手抱著他寬厚的後背不答話，卻溫柔地為他打開身子，於是……

沈重結實的黃梨木拔步床紋絲不動，只有懸掛在最裡面一層的紅色垂紗床幃如湖水般輕輕抖動。郎狂妹嬌，粗喘和嬌吟交織成最古老的天籟之音。

良久，床上雲雨散去，他俯身親暱地輕啄她汗濕的額頭，嬌豔欲滴的菱唇，心中充滿濃濃繾綣柔情。

「你呀……」她欲言又止，青絲凌亂地貼著汗濕的額頭和臉頰上，嬌顏酡紅如醉。

「這次……還好吧？」他低聲道，伸手幫她將貼在汗濕額頭和臉頰上的青絲撥開，用手指梳理她鋪滿枕間的如瀑長髮，雖然他都感覺得到她得到了滿足，但還是想親耳聽她說感受。

「……好……」她害羞了好久，才用低得別人幾乎聽不到的聲音說道。

凌宇軒一聽到，心裡瞬間被滿足了。他認為讓妻子滿意的丈夫才是好丈夫，所以他會從各方面都讓妻子滿意，包括房中。擁著肖文卿小瞇，當窗外的一線晨光照射進來，他輕輕放開她道：「文卿，我們該起身了。」

被他清晨的火熱激情了兩回，肖文卿疲倦得昏昏欲睡，聞言頓時嚇得睜開眼睛，急切道：「今早要敬媳婦茶，我們快些起床。」如果起床太晚，丞相府眾人對她的印象就不好了。

「妳別急，天色還早，妳慢慢來。」凌宇軒起身下床，撈起絲質中衣褻褲穿好。

肖文卿雙手撐著床褥慢慢起身，柳眉微蹙。她感覺渾身疼，腿間更是火辣辣地疼，雙腿虛軟無力，起身間，還有一股黏黏的濕液從自己體內滑了出來。

「文卿，讓丫鬟過來伺候妳。」凌宇軒立刻道，伸手扶著肖文卿坐起身，拿起昨夜她脫下來的紅色絲質寢衣替她穿上，看到她白嫩溢香的嬌軀到處殘留自己的印記，他的眼睛深邃耀眼，嘴角上翹，俊美饜足的臉上流露著男人的得意。

「你去叫她們，這裡我來。」肖文卿發現他的目光在自己身上流連，立刻催促他，然後自己快速將寢衣穿好。

遺憾此刻拔步床內光線太暗，也很遺憾肖文卿動作太快，凌宇軒只好起身走出內室，去外間開門。

早就端著大桶熱水和毛巾等各種盥洗用具的丫鬟和小廝都在新房門外等待，看到凌宇軒開門立刻行禮。

「妳們進去好生伺候夫人。」凌宇軒叮囑道，轉身走到外間左邊的一處屏風後。

「是，大人（姑爺）。」水晶、瑪瑙和綠萼道，兩人抬著一桶水，一人拿著臉盆、毛巾以及其他盥洗用具。

「公子。」專門伺候凌宇軒生活起居的小廝福安、福寧給凌宇軒行禮，一個捧著一大盆水，一個捧著盥洗用具。

凌宇軒在兩個貼身小廝福安和福寧的伺候下擦了個澡，換上一身嶄新的紅色絲質束腰長衫。小廝們帶著東西退出去，叫人往這邊送早膳。

凌宇軒一身清爽地走回裡屋。

裡屋，肖文卿也在三個丫鬟的伺候下簡單地沐浴更衣，已經端坐在梳妝檯前讓水晶幫忙梳髮了。

「不要太華麗，也不要太素雅。」紅帶束髮的凌宇軒站在一邊欣賞妻子梳妝，一邊指點水晶。

「大人，您希望夫人今日梳什麼頭？」水晶無奈地問道。凌大人在邊上指手畫腳，她反而不知道該給夫人梳什麼婦人髻了。

凌宇軒平時哪裡注意過女人的髮型式樣，聞言，他頓時愣住了。

肖文卿便笑道：「水晶，妳給我梳如意雲髻就行了。」貴婦人大多都梳這種髮髻，然後戴上各式首飾。

水晶很麻利地使用精美的金髮釵和金長簪幫肖文卿梳了個如雲高髻，然後開始挑選步搖、耳飾、項鍊等飾物。

凌宇軒將梳妝檯上的首飾盒打開，將步搖全部拿出來，一支一支地在肖文卿的髮髻上比劃。水晶機靈地退到一邊打開衣箱挑選衣物，任由大人幫夫人戴頭飾。

「母親不喜歡張揚華麗浮躁的人，現在妳新婚，等過些時日，妳給她請安，穿戴要素淡高雅些；不過也不能太素，因為她會嫌棄那樣太小家子氣，上不得檯面。」

凌宇軒柔聲叮囑道，將自己挑選的赤金鑲紅寶金鳳步搖斜插在肖文卿的髮髻上，再點綴了兩朵紅色堆紗宮花，然後選了配套的耳環戴在她雙耳上，瓔珞圈套在她的脖頸上，拿出一只金鐲子套在她的左手腕上；最後拿出畫眉用的黛筆，親自替她畫好了雙眉，然後讓水晶帶她到屏風後換上新衣裳，再領著她到外面膳廳坐下用些早膳。

「往常這個時候我母親還沒有起床呢，妳不要著急。今日新媳婦要和家人認識，他們會等妳的。」凌宇軒安慰面露擔心的肖文卿。

「嗯。」被他柔言安撫，肖文卿有些放心了。她因為額外的兩場運動，早就餓得前胸貼後背，水晶給她盛了一碗香米粥，凌宇軒給她挾了兩個包子，她雖然吃得秀氣優雅，但都吃光了。吃完了才發現自己失態，她抬眼便看到凌宇軒愛憐的目光，立刻尷尬地低下頭，拿起帕子擦拭嘴唇。

見她吃得比往常多一些，凌宇軒心裡很高興，她胃口好、身子健康，便能孕育孩子，平安度過懷孕期和生產。

大人（姑爺）對夫人（小姐）真是太好了。水晶和瑪瑙很為肖文卿高興，她們貼身伺候肖文卿有一年了，最是瞭解凌宇軒對肖文卿的深情體貼，真心希望凌宇軒能永遠這樣對待肖文卿；陪嫁丫鬟綠萼接觸凌宇軒的機會極少，被凌宇軒的英俊和溫柔迷住了，對自己陪嫁丫鬟的這個身分有了幾分憧憬。

肖文卿出門前補了一下妝便跟著凌宇軒，帶上手中捧著禮物的三個丫鬟一起去丞相夫人的馨怡院。

凌宇軒瞧見肖文卿走路有些緩慢，略加思索便知道原因，馬上道：「來人，調個轎椅過來。」富貴人家宅子太大，一般都會置備小巧的轎椅供千金之軀的女眷乘坐。

肖文卿頓時大羞，連忙道：「不要。」

「一定要。」凌宇軒強硬道。

一名僕婦匆匆離開，不一會兒兩名健婦抬著轎椅跟在她身後過來。

「四公子，四少夫人。」放下轎椅後，那兩名健婦給凌宇軒和肖文卿行禮。

凌宇軒點著頭，伸手扶著肖文卿坐上那轎椅。健婦們等肖文卿坐穩後將轎椅抬起來，朝馨怡院走去。

「宇軒，這樣過去……適合嗎？」肖文卿羞答答道，她身子確實不舒服，尤其是雙腿走動起來有些打顫。

「別人會體諒的。」凌宇軒很淡定地安慰肖文卿道。

丞相府極大，後花園甚至還有一座天然大湖，不過福壽院和馨怡院之間倒是不太遠，凌宇軒帶著肖文卿走了一盞茶的時間便到了。

「公子，夫人，老爺和老夫人用過早膳了，三公子和三少夫人一家剛剛進去請安。」凌宇軒的小廝福安給凌宇軒和肖文卿行禮道。他一早就奉公子之命，過來打聽這邊老爺和老夫人的起身情況。

「文卿，我們來得恰恰好，都不用特地派人過去催。」凌宇軒笑著對肖文卿說道。母親的作息時間他心裡有數，今日新媳婦認婆家人，三哥一家一定會早些過來，他這邊後腳跟著進去時間不早不晚。

肖文卿被攙扶著下了轎椅，面對極為氣派的馨怡院深深吸了一口氣，柔聲道：「宇軒，我們進去吧。」

看她已經準備好了，凌宇軒便道：「別緊張，父親對家人很和善，母親雖然有些嚴厲但也不會為難妳這新媳婦。妳是嫡媳，三哥一家不敢刁難妳。」說著，他領著肖文卿慢慢踏進馨怡院的大門。他是家中最小的兒子，和父親最小的女兒、他的六姊都相差十四歲，所以文卿沒有敢鬧她的小叔子和小姑子。

「四公子、四少夫人，我們這邊還沒有過去請你們呢，你們就來啦。」一名穿著藍色綢衣，頭戴碧玉簪，手腕套著翡翠玉鐲的老年僕婦滿臉笑容地從正屋走出來，朝著凌宇軒和肖文卿淺淺福身。

「曹姨，早。」凌宇軒笑著給肖文卿介紹道：「文卿，曹姨是母親身邊的老人了，最得母親信任，以後妳有什麼事情，可以詢問她。」曹姨是他母親從娘家帶來的陪嫁丫鬟，曾經是他父親的通房，沒有生育過。

「曹姨。」肖文卿頷首點頭致意。

曹姨笑道：「不愧是四公子執意要娶的媳婦，進前一看，四少夫人就像那畫中的仙女一樣漂亮。」眼前的新婦膚白如玉，細眉如柳葉，雙眸水潤晶瑩，雙頰暈著淡淡桃紅，櫻唇小巧嬌豔，端是美豔動人。

肖文卿羞赧地說道：「曹姨，妳太誇讚了。」說著，她不好意思地微微低下螓首。

「夫人看到妳一定高興。」曹姨說著，躬身請四公子和四少夫人進裡屋去。

正屋堂屋最裡邊靠牆的檀木八仙桌左右端坐著丞相和丞相夫人，丞相夫人身後站著四名穿金戴玉、衣裳華貴的婦人。丫鬟們還在搬動椅子，三公子和三少夫人站在左邊，身邊是他們的兒女和妾室。

「父親，母親，孩兒帶著媳婦過來給你們見禮了。」凌宇軒進門之後便對丞相夫妻拱手行禮道。

他沒有介紹，肖文卿便落後他半步，向公公、婆婆深深福身。眾人的目光紛紛落在肖文卿的身上，打量她的容姿，評估她的品性。

「宇軒，你起得好早，我們這邊還沒有準備好你就過來了。」丞相撫著鬍鬚道。

「孩兒不敢起得太晚。」凌宇軒道。

「媳婦，妳別一直福著身，起身過來，讓我好好瞧瞧。」丞相夫人很和善地說道。

肖文卿立刻道：「是，母親。」說著，她緩緩起身，輕移蓮步走到丞相夫人面前，螓首微微低著，目光謙卑地落在丞相夫人的腳前。

「果然是個清秀出塵，高雅端莊的孩子，怪不得我兒非妳不娶。」丞相夫人點著頭道，保養得當的臉上滿是笑容。

他們說話時，丫鬟端著朱漆托盤快步走來，道：「相爺，夫人，茶來了。」另有丫鬟拿來兩個錦緞蒲團，小心地放到丞相和丞相夫人的面前。

「文卿，過來。」凌宇軒說道。

肖文卿便望望丞相夫人，溫順地走到凌宇軒身邊。凌宇軒伸出手摸了摸紫砂茶壺，然後朝肖文卿一點頭，拿起茶壺開始倒茶。肖文卿端起那杯茶，凌宇軒領著她走到丞相面前，柔聲道：「文卿，快快拜見父親大人。」

肖文卿上前一步，單手提起裙襬小心跪下，雙手將精緻的青釉茶盅高舉頭頂，恭恭敬敬地說道：「父親大人，請喝茶。」捧著禮物的水晶趕緊走到肖文卿身後。

凌丞相笑著接過茶，輕輕喝了一口放在桌上。

肖文卿從水晶手中的托盤上取過疊好的衣服和鞋襪，道：「兒媳手拙，給父親大人做了一件長袍和一雙鞋襪聊表孝心，還請父親大人收下。」

「真是心靈手巧的媳婦。」凌丞相很高興地接過來放在桌上，然後從身邊僕人手中的托盤裡取出一個小錦盒，打開看看，道：「這是皇上最近賞給為父的一對極品鴛鴦羊脂玉珮，現在就轉賜給妳吧。宇軒身任公職事務繁忙，妳要多多照顧他、體諒他。」

「父親大人，這太貴重了。」凌宇軒驚訝道，羊脂玉在他們這種人家算不得貴重，主要貴在是皇上御賜的。

「為父偌大年紀，難道還要佩戴鴛鴦玉珮不成？」凌丞相呵呵笑道，當皇上賞賜他這對鴛鴦玉珮，他就知道皇上的意思了。

「既然如此，文卿，妳收下吧。」凌宇軒立刻聽明白了

肖文卿聽了雙手接過，恭敬道：「媳婦謝過父親大人，媳婦謹遵父親大人教誨。」說著，她把那小錦盒小心地放在水晶捧著的托盤中。

凌宇軒倒了第二杯茶，領著肖文卿來到丞相夫人面前，道：「文卿，來，給母親大人敬茶。」捧著禮物的水晶跟了過來。

肖文卿拿起茶盅跪在丞相夫人面前，柔聲道：「母親大人，請喝茶。」說著，她雙手舉高茶盅。

丞相夫人便笑著接過茶盅，喝了一口放下。

肖文卿取出水晶托盤裡另一套衣裳、鞋襪，雙手捧給丞相夫人。「母親大人，兒媳手拙，還請母親大人莫要嫌棄。」丞相夫妻的衣裳、鞋襪都是成套配對的，她做的時候用的心思不比自己的嫁衣少。

丞相夫人拿起一隻棕色緞面鞋，欣賞了一下上面的海棠刺繡，讚道：「妳的女紅如別家夫人說的，很是不錯，妳繡了海棠，是花了心思的。」這個媳婦一定事先打聽過，才會知道她最喜歡的花卉是海棠。接過新媳婦的禮物交給身邊的曹姨，丞相夫人拿起一名丫鬟手中托盤裡的描金盒子，道：「這套綠玉頭面很適合年輕女子佩戴，妳收著吧，妳是丞相家的媳婦，以後出行不能太寒酸。」

「謝謝母親大人賞賜。」肖文卿恭謹地說道，雙手接過那描金盒子轉手放在水晶捧著的托盤中。

接著，凌宇軒把肖文卿領到自己三哥、三嫂面前，介紹道：「文卿，來拜見三哥、三嫂。」母親身後站著的四個姨娘沒有資格被介紹給文卿認識，同樣地，三嫂身後的兩個妾室也沒有資格被介紹。

「弟媳拜見三哥、三嫂。」肖文卿給他們行福禮。

丞相家三公子凌宇樓立刻拱手還禮，道：「弟妹。」他四十五、六歲上下，面容和凌丞相有七分相似，鬍鬚留的形狀和丞相一樣，只要見過他們的人，都能看出他們是父子。

「弟妹。」丞相府三少夫人向肖文卿福身還禮。雖然她是京城崔家旁系的嫡女，但在丞相府，她只是庶出三公子的妻子，論地位還不如嫡出四公子的妻子。

「景泉，景海、景淵，快給嬸嬸見禮。」三少夫人崔氏命令道，她雖然保養得當，面容姣好如三十來歲少婦，但眼角的魚尾紋已經洩漏她的真實年齡。

「景泉，十八歲；景海，十五歲；景淵，八歲。」凌宇軒笑道。

三個侄子口稱嬸嬸，恭敬地給肖文卿見禮。

肖文卿微笑著朝他們點頭，眼光迅速從比自己還大一歲的凌景泉臉上滑過，最後落在容貌可愛的凌景淵身上，這凌景淵昨天做過壓轎童子。

「弟妹，這是我長女晴嵐、次女雪嵐、三女雨嵐。」凌三少夫人介紹道。她夫婿所有的孩子都是她的，這種場合也不會說明哪個是嫡出、哪個是庶出。

丞相府一直人丁興旺呢！肖文卿笑著接受三名少女的行禮，心中暗道。

認識了凌宇軒的三哥一家，肖文卿開始贈送他們禮物，丞相府眾人望著，都覺得肖文卿待人接物上很是不錯。

喝完媳婦茶之後，丞相帶著家中男子去他院中的書房說話，讓女眷們留在丞相夫人這邊喝茶聊天。丞相夫人詢問肖文卿她娘家的事情，途中旅行見聞，一些西陵風俗，肖文卿恭謹溫柔地一一回答。

丞相夫人對肖家三兄弟很感興趣，問了很多，覺得親家母雖然年輕守寡但晚年很好運，唯一的女兒高嫁丞相之子，三個兒子入仕途是可以預見的，小兒子天才之名連皇上都知道了，未來前途不可限量。母以子貴，誥命夫人的榮耀親家母肯定會有的。

想到親家母苦盡甘來，想起自己長子英年早逝，丞相夫人心中就悲傷，然後難以紓解的鬱悶便籠上心頭。

「母親，兒媳是不是說錯話了？」察覺丞相夫人面上笑容變淡，肖文卿小心翼翼地問道。

「哦，我走神了。」丞相夫人笑著低頭揉揉太陽穴，道：「人呀，這年紀一大，專注力就不好了，聽著話時還容易走神呢。」她捂嘴打了個小小哈欠，面上露出一絲倦意，道：「文卿，帳房先生們都在統計禮物，最近會把一些禮單和禮物送到妳院中，妳自己看著處理。」

「是，母親。」肖文卿起身朝丞相夫人福身。「母親，您為宇軒和兒媳忙碌了幾個月，兒媳很是感激。母親您累了，兒媳就不打擾您休息了。」

陪坐在一邊的三少夫人也趕緊起身，請母親多休息，注意身子。見母親和嬸嬸都起身告辭，三個孫小姐也紛紛向祖母告辭。

「芸娘，妳送送兩位少夫人。」丞相夫人朝著身後擺擺手，道：「妳們也退了吧。」她後一句是對著丞相的妾室們說的。

一眾人退出，堂屋中一下子只剩下丞相夫人和她的幾個親信僕婦了，丞相夫人半瞇著眼不知道在想什麼，別人也不敢打擾她。

「三嫂，文卿初入丞相府，很多事都不懂，以後還請三嫂多多照顧。」肖文卿朝三少夫人崔氏微微福身。

崔氏微笑道：「弟妹太多禮了，愚嫂知無不言、言無不盡。」

「三嫂，妳和三哥喜歡吃什麼？姪子和姪女們呢？父親和母親平日喜歡吃什麼菜？」肖文卿笑道：「新婦要為婆家人做一桌菜顯示廚藝，只是文卿到現在完全不知道府中各位的口味，無從下手。」

崔氏對這個很坦率、不恥下問的弟媳頓時有了些好感，便道：「我這邊妳不用太擔心的，妳做什麼我們吃什麼，妳只要顧及父親和母親的口味就行。宇軒最瞭解父親，父親愛吃的妳只管問他，至於母親，妳問我還不如問曹姨呢，曹姨伺候母親快六十年了。」

肖文卿聞言便道：「謝謝三嫂提點。」她又對送她們出來的曹姨笑笑，柔聲道：「曹姨，我新來乍到，若有失禮的地方還請您老人家多多幫襯。曹姨，母親平日裡飲食如何，她喜歡哪些菜，食物喜偏甜還是偏鹹？」

曹姨看得出這個新媳婦是真心想要做好每一件事情，便道：「四少夫人，夫人年紀大了，非常注重養生，這些年口味都偏清淡。眼下八月，您做一盤蒜香麻油海帶，燉一鍋蘑菇金針菇山藥湯好了，以後要是再下廚的話，就做養生藥膳；您不懂，可以去詢問後院廚房的春嫂，她擅長做藥膳，已經伺候夫人七、八年了。」

「謝謝曹姨指點。」肖文卿道，對這位熱心的老僕婦淺淺行半禮。

曹姨連說不敢當，側身讓開。

肖文卿這時候才快速端詳了一下四名上了年紀的丞相妾室，她們保養得不錯，穿戴也很華貴，看起來很溫順，正經主子不介紹她們，她們就如啞巴一樣不敢說話。這四名妾室中有一名面容和劉夫人有七分相似，肖文卿估計她就是劉夫人的生母。

眾人走出馨怡院，就看到凌宇軒和他三哥坐在不遠處的涼亭中下棋，他們看到一眾女眷出來便歇手，起身往這邊走來。

崔氏看到旁邊的轎椅和兩名抬轎椅的健婦立刻打趣道：「宇軒真是體貼人。」她當年新婚翌日過來拜見公婆敬媳婦茶，她夫婿就沒有想到給她準備轎椅。

肖文卿頓時被她說得微微低下了頭，耳朵和雙頰脹得通紅，她新婚翌日乘坐轎椅過來，果然被人取笑了呢。

凌家兩兄弟過來，兩對夫妻說了一會兒話便分開了。肖文卿坐上轎椅，由凌宇軒陪著返回福壽院。

「宇軒，母親的意思是讓我明日準備午膳，你要幫我。」回到院中，肖文卿便對凌宇軒說道。

「我知道了。」凌宇軒扶著肖文卿坐到美人榻上，開始告訴她府中諸位主子的口味，逕自擬定了一份菜單。他知道新媳婦都要向夫家眾人展示廚房手藝，一早就找人打聽好了。他易容成趙明堂時，及在六姊那邊，都吃過文卿做的菜，知道她的手藝不錯，只要不是故意找碴，她可以順利通過這一關。

「文卿，妳別擔心太多，在這後宅中，我會護著妳。」凌宇軒柔聲安慰肖文卿，轉頭吩咐面前的丫鬟們。「水晶，妳把夫人的禮物先收好；瑪瑙、綠萼伺候夫人更衣。」

等丫鬟們走開，凌宇軒道：「昨晚妳累壞了，現在換件衣服躺下睡一會兒，午膳我叫妳。」

肖文卿頓時又臉紅了，忍不住握起拳頭輕輕捶了他兩下。這個傢伙，成了親、開了戒，便孟浪起來了。

任由她打了兩下，凌宇軒抓住她的手，放到嘴邊親吻了起來，凝望著她嬌豔欲滴的面容，眼中是濃得化不開的深情。他親自挑選的妻子，他會愛護她一生一世。

第二十七章　回門

由於事先做了充足的準備，肖文卿的廚藝經過劉夫人的訓練之後也確實不差，她第二日做的午膳，凌丞相嚐了兩口便讚道：「不錯。」

丞相夫人挑了兩條海帶絲嚐嚐，點點頭，滿臉溫和慈祥的笑容。

凌宇樓叮囑他的女兒們，多向嬸嬸討教。

三少夫人吃著她喜歡的青椒嫩筍炒肉片，讚道：「葷素搭配得當，不鹹不淡正好。」

六個晚輩紛紛迎合長輩們的發言。

福壽院中，管事丁伯領著兩名中年媳婦和兩名中年男子來到凌宇軒和肖文卿面前，拱手道：「大人，夫人，我把他們都帶來了。」

坐在凌宇軒身邊的肖文卿打量來人，她沒有見過這四位穿著打扮和普通僕人不同的人，他們應該是凌宇軒信得過的管事。

凌宇軒指著四名中年管事向肖文卿介紹道：「文卿，他們是夏惠平、簡明、趙嬸、田嬸，他們四人專門管理我的錢物和妳的嫁妝。我們都住在丞相府中，生活所需由相府支出，應酬就要我們自己來，他們做的帳冊，以後都要交給妳過目，隔一陣子還要進行帳務核實。」

「嗯。」肖文卿望望，點著頭，管理內府和財務是妻子的責任。

「文卿，以後我院中的事情妳全權處置，有不懂的可以詢問丁伯。」凌宇軒交代丁伯道：「丁伯，少夫人年紀輕，遇事考慮不周全的時候，你要提醒她。」他兩歲住進福壽院，丁伯就開始替他處理身邊的事務了，他的貼身小廝福安和福寧是丁伯的兩個兒子，可以說丁伯一家人的命運都繫在他身上，對他自是不敢有二心。

「丁伯，以後就麻煩你了。」肖文卿微笑著點頭致意。

「不敢當，少夫人。」丁伯連忙拱手道。他已經年過四十，自從被老爺撥到四公子身邊伺候，便專心伺候四公子，還把兩個兒子送到四公子身邊伺候。丞相府前七品官，他們父子做前途似錦的四公子僕人，日子過得比外面平民、富商還滋潤。

介紹完自己的管事，凌宇軒揮手讓他們退下，然後對肖文卿道：「因為我院中有了女主人，所以母親便撥了一些丫鬟和媳婦婆子過來伺候，妳隨便用著，如果她們吃裡扒外或者奴大欺主，妳告訴我，我幫妳處理掉。」文卿顧及著婆媳關係，不敢退人，他敢，退掉人後，他可以去外面買些下人來用。雖然新買的下人肯定不如丞相府訓練過的下人好用，但絕對不敢藐視目前娘家還很弱勢的夫人，文卿用起他們來也會自在些。

「我知道了。」肖文卿點頭道，望著凌宇軒的雙眸流轉輝光。他無微不至的關懷充滿了她的心，她感覺到幸福。

三日回門，出嫁女要帶夫婿回娘家探望父母。肖文卿遠嫁京城，無娘家可以回去，她想去拜訪乾娘，不過就如劉學士夫人說的，她乾娘身分太低，她想正兒八經地走親戚不會被貴族世家接受，她的婆婆肯定不會允許她頂著丞相兒媳婦的頭銜公開去探望一位平民老婦人。

清晨，婚假中的凌宇軒和肖文卿去給丞相夫人請安，說了一會兒話後，凌宇軒道：「母親，今日是出嫁女回門的日子，文卿的小弟還在六姊府上，所以我打算帶文卿過去和她小弟聚聚，順便討論小弟在京城的安排。」他的小舅子肖文聰還住在劉學士府呢。

「你們去吧。」丞相夫人點點頭，臉上笑容淡得不達眼底。

肖文卿從丞相夫人那邊回來後，便讓人準備給劉學士府和自己乾娘的禮物，然後乘坐府中的轎椅帶著三個丫鬟和凌宇軒一起出了丞相府。丞相府門前已經有侍衛牽了凌宇軒的坐騎過來，旁邊還停著一頂精巧華貴紅緞作幃並輔以垂纓的四人抬女轎。丫鬟們扶著肖文卿上了這一臺代表身分的女轎，然後分站在轎子兩邊，等待出發。

穿街走巷，平民看到騎馬的凌宇軒和身後的四人抬女轎、丫鬟和帶刀侍衛，紛紛向兩邊退讓。肖文卿坐在寬敞舒適的女轎裡，第一次以官夫人的身分俯視別人，看到的是別人、尤其是女人們眼中的羨慕。妻憑夫貴呀，女人依賴的是男人，男人追求的便是封妻蔭子。

走了三炷香時間，凌宇軒和肖文卿便來到劉學士府門前。凌宇軒來之前就已派人過來通知，現在劉學士府府門大開，兩名少年孩童站在門前眺望，身邊是府中的管家和家丁。

「姊夫。」戴著秀才頭巾的肖文聰，等凌宇軒騎馬過來便快步走下臺階迎接。

「四舅。」和肖文聰一起在門口迎接的少年給凌宇軒行禮。他是劉學士的次子，劉夫人所生的兒子，名紫丹，今年十四歲。他父親上朝，長兄去官署上班，正巧今日不用上學的他便充當主人，招待今天上門的四舅、四舅媽。

「文聰，紫丹。」凌宇軒下馬，將韁繩拋給上前來的劉府門房。

女轎停穩後，水晶和瑪瑙將肖文卿扶出轎子。

「姊姊。」肖文聰很高興地叫了一聲。兩天多沒見，姊姊身上多了一股新婦獨有的沈穩嫵媚，恍如接受雨露滋潤之後盛開的牡丹花。

「文聰。」肖文卿笑著走到肖文聰面前。弟弟氣色紅潤，想來這些天在劉學士府吃住得很好。

「四舅母。」劉紫丹給肖文卿行禮。

肖文卿頷首道：「紫丹，我弟弟這幾天麻煩你照顧了。」劉紫丹在京城官學讀書，她寄住在學士府時，男女內外有別，她不經常看到他，不過少數幾次的接觸她知道這個少年和他父兄一樣性格溫和善良。

「不，四舅母，文聰小叔叔強記博聞，我自愧弗如。」劉紫丹連忙道，長了幾顆小痘痘的白淨臉上是豁達的笑。雖說文人相輕，但父兄常說天外有天，人外有人，他不認為自己很多處不如才十一歲的肖文聰就要自卑，肖文聰這樣的人，幾十年、幾百年才出一、兩個呢，他這個在官學中成績優秀的學生有什麼好自卑的。

外男凌宇軒是劉夫人的親弟弟，進入劉家後宅不知道多少回了；外男肖文聽還是未成年的小少年，別人家也不會對他有什麼忌諱，當劉夫人邀請眾人到後宅，眾人便一起去了。

劉夫人帶著兩個女兒在花廳等待，凌宇軒和肖文卿一進來，她們便起身迎接。

「六姊，小弟今日帶著文卿過來探望妳了。」凌宇軒拱手道。現在他和大姊、六姊走得比較近，文卿由她們護著，京城其他貴婦人不敢太冷落她。

「今日新媳婦三朝回門，文卿從我府中嫁出去，你帶她過來也好比是回門呢。」劉夫人笑吟吟道：「我已經吩咐廚房準備酒席，也派人給老爺和紫書他們傳話，讓他們沒事早些回府。」劉紫書便是劉學士嫡長子，元妻唯一留下的孩子，現在在國子監任小官。

「弟妹幾日不見，人長得更美了。」劉夫人一把扶住又要給自己行禮的肖文卿促狹道：「果然，初為人婦的時候是女人最美的時候。」肖文卿雙眸晶瑩，雙頰紅潤，白嫩的肌膚隱隱透著微光，就如破繭而出的斑斕蝴蝶。

「六姊妳在取笑我。」肖文卿嬌羞道。

劉夫人哈哈大笑，招呼凌宇軒和肖文卿坐下。

「四舅，四舅母。」劉紫苑和劉紫綾過來給凌宇軒和肖文卿行禮。

凌宇軒和肖文卿誇讚她們兩句，便把準備給劉府眾人的禮物奉上。劉夫人一邊說著他們太客氣了，一邊讓人收下。

丫鬟們上茶、上糕點，眾人便坐在花廳裡寒暄。凌宇軒提道，下午要帶文卿出去一趟。

劉夫人也是聰明人，問道：「是去趙家嗎？公開過去？要不要我備兩頂軟轎送你們過去？」騎馬只代表有錢，可要是身邊帶著帶刀侍衛，身後有四人抬轎，那就是彰顯了高貴身分。

「那煩勞六姊了。」凌宇軒道。平日他不喜歡帶著一堆侍衛、家丁和丫鬟招搖過街，而且他們要是這樣過去，只會讓趙家和趙家的街坊們感覺到階級差別和疏離。

肖文卿有些不安道：「宇軒，我有些擔心，我現在的身分會不會讓乾娘和大哥有麻煩？」

肖文卿的話一說出來，凌宇軒便明白了她的擔憂，立刻安慰她道：「趙大哥是鳳凰山黑衫軍軍營的把總，也不是什麼人都可以欺壓他的。妳今日見到乾娘便叮囑她，別隨意答應別人找妳走關係，丞相府不許，妳是女眷，也不管外面的事情。」黑衫軍是鎮國將軍統領的，鎮國將軍治軍最嚴，軍中杜絕走裙帶關係，什麼將軍帶什麼兵，別人想透過趙明堂攀上龍鱗衛同知，還要考慮趙明堂的性格。

「嗯。」肖文卿點點頭。自古有人好辦事，通關係走後門是常態，她只希望自己和乾娘不給宇軒製造麻煩。

上午時分，劉學士父子先後回到府中，後院花廳上，男人們便談論肖文聰在京城這段時間如何過。凌宇軒邀請肖文聰去他府中居住，畢竟自己是他大舅子，照顧他是理所當然的事情，他們姊弟住得近一些，可以經常說說話。

劉學士撫著鬍鬚道：「宇軒，丞相府規矩太嚴，外男進出都不太方便，文聰既然已經在我這邊住下，就一直住著吧，換來換去的不方便。」

劉紫丹拉拉肖文聰的手，道：「肖叔叔，你就留在我家好了，我家書樓珍藏了好多書，你都沒有看過，明日我和大哥一起帶你去國子監轉轉。」他捨不得這個輩分算起來比自己高，年齡卻還比自己小的朋友離開。

肖文聰住在劉學士府已經有些熟了，聞言看看大姊和姊夫，道：「姊姊、姊夫，我還住在這邊行不行？劉大人、劉夫人，文聰要繼續在貴府打擾了。」劉家是翰林世家，書樓裡的書多得出乎他的預料，他覺得自己在這裡囫圇吞棗地全部背下來還需要兩個月。

凌宇軒和肖文卿看他自己已經決定了，便不再勸他。

劉學士長子劉紫書道：「當朝國子監招收七品官員子弟入學，肖公子已故父親是昌興知縣，他現在又是秀才，不如就進國子監讀書吧。」大慶朝施行世族推薦制和科考制，國子監的學生都是貴族子弟，學業有成後可經推薦入朝為官。

「紫書，我認為四大書院更適合文聰。」凌宇軒道。大慶各家書院的學生都需要通過科考才能入仕途。鳳凰書院和青雲書院的貴族子弟多，那些人都是自恃有才華，不屑被家族推薦為官。鳳凰書院和青雲書院出來的，大多既有家族勢力自身又有真才實學，是朝廷未來的中堅力量，他希望小舅子考進鳳凰書院或者青雲書院，讀書的同時在裡面結交同窗好友，搭建未來的仕途人脈。

女人們都坐在一邊聽著。肖文卿認為，凌宇軒只需要給她小弟剖析書院和國子監的優缺點就行了，最後還是要小弟自己選擇。鳳凰書院離京城很近，小弟若能考進鳳凰書院，她可以近距離照顧他；如果小弟決定和大弟、二弟一起考鵬程書院或白鹿書院，她也很高興。

午膳之後，劉學士父子回官署辦公，劉夫人帶著女兒繼續在後宅陪凌宇軒和肖文卿，劉家二公子便陪著肖文聰說話。凌宇軒和肖文卿都知道六姊劉夫人有午睡的習慣，也不打擾她，說了一會兒話後便請她吩咐下人備下轎子，他們要出去探望乾娘趙大娘。

肖文聰決定送嫁姊姊的時候，肖夫人就叮囑他，既然到京城了，一定要去拜訪他姊姊的乾娘一家、和曾經幫助過他姊姊的許侍衛夫妻，所以肖文聰得知今日姊姊和姊夫要去拜訪趙大娘，便要求同去，並吩咐陪著他來的下人把肖夫人準備好的謝禮帶上。

下午，三頂軟轎從劉學士府抬出，周圍跟著三名丫鬟、一名管事、十名抬著禮物的家丁。乘坐兩人抬軟轎是富人家女眷和一些老者的出行方式，三頂軟轎走在大街上毫不起眼。

穿街走巷，凌宇軒和肖文卿一行人很快到了趙家門前。看到有三頂軟轎和一群家丁、丫鬟，街坊鄰居紛紛朝這邊張望，一些膽大的孩童都聚過來看熱鬧。

趙家的兩扇大門一邊開著一邊關著，肖家管事拍打著大門，朗聲問道：「請問趙大娘在家嗎？」

坐在院子葡萄架下做女紅的趙大娘一邊起身一邊道：「在家呢，誰找我？」說著話時，她雙手拍打著身上的線頭往門口走。看到有客人，坐在趙大娘身邊躺椅上的年輕孕婦也艱難地站起身來，挺著高高的肚子走過去。

凌宇軒、肖文卿和肖文聰已經下了轎子，凌宇軒抬腳進門便笑道：「乾娘，我帶文卿過來看您了。」

「凌大人！」趙大娘看到器宇不凡的佩劍貴公子進門就喊自己乾娘，頓時嚇了一大跳。

「乾娘，文卿過來看您了。」跟著凌宇軒進門的肖文卿快步走到趙大娘面前，輕輕福身。

「使不得使不得，妳如今可是貴夫人，怎麼可以給個平民老太婆行禮呢？」趙大娘趕緊雙手扶起肖文卿夫妻，驚喜地說道：「我沒有想到你們會再來看我，而且這麼快。」

「乾娘，今日出嫁女三朝回門，我娘家遠在西陵，我就回乾娘您這邊了。」肖文卿笑道。看到緩緩走過來的孕婦，她立刻緊張了，迎上去道：「大嫂，妳慢點，注意身子。」看到大肚子孕婦，她陡然緊張激動起來，既擔心孕婦的安危，也擔心孩子的平安。孩子呢……她的母愛瞬間在心頭激烈翻騰起來。

身形臃腫、步履緩慢的趙大嫂笑道：「妹子放心，我身子結實著呢。」她沒想到婆婆認的乾女兒居然會紆尊降貴再次來她家，心裡很是開心。

「大嫂，妳別亂走動，快些坐下。」

小心翼翼地把趙大嫂扶到葡萄架下的躺椅上坐下，肖文卿這才回到趙大娘身邊，把肖文聽叫過來道：「乾娘，這是我小弟文聰。文聰，這是我乾娘。」

肖文聰躬身深深施禮，道：「晚輩肖文聰見過大娘，大姊承蒙大娘熱情收留百般保護，我肖家沒齒難忘，請受晚輩一拜。」

「肖公子快別這樣，我老太婆受不起。」趙大娘知道肖家小弟雖然年幼，但已經有功名在身，不敢托大受他大禮，立刻伸手扶起他。

「大娘，我母親感謝您的寬容善良，很想見您，無奈兩地相距甚遠不能成行，只好讓晚輩帶些薄禮過來聊表心意。」肖文聰道，讓自己的管事和四個家丁把自家特地給趙家人準備的禮物抬上來。

「肖公子，你母親也太客氣。哎呀，你們別站著呀，快點進裡屋坐。」趙大娘有些手忙腳亂了。「文卿，妳快請凌大人和肖公子進去坐坐，我去泡茶。」她媳婦的肚子很大，這幾天就要生了，她不放心讓媳婦做事情。

凌宇軒趕緊擺擺手，道：「乾娘您快歇著，這裡讓我和文卿來。」他們兩個在這裡生活了一個多月，對廚房很熟悉呢。

肖文卿也道：「文聰，你進去坐坐，我去泡茶。」說著，她捲起有些寬的衣袖。

被肖文卿扶著坐下的趙大嫂已經起身過來了，見狀道：「文卿，妳和凌大人、肖公子都是客人，快些進去坐，我去泡茶。」她撐著腰笑道：「我沒事的，你們別擔心。」因為是第一胎，夫婿和婆婆都很緊張，反倒是她，經歷過最初的緊張後反而淡定了。

「不，大嫂，妳一定要歇著，不能多勞累。」肖文卿趕緊道。看大嫂這肚子，她再算算時間，覺得大嫂差不多要生了。

「唉，你們統統給我進去坐下。」趙大娘叫道，張開手臂催促他們進屋。

眾人見狀便笑著一起走進裡屋坐下，趙大娘這才帶著三個非要跟上的丫鬟去廚房，一會兒便端來茶。

「寒舍簡陋，平日裡也沒有什麼可招待的，你們就喝茶吧。文卿，妳那三個丫鬟在葡萄架下挑選葡萄，等一下洗乾淨就送上來。」趙大娘笑道。凌宇軒和肖文卿都不在意她家是平民還繼續過來拜訪她，他們自然也不在意她這邊有沒有好東西招待他們了。

「乾娘，您別總叫我大人，叫我宇軒好了，我是您的女婿。您最近身邊好嗎？大哥怎麼樣？」凌宇軒柔聲問道，他喜歡趙家濃濃的親情。

「哦，那乾娘我就不客氣了。我身子和從前一樣，硬朗著呢，你大哥現在在軍營裡，一個月才能回家一趟。」趙大娘道。她兒子明堂是做官了，可是比以前當侍衛時還要忙。

「乾娘，軍營不能隨便進出，大哥是把總，才能每月回來一趟。」凌宇軒道。「家中現在只有您和大嫂在家，我和文卿都不放心，要不，您雇個人吧。」趙明堂好歹是個武官，俸祿不低，丫鬟或者年輕幫傭都雇得起。

肖文卿也道：「乾娘，大嫂身子重，您還是雇個人吧。」等大嫂生產了，乾娘還要幫大嫂坐月子。

「不用不用，我腿腳索利著呢，還不需要人伺候。」趙大娘笑著擺手道：「妳大嫂坐月子的事情我都準備好了，到時候左右鄰居、大嬸、大娘都會過來幫忙。」左右鄰居誰家不是有事大家幫忙呀，寶寶穿的小衣裳她都已經收到三套了。

「說到大嫂，我帶來了不少補品。」肖文卿道，大嫂的臉有些浮腫，應該是正常現象，等生了孩子就會消退。

「文卿妹妹，這怎麼好意思呢。」趙大嫂趕緊道，說到補品，她第一個反應就是很貴很貴。

趙大娘也道：「文卿呀，妳的心意我們心領了，補品這東西太貴了。」

「乾娘，也不是什麼特別貴重的補品，就是一些紅棗桂圓、銀耳蓮子，您老人家勞累多年，是該補一補了，大嫂生孩子、坐月子，更是要補身子。」肖文卿道。丞相夫人從少女時代就吃各種女人滋補品，快七十歲的人看起來像才五十來歲，肌膚光滑宛如年輕女子，所以她婚後第二日，凌宇軒便吩咐廚房按照丞相夫人和三少夫人的食補單子，每天給她也燉一份女人補湯。

「嗯，既然女兒妳這樣孝順，乾娘我就收下了。」趙大娘爽快地說道。

趙大娘沒有冷落肖文聰，詢問肖夫人安好，肖文聰一一回答。因為男子在面前不便，趙大娘也沒有和肖文卿說太多女人們的事情，只叮囑文卿，平日要注意身子，準備給夫家開枝散葉，說得肖文卿含羞地低下了頭，凌宇軒滿臉笑容。

「妳要注意呀，秋天了，冷了要記得多加一件衣裳。」趙大娘貼近肖文卿的耳朵低聲道：「月事如果遲了就有可能懷孕了，妳要記得早點找大夫確定一下。」

她又坐正身姿道：「文卿，那時候妳有一些忌口，妳記得詢問大夫或者身邊已婚的年長者。」

「嗯，乾娘，我知道了。」肖文卿羞答答地說道，耳根都紅了。

凌宇軒是習武之人，耳朵最靈敏，聽到之後，嘴角頓時翹了起來。有孩子好呀，雖然他父親已經有三個孫子，凌家不會有無後的問題，但他更渴望擁有繼承自己血脈的孩子。

夫妻兩人和肖文聰在趙家待了一個多時辰才離開。肖文卿反覆叮囑大嫂，一定要注意身子；叮囑乾娘，大嫂生了快些託人轉告她。

離開趙家後，凌宇軒打發走空著手的家丁，帶著肖文卿和肖文聰拐到許淺許侍衛家，因為他岳母肖夫人也給許淺夫妻準備了謝禮。

到了許家，許家只有兩老和癡呆長子在家。許淺如今和趙明堂一樣也是鳳凰山黑衫軍軍營的一個把總，每月需要排班才能回家。許淺把總大人如今軍餉高，許大嫂也不用去何府的後院廚房做幫工了，這次趁著他不在家的時候，帶著兒女們回娘家探親了。肖文卿向許家兩老介紹自己的夫婿和弟弟，說了一會兒話，把母親準備的謝禮送上後便離開。

回到劉府之後稍事休息，天色接近傍晚，夫妻兩人立刻打道回府了。

第二十八章　誥命

相府主人們的晚膳都是在各自院中用，小夫妻在自己院中用晚膳，然後在附近的花園裡散步消食。

肖文卿詢問凌宇軒，她可不可以給父親的姨娘們送份薄禮過去，其他姨娘只是順帶，她主要是想感謝一下六姊的生母。

「父親後宅女人的事情一概由母親管，她不給妳介紹那些姨娘，妳就當不認識姨娘們；她們住在東邊，我們住在西邊，妳如果單獨遇到她們，和她們點點頭、打個招呼就是了。」凌宇軒雲淡風輕地道。妻和妾的身分天差地別，文卿是他的妻，和公爹的妾往來會失了身分，讓婆婆知道還可能會生氣。

「宇軒，我有一句話不知道能不能和你說。」肖文卿很謹慎地說道。宇軒這樣聰明機敏的人也許早就知道了，而且在平日談話間也隱隱透出和母親關係很不親近。

「妳我夫妻，妳有什麼話不可以說的？」凌宇軒驚愕道。

「宇軒，我擅長畫繡花圖樣，所以對繪畫有幾分心得，看人看物比較仔細。」肖文卿頓了頓，小心翼翼地說道：「你和六姊眼睛很相似，都是丹鳳眼，母親大人卻是杏眼，父親大人的眼型我看不出來，三哥的眼型是柳葉眼。府中有位姨娘容貌和六姊有六、七分相似，尤其是眼睛很像，所以，我想，我既然不能主動過去拜訪這位姨娘，總也要送份禮物過去表示一下孝心。」

凌宇軒頓時明白了，笑著抓住肖文卿的手道：「難怪妳能分出我和趙大哥呢，妳真是觀察入微，不過妳這次猜錯了。」

他望望走在他們身後一段距離的三個丫鬟，低聲道：「我確實不是母親親生的，不過我和六姊也不是同母，我生母是誰父親不願告訴我，只說她難產死了。」

因為母親對自己的冷淡，他很早就懷疑年紀已經很大的母親不是自己的親生母親。他曾經親口詢問父親自己的懷疑是否正確，父親告訴他他的生母難產死了，所以他才把他放在嫡妻名下養。自己生母是誰，他利用自己的勢力查過，發現自己出生前丞相府一切正常，沒有丫鬟被父親收為通房，也沒有丫鬟懷孕，自己是父親從外面抱回來的。父輩的風流韻事子女們不好多問，既然父親始終不願告訴他他的生母是誰，他又查不到線索，只好從此放棄尋找生母。

「難產？」因為噩夢般的預知夢，肖文卿聽到宇軒的生母因難產而死就心驚肉跳。

「是啊，丞相府中沒有一個人知道我生母是誰，父親也不肯告訴我，只告訴我她難產死了。」凌宇軒輕輕嘆口氣。「我也許是父親在外面和哪個身分見不得光的女人生的，我是父親的兒子所以被父親帶回來了，而那個女人連做通房都不可以。她就算沒有難產死掉，估計也已經被我父親用錢財打發到遠離京城的地方了，為了丞相府和我自己，我也沒有必要尋找她。

「父親是個好父親，卻不是好夫婿，年輕時不斷辜負女人。」凌宇軒將肖文卿摟進懷中，低聲道：「我的父親負了我生母，我生母如果沒有難產而死，現在也許正在哪個角落裡孤苦無依，所以我決定對我自己女人的一生負責。」

「宇軒，對不起，讓你想到傷心的事情了。」肖文卿難過地說道。

「沒事，妳住在這個家中，遲早會看出端倪的。」凌宇軒溫和地笑笑。「有妻妾的家庭，勾心鬥角總是數不勝數，我不會讓妳像某些婦人那樣因為夫婿另結新歡傷心絕望，也不會讓溫柔善良的妳為我慢慢變得和某些婦人一樣外表端莊和善、心裡陰狠歹毒，所以，我只會有妳一個人。」他查過去的時候，不小心查到了一些丞相後宅的過去，譬如大哥其實並不是父親的第一個兒子，丞相府中曾有一個妾室不慎避孕失敗，懷胎八個月的時候被丞相夫人指使人強灌打胎藥，那妾室產下一個男嬰後大出血死去，那打下來的男嬰號哭了大半天也死了；丞相夫人有四個陪嫁丫鬟，一個是曹姨，還留在她身邊，一個被配給小廝，兩個死了，全都死於意外……

「宇軒……」肖文卿溫柔地依偎在他懷中。

凌宇軒擁著肖文卿慢慢沿著花園裡的蜿蜒長廊散步，心中立志保護自己所愛的妻子，只讓她幸福，不讓她傷心落淚。

夏末初秋的午後，凌宇軒去他父親凌丞相的書房，肖文卿躺在寢室外間窗邊的美人榻上小憩，丫鬟綠萼趴在邊上的桌邊打盹。

「夫人，大喜事，大人請您快點梳妝打扮去前院接旨。」水晶和瑪瑙快步走進來催促肖文卿起床，一臉喜氣洋洋。

「水晶姊，瑪瑙姊。」打盹的綠萼迅速揉揉眼睛站起身來。

「什麼事情？」肖文卿起身驚愕問道。她面前的三個貼身丫鬟都很懂事，沒有事情是不會驚擾她的。

「夫人，禮部官員帶著朝廷的誥封聖旨過來給您宣讀誥書了。大人剛回院子，正在更換官服，請您快些梳妝打扮過去和他一起接旨。」水晶一臉興奮地說道。

「好快。」肖文卿驚愕道，不敢遲疑，趕緊穿鞋起身，讓三個丫鬟給自己梳妝打扮。水晶、瑪瑙和綠萼，在屋裡如花蝴蝶似地飛來飛去，給肖文卿梳妝更衣。

官員娶妻，自認妻子符合請封條件便會向朝廷申請給妻子請封；朝廷核實情況，翰林院依式撰寫文字，經內閣誥敕房核對無誤後，加蓋御寶頒發。

肖文卿是從三品武官凌宇軒明媒正娶的妻子，成親後第三天，凌宇軒便寫摺子為妻子求封。據凌宇軒說，誥封一事需要核實，京畿附近快的兩、三個月，慢的大半年，外省偏遠地區有時候需要兩、三年。肖文卿說快是因為她和宇軒成親到今日才五天，等於宇軒的摺子遞上去，朝廷兩天內就核實完頒發誥封聖旨了。丞相之子，皇帝近臣，果然和別人不同，他的事情別人不敢有半點拖延。

頭戴昂貴華麗的釵環，身穿品紅色刺繡對襟絲質襦裙，肖文卿由三名丫鬟跟隨著走出房門，就看到凌宇軒已經穿著一身三品武官朝服，英姿颯爽地站在正屋裡等待她。

「文卿，父親、母親他們差不多也準備好了，我們一起去接妳的誥封聖旨。」凌宇軒朗聲說道。這世間，男人追求的莫過於封妻蔭子，他要盡自己所能給予妻子最好的庇護。請封後，從此文卿便是朝廷命婦，任何人要奚落她都是藐視朝廷律法。

「嗯。」肖文卿溫柔地點點頭，走到凌宇軒身邊，和他一起出門。

走到半道上，凌宇軒和肖文卿夫妻就看到了丞相夫人。丞相夫人頭戴華貴的雉鳥珍珠牡丹黃金翟冠，身穿一品夫人赭色大袖命婦服，披蹙金繡雲霞翟紋霞帔，由兩名貼身丫鬟一左一右地扶著，朝廷下聖旨，全家都要跪接聖旨。

「宇軒，文卿，恭喜呀。」丞相夫人笑呵呵道。

「母親，同喜。」肖文卿道，讓一名丫鬟讓開，自己扶著年老的婆婆走。

走到分前院後宅的垂花門，就看到另一名朝廷命婦帶著一群僕婦匆匆往這邊趕。

「母親。」四十五、六歲模樣的命婦裝貴婦朝丞相夫人福身，她頭戴雉鳥珍珠牡丹黃金翟冠，身穿五品夫人大紅大袖命婦服，披雲霞鴛鴦紋霞帔。

「免禮，我們快些去前面接旨，別讓宣旨官等候。」丞相夫人道。

「是，母親。」三少夫人崔氏立刻起身，笑容滿面地對肖文卿說道：「弟妹，恭喜了。」說這話時，她走到丞相夫人的另一邊，和肖文卿一左一右扶著丞相夫人。

「三嫂，謝謝。」肖文卿朝三嫂頷首致意。

肖文卿聽劉學士夫人詳細說過朝廷命婦的誥封：夫人品階從夫從子，一到五品為誥命夫人；官員之祖母、母、妻可封；嫡母在，生母不得封；嫡母亡，生母、嫡母並封；母尊妻卑，生母不得封，正妻也不得封。丞相府三少夫人得以誥封夫人，原因是她夫婿凌宇樓是正五品大理寺右寺丞，夫婿生母早亡。如果她夫婿的生母還在的話，她也只是普通夫人，因為母尊妻卑，嫡母在不封庶母，庶母不封則正妻也不得封。

前院正廳，凌丞相已經換上了一品丞相冠服，命人擺下香案，正和前來傳旨的禮部郎中說話。凌宇樓，正五品大理寺右寺丞也穿著冠服陪在老父親身邊，他的三個兒子兩個在國子監唸書不在家，一個才八歲，和女兒們一樣沒有資格接聖旨。

「老爺，三公子，大人，夫人和兩位少夫人來了。」站在正廳外等候的大管家看到唯一的男子和一群婦人從後院快步走來，立刻進來稟報。

丞相父子立刻轉頭朝向正廳外，藍衣禮部郎中雙手捧著聖旨起身。

「左大人。」走在最前面的凌宇軒進入大廳就朝前來宣旨的禮部郎中拱手，然後走到父親面前拱手作揖。「父親。」

「凌大人。」禮部郎中左大人朝凌宇軒頷首，將手中的抹金軸繡芙蓉的黃綢聖旨高高舉起。「皇上有旨。」說著，他走向香案之後。

凌丞相立刻帶著兩個兒子、夫人和兩個兒媳跪在事先放好的蒲團上，躬身接旨。

宣旨官禮部郎中緩緩打開絢麗華貴的誥封聖旨，朗聲唸道：「奉天承運皇帝誥曰，大臣有奉公之典，藉內德以交修，朝廷有疏爵之恩視夫皆而並貴，懿範彌彰崇嘉永……肖氏文卿，從三品龍鱗衛指揮使司指揮同知凌宇軒之妻，堅貞賢淑，溫良恭順，今封三品淑人，賜鳳冠霞帔命婦朝服。誥命，康慶三十五年九月一日。」

「臣夫妻接旨。」凌宇軒沈聲道：「叩謝吾皇，吾皇萬歲萬歲萬萬歲。」跪在丞相夫人身邊的肖文卿跟著凌宇軒一起叩首再叩首，然後在凌宇軒的低聲提醒下起身走到宣旨官面前，高舉雙手接過那誥封聖旨。

隨著誥封聖旨而來的，還有三品夫人的鳳冠霞帔大袖朝服。肖文卿由婆婆和三嫂陪著去隔壁廂房重新梳髮更衣，然後一身三品命婦朝服地走到宣旨官面前叩謝皇恩。

禮部郎中左大人完成宣旨任務後高興地向丞相一家人賀喜，凌宇軒笑著邀請左大人過幾日到丞相府喝慶賀酒。

誥封文書是要妥善保管的，丞相和凌宇軒便將那聖旨供奉在家族祠堂。家中有婦人被誥封，這是天大的喜事，丞相夫人又開始挑選日子發請柬，邀請和丞相府來往的官員和夫人們前來府中慶賀。

這個慶賀酒宴主要是為三品淑人肖文卿舉辦的，這也是她第一次以丞相府四少夫人的身分參加社交。有貴婦人私下傳開的貞潔證明，在婆婆、三嫂和兩位大姑的幫助下，肖文卿很輕鬆地便進入了在外人看來高不可攀的貴婦人圈子，成為其中一員。

凌宇軒是有重要官職在身的官員，十天婚假結束，他起了個大早，穿上龍鱗衛指揮同知的紅色勁裝官服進宮。離開前他安慰肖文卿，他會在宮裡用午膳，她不用等他，感覺府中無聊的話，給母親請安之後便在她那邊多坐坐，母親是京城貴婦中很有分量的人，如果她能討得母親歡心，母親也許會傳授她一些和貴婦人交往的經驗和技巧。

起身伺候他更衣的肖文卿頷首，表示明白，丞相府後宅有婆婆掌管，兒媳婦們無所事事，除了婆媳、妯娌聊天，在自己院中做女紅，偶爾出去和其他夫人交際，真沒有什麼事情可以做。

凌宇軒走了，肖文卿洗漱一下用完早膳，看看時間便去婆婆那邊請安。丞相夫人起得晚，肖文卿過去請安時，她才剛坐下來準備用早膳。

「文卿啊，妳用過早膳了？」丞相夫人笑呵呵道。

「母親，兒媳已經用過了。」肖文卿道，親自幫丞相夫人盛了一碗薏米仁粥。丞相夫人年紀大了，處處注意養生，廚房有時候一次做好多，就會往她那邊送一些。

「嗯，妳那邊早膳和我這邊一樣吧？」丞相夫人用湯匙舀了一口粥吃下，道：「丞相府就是妳家，妳喜歡吃什麼儘管吩咐廚房做。」

她轉頭對站在自己身後的曹姨道：「芸娘，妳派人吩咐一下廚房，以後專門燉一些滋補品給四少夫人吃。」

「是，夫人。」曹芸娘點頭道。

「母親，我還年輕，用不著專門吃補品。」肖文卿感激道。

丞相夫人慈祥地笑笑，語重心長地說道：「文卿，補品要長期吃才能見效，像我們這等夫人，銀耳、燕窩這類補血養顏的東西是長年不斷的，女人易老，尤其是生了孩子以後，對丈夫的吸引力便迅速下降了。」

肖文卿默默地低下頭。宇軒在婚後第二天就吩咐廚房，四少夫人一天早晚兩頓銀耳羹不能少，她剛才來時，先吃了一碗銀耳紅棗羹，然後吃了半碗薏米仁粥和一小塊蒸糕。

「芸娘，我記得我這邊還有幾根三百年以上的老山參，妳等一下拿去廚房，讓廚房春嫂做幾頓滋補湯給我和四少夫人喝。」丞相夫人道。

曹芸娘微微一愣，隨即道：「是，夫人。」

「母親，老山參很珍貴，兒媳年輕，身子骨兒很好，用不著吃人參補身子，母親讓春嫂做您和三嫂的分吧，兒媳不用了。」肖文卿道。人參是珍貴的藥材，健康人需要吃嗎？她聽說人參一般都是用來吊命的，譬如噩夢般的預知夢中，她生孩子艱難，接生婆餵了她幾口參湯，結果她便有了些氣力。

「文卿，這裡是丞相府。」丞相夫人正色道。「人參、靈芝什麼的只是平常之物。」

「對不起，母親，兒媳愚鈍了。」肖文卿趕緊道歉。

問安後丞相夫人拉著肖文卿開始對弈。

丞相夫人的紫檀木羅漢床上放了一張紫檀木雕花小桌几，小桌几上擺放著一副棋具，一個四、五十公分高的鏤空金螭獸熏香爐擺放在肖文卿身後不遠處，默默地散發著飄渺悠遠的清香。

「母親，兒媳失禮了。」第一盤棋下到終局，雙方計算目數，肖文卿贏了五目半。

「文卿，妳的棋力不弱呀。」丞相夫人問道：「誰教妳的？」

「母親，兒媳小時候，兒媳的父親曾經教導兒媳下棋，被拐賣之後便只看著別人下棋了。」肖文卿猶豫了一下，道：「在六姊府中時，六姊教過我下棋。」

「哦。」丞相夫人淡淡地說道：「剛才我居然把一開始佈置在左邊角的後手忘了，只顧眼前，結果輸棋了。文卿，我們重新下一盤。」說著，她開始收拾棋盤裡的黑棋。

肖文卿知道婆婆和庶子、庶女們的關係冷淡，便不敢多說，立刻收拾自己剛才下的白棋子，婆媳兩人開始下第二盤棋。這一盤，肖文卿不敢再贏了，每下一步棋心中都飛快計算目數，然後因為自身棋力又做不到推算到幾十步之後，下得有些力不從心，中盤之後便只好棄子認輸。

兩盤過後，丞相夫人反手敲敲自己的腰，搖頭道：「唉，真是歲月不饒人呀！我這腦子不好使了，做事丟三落四的；身子骨兒也不行了，才下了兩盤棋就坐不住了。」

肖文卿趕緊道：「母親，您躺下休息，讓丫鬟給您捶捶腰背。」

「嗯，我正有此意。」丞相夫人說著，下了羅漢床，道：「我這邊就不留妳用飯了，妳回去吧。用完午膳後午睡一會兒，沒事就去花園轉轉，我們相府花園很大，妳很多地方都還沒有去逛過。」

「是，母親，兒媳知道了。」肖文卿福身道。

第二十九章 暗流

肖文卿不會特地向廚房點菜，總是廚房送上門就吃什麼。午膳時廚房送過來的是青椒肉片炒木瓜，黑木耳炒百合，青菜，扁豆，黑木耳筍片鯽魚湯等五、六道菜。肖文卿挑了幾片肉，吃了一些素菜，喝了幾口湯，吃了小半條魚便飽了，讓丫鬟們撤下去。僕人們的伙食一般都比較粗，只要主人動得不多的菜，僕人們會收下留到下一頓自己吃。

「瑪瑙，妳派人告訴廚房，最近換一些別的菜色送過來。」肖文卿吩咐道，好像她嫁進丞相府之後，廚房每天都會做一、兩道以黑木耳為主的菜，她知道黑木耳營養好，但總是吃也吃膩了。

「是，夫人。」瑪瑙點頭道，出去把這話傳給待會兒把碗筷送去廚房的一個中年僕婦。

用完午膳，肖文卿起身走出福壽院散步消食。遠處的大湖生長著茂密的水生植物，蓮花已經結籽，紅菱即將成熟，湖面已經有僕人去採摘新鮮的蓮蓬和嫩紅菱，送給主人食用。秋季，萬物豐收的季節，如果按照預知夢中的命運軌跡，她即將生產，在今年九月某個下著大雨的日子裡生下一個男嬰，然後死去。

孩子啊……肖文卿遙望蓮湖中挺立在湖面的蓮蓬，不由得伸手撫摸自己的腹部。和宇軒成親已經十一天，她會不會懷孕了？算算日子，她的月事還有十六天才會到，等月事遲上十來天，她才有可能是懷孕了。

散步之後，肖文卿返回福壽院準備午休。

「夫人，前院有婆子進來福壽院，說是夫人您乾娘派人傳信，昨兒夜裡您趙大嫂生了個女兒。」福壽院的一名二等丫鬟站在門口向肖文卿稟報。

肖文卿大喜，立刻問道：「讓那婆子進來說話。」

「是。」那二等丫鬟轉身離開，一會兒便領著一個身著粗藍布的中年婆子進來。

「小人見過四少夫人。」這中年婆子朝肖文卿福身。

肖文卿頷首，問道：「我乾娘派來傳信的人怎麼說的？」

這中年婆子道：「是一個自稱許大嫂的年輕婦人過來傳話的，說您乾娘的兒媳婦昨晚生產，平安生下一個女嬰。」

「許大嫂，她人呢？」肖文卿驚喜道，她和許大嫂失去聯絡很久了。

「信使已經走了。」中年婆子道。

肖文卿很是遺憾，揮手讓這名婆子退下，然後對身邊的瑪瑙道：「妳去庫房領一些布疋、產婦滋補品、一對嬰兒配戴的如意金鎖片，三十兩紋銀，等我稟報婆婆之後便帶著去探望我大嫂和姪女。」雖然婆婆可能不同意她紆尊降貴去乾娘家，但她總要試試，希望有機會正大光明地過去給乾娘、大哥、大嫂慶賀。

「是，夫人。」瑪瑙福身，轉身走出屋子。

這會兒婆婆一定在午休，自己過去不好，等婆婆起身了她再過去說一下這事。

肖文卿想著，便返回拔步床內，輕輕躺下，打算小憩一會兒，悠遠清雅的香氣縈繞在她鼻端，她想起婆婆那邊有時候也用這種熏香呢。婆婆最講究享受了，這種熏香一定很昂貴，她這邊天天使用，花銷一定很大，明日她問問旁人，如果這種熏香真的非常貴，她讓水晶她們以後少燃燒這種，改換其他的。

果然如肖文卿所料，丞相夫人很不希望肖文卿去平民趙家，只說心意到就行，多準備些禮物送過去。

肖文卿無奈，只好多準備些禮物，然後讓貼身的丫鬟水晶和兩個院中的僕婦帶著丞相府家丁將那份厚禮送過去。她派瑪瑙去一趟劉學士府，請劉夫人邀請她過去說話。

瑪瑙回來後稟報道——劉夫人知道夫人的意思，可是她有不方便出面的理由，所以這次不能幫她了。

唉……肖文卿只能嘆氣，丞相夫人歷來對庶子、庶女們不善，六姊劉夫人不希望和嫡母正面起衝突。

要不要向宇軒求助呢？他公務繁忙，這種家事可以麻煩他嗎？肖文卿猶豫了一會兒還是決定等凌宇軒晚上回府後問他，因為他也很重視趙家，肯定願意在百忙中抽出時間去趙家祝賀一下。

「什麼，已經生了？哦，是個女兒，女兒也不錯，六姊說女兒是母親的貼身小棉襖。」凌宇軒得知趙大嫂生了很是高興。「妳準備禮物了沒有？乾娘是妳我的恩人、媒人，妳禮物不能少。」

「宇軒，我禮物都送過去了。」肖文卿無奈地說道：「我想出府要詢問一下母親的意思，可是母親只讓我送禮，不希望我親自過去祝賀。」

「嗯，妳沒做錯，多詢問婆婆是做兒媳的本分，也是對婆婆的尊重。」凌宇軒起身走了個來回，道：「母親為了維護丞相府的尊貴，自然是很不希望妳和卑微平民繼續來往，只是這樣做太不近人情了。」他嘆口氣道。「難怪三嫂好幾次慫恿三哥出府另立門戶呢，做兒媳處處都要受婆婆的管束。」他不明白，三哥是庶子，不僅成家立業，還是個正五品官，要求分家的話，擁有可繼承家業、養老送終的嫡子的父親應該同意才是，父親為什麼不同意？

算了算時間，他道：「既然禮物送過去了，妳就暫時不要過去，等我有時間，我帶妳出去郊遊。」他是成年男子，去哪兒根本不需要向母親報備；他帶妻子出遊，不提前一下告訴母親也無所謂。

「嗯。」肖文卿的臉上頓時露出開心的笑容。果然，對她來說很棘手的事情，到了宇軒手中就輕而易舉地解決了

晚膳後，小夫妻在房中說著話。凌宇軒詢問肖文卿今日一天的生活，今日之前，他們小夫妻幾乎是黏在一起，如同光和影。

「我去給母親請安，和母親下了兩盤棋。一盤贏了五目半，一盤中盤棄子認輸。」肖文卿道：「母親的棋力和我差不多，都是用來消磨時間的。」

「丞相府有三大管家，二、三十個大小管事，府中內務幾十年來已經形成自己的一套運行方式，平常小事情不需要煩勞母親，母親每個月撥出時間聽管家們彙報，不定期另外派帳房先生核對帳目，所以母親平日的生活很悠閒；她也不是特別愛熱鬧的人，所以一般人家的紅白喜事也請不動她。」凌宇軒道。

「那母親豈不是很寂寞？」肖文卿嘆息道，她看得出來，府中的三名孫小姐都和祖母不親，想來婆婆平日也不讓那三個和自己沒有血緣關係的孫女到自己面前來。

「母親完全可以讓自己像別人家祖母那樣兒孫繞膝，是她自己不願意接受庶出子女和孫輩的。」凌宇軒很淡定地說道。

「宇軒，也許老人家會覺得，從小養在面前的孩子貼心些。」肖文卿低聲道。「等我們有孩子，讓孩子多親近親近祖母。」天真可愛的孩子是緩解大人們矛盾的軟化劑。

「好。」凌宇軒立刻抱住肖文卿，興致勃勃道：「我們兩個要多努力，讓孩子早點出來，讓祖母高興。」

肖文卿立刻放軟身子依偎在他懷中，任由他摟著她走進那描金彩漆拔步床。雖然預知噩夢只是一個夢，但在懷孕和孩子方面總刺激得她母性氾濫成災，她渴望快些擁有孩子，把自己的母愛全都給那孩子。

肖文卿開始每天給婆婆晨昏定省，發現每次都遇不到三嫂，便悄悄詢問婆婆身邊的曹姨。曹芸娘告訴肖文卿，夫人只讓三少夫人逢五、逢十帶著女兒們過來給她請安。

婆婆這做得……肖文卿心中暗嘆，從婆婆那邊出來後便帶上一盒宇軒從外面買給自己吃的糕點，繞半個圈子去探望住在南邊的三嫂。

三少夫人崔氏很驚訝肖文卿會主動過來拜訪自己，還帶來了並非自家廚房做的糕點，很高興地接待了她。兩人坐在羅漢床上，一邊喝茶一邊說著家長裡短。

肖文卿發現三嫂這邊也使用熏香，不過與自己和婆婆那邊的不一樣，便隨意地問了一下。「三嫂，妳這熏香味道芬芳馥郁，是佳楠、檀香還是沉香、麝香？」她以前伺候黃林知府老夫人和何大少夫人時，都為她們燃過熏香，知道熏香極品為佳楠，其次為沉香，再次為檀香、麝香。熏香的配料多種多樣，有一些即使是內行人也分辨不出來。

「是檀香。」崔氏說道：「叫舒心香，主料是來自西域的老山檀，香味濃郁醇厚，久聞不膩。人長期熏這香，心情安定，心境開闊。」

「我房中也有熏香，我還不知道是什麼香呢。」肖文卿道，她房中的熏香悠遠飄渺，聞著很淡卻一直縈繞在身邊，她覺得更適合修禪居士用。

「富貴人家都有熏香的習慣，女眷們習慣配戴香囊。」崔氏笑道，她身上就配戴著一個香囊。

「嗯。」肖文卿點著頭。

「弟妹懂得香嗎？」崔氏詢問道。

「不懂。」肖文卿道。

「香作用很多，除了可以驅除蚊蟲、消除異味外，還能提神醒腦，安撫煩躁，激發氣血，甚至還能治病防病。」崔氏道：「沐浴時水中撒上一點香精對皮膚有好處，身上、衣服熏了恰當的香，穿上後給人的感覺都會有些心曠神怡。」

她想了想，還是決定告訴肖文卿。「弟妹，妳現在年輕，最好少用香料，凡是含有麝香的名貴香更是別碰。」

「為什麼？」肖文卿驚訝道，雖然她本人沒有熏香的習慣，但丞相府中習慣熏香，她房中只要有人便點燃熏香，拔步床內更是懸掛著好幾個香囊。

「麝香活血化瘀，容易讓孕婦流產，熏香配方複雜，多多少少含有活血成分的辛香料，妳若非要熏香，最好使用那些配方簡單明確的原態香材。」崔氏道。在宮廷後宅中，看似點綴生活的昂貴熏香往往就是害人的暗招。

肖文卿頓時心中一驚，連忙道：「謝謝三嫂提醒。」

「嗯，我這邊有親手製作的玫瑰香、桂花香、梔子香、茉莉香，還有一些乾燥花，妳不妨拿些去用用，這些都是原態香，裡面沒有特別功效的輔料。」崔氏微笑著說道。肖文卿進來時她隱隱聞到了她衣服上熏香的味道，既然肖文卿把自己當嫂子一樣尊重親近，自己不妨稍微提點她一下。

臨近午時，崔氏便留下肖文卿用午膳，她三個女兒也過來一起用。這個時候肖文卿才知道，丞相府三公子的長女晴嵐、次女雪嵐、三女雨嵐都是妾室所生，長子景泉和次子景海為嫡出，幼子景淵為妾室所生。

「弟妹可習慣丞相府的飲食，如果吃不慣，自己雇個廚師回來。」崔氏道。

「還好。」肖文卿問道：「三嫂每天都點菜嗎？」三嫂這邊就沒有她最近常吃的幾種菜餚。

「這不一定，興致來時會專門派人去廚房點菜，往常都是由廚房直接送菜。」崔氏道：「妳是主子，想吃什麼儘管吩咐廚房做，如果特別不愛吃某種菜就告訴廚房一聲，廚房以後便不會再往妳那邊送妳不愛吃的菜了。」

崔氏喝了兩口湯，有意無意地說道：「弟妹，宇軒俸祿高，妳完全可以養一批自己使用得放心的僕人。」

「謝謝大嫂指點。」肖文卿知道三嫂這是在指點自己如何在丞相府後宅生活得自在，心中很是感激她。

用過午膳之後，肖文卿帶著三嫂好心贈送的幾包香料、兩大包乾燥花和丫鬟們回福壽院，等饑餓的她們也吃過午飯，便和她們一起清理屋子裡的熏香。這一搜索，肖文卿才發現，自己的寢室和起居室都擺有熏香爐，四進的彩漆描金拔步床每一重門的左右兩邊都懸掛著精緻小巧的香囊。

「水晶、瑪瑙、綠萼，妳們誰負責懸掛香囊？」肖文卿詢問道，她面前的桌上擺放了八個一模一樣的香囊，這麼多香囊，如果用來驅蚊蟲也太多了。

綠萼和水晶、瑪瑙面面相覷，瑪瑙道：「回稟夫人，我們三個是和您一起進入丞相府的，那時候您的床上就已經掛了這麼多香囊，我們以為這是姑爺的習慣，便沒有改變，每天整理屋子時只拿著雞毛撣子撣撣灰。」

「哦。」肖文卿想了想，道：「這些香囊妳們給我收起來放到別處去，我屋子裡以後不要再熏香了，三少夫人贈送了我一些原態香材，等一下我們做香囊掛起來。」

「是，夫人（小姐）。」水晶、瑪瑙和綠萼齊聲道。

瑪瑙將八個香囊拿出屋子，水晶和綠萼一起把屋裡所有的門窗都打開通風透氣。三個丫鬟商量了一下，順便把床上的床具全部搬出去拆洗晾曬，再給床鋪上全新的枕頭被褥。三少夫人和夫人（小姐）說話時她們都在旁邊伺候著，知道熏香對孕婦不好。夫人（小姐）正值新婚，說不定就能懷上孩子，她們絕對不能有一絲馬虎，這床上的枕頭被褥早已被熏香熏得香氣撲鼻，一起換掉比較好。

屋裡香氣突然消失，凌宇軒回來後馬上便察覺了，隨口問道：「妳不喜歡熏香？」

「沒有不喜歡。」正在做針線的肖文卿道：「我今日去三嫂那邊，三嫂送了我幾包自製的香和兩大包乾燥花，我很喜歡那些花香，為了不串味便把原來的熏香撤掉了。我挑了玫瑰花做香囊掛在床裡，你喜不喜歡？」

「我是男子，沒有熏香的習慣，妳我的房間妳自己佈置就好，妳愛用什麼香就用什麼香。」凌宇軒無所謂道，屋裡不熏香也好，空氣自然新鮮。

「宇軒，我也給你做了玫瑰香囊，你喜歡就戴在身上吧。」肖文卿笑吟吟道，從針線籮裡取出一個已經做好的香囊遞給凌宇軒。她前幾天就開始繡香囊了，只是還沒有決定塞什麼香料在裡面，三嫂送給她處理好的乾燥花，她正好做個玫瑰香囊。

凌宇軒接過那金棕色的雞蛋大小香囊，放到鼻端深深嗅了一下，道：「玫瑰香很濃，我明天就掛在身上。」小巧精緻的香囊上繡著兩顆栩栩如生的桃子和片片祥雲，另一面繡了一個「凌」字，上面繫著褐色細繩，下面懸掛著同色的流蘇。

「總戴一種會不會小家子氣？我多做幾個香囊給你，你輪流使用。」肖文卿高興道。她居住在丞相府後宅，後宅事情輪不到她管理，她有的是時間做女紅，雖然說宇軒的衣裳有府中針線房的僕婦們做，她依然可以親手為他裁製。

「妳喜歡做就做好了，注意別傷著眼睛。」凌宇軒柔聲道。

「嗯。」肖文卿點點頭。她現在好命得很，不可能為了做女紅傷了眼睛的。

「九月十八日是佳玉出嫁的日子，妳準備好賀禮沒有？」凌宇軒提醒肖文卿道，今日已經九月十四日了，還有四天，他第一個外甥女就要嫁人。

「咦，蔡家大小姐要出嫁了嗎？」肖文卿愣了一下。「母親和三嫂都沒有向我提起，我也沒有接到請柬。」
「三嫂估計是認為母親會告訴妳吧。」凌宇軒眉頭微微皺起。「母親怎麼會忘了？這是她親外孫女的大日子，她不可能忘記的。」
肖文卿聽了凌宇軒的話，微微一怔——婆婆真的是忘記了嗎？
「文卿，母親最近出門沒？」凌宇軒問道。
肖文卿搖頭道：「我每日早上請安，有時候說一會兒話就離開了，沒有人告訴我婆婆出門沒有，婆婆也沒有說帶我出門應酬。」
除了帶過來的三個丫鬟，文卿在丞相府中沒有半個親信眼線！凌宇軒明白了，道：「我讓人去問問，大姊家的請柬到了沒有，交給府中的誰了。」
肖文卿這時候也明白了，遲疑了一下，道：「母親也許認為準備賀禮這件事情不需要花多少時間，提前兩日通知我也沒有關係。」
「嗯，也許吧。」凌宇軒淡淡地說道。
「前兩日我瀏覽你我成親時別人送給你的禮物清單，核對過禮物，我只要按照他們的禮單擬定一份禮單就可以了。」肖文卿道。「你是佳玉的嫡親娘舅，這份禮不能太薄。」
凌宇軒搖搖頭道：「我已經送了一對皇上御賜的翡翠麒麟做佳玉的添箱，那翡翠麒麟本身就價值連城，所以我們做舅舅、舅媽的心意已經足夠了。妳去問問三嫂打算送什麼禮，妳送價值差不多的就行了，別讓三哥、三嫂難做人。」

「價值連城?哦，我明白了。」肖文卿立刻朝凌宇軒露出感激的笑容。

凌宇軒派人去查，很快就得到彙報，大人和夫人去劉學士府那一天，蔡家大夫人親自過來送請柬。

正在用晚膳的凌宇軒讓那人退下去，英俊的面容烏雲密布。

「宇軒，也許是母親一時間忘了。」肖文卿挾了一片青椒墨魚片放到凌宇軒碗中，柔聲勸道：「她曾對我說過幾次，她年紀大了，做事情經常丟三落四，需要旁人提醒，也許她以為已經把請柬給我了，而她身邊的人也忘了提醒她。」

「文卿，母親今年才六十八歲，還沒有老到忘東忘西的地步。」凌宇軒沈聲道。因為常年和母親關係冷淡，他又調查過母親，不由得他不往不好的方面想。只是母親那樣做有意義嗎?文卿已經是上了凌家族譜的嫡媳婦，受封三品淑人，不是可以隨便欺負的。

「我明白了，以後我多長幾個心眼就是。」肖文卿趕緊道。

「嗯。」凌宇軒微微頷首。

兩人晚膳後出門散步消食，在院子周圍繞了一大圈才回到房中。水晶端來了一碗參湯，道：「夫人，廚房又送來一碗參湯，請您趁熱喝了吧。」

肖文卿瞧瞧凌宇軒，道：「我不喝了，你喝吧。」

「參湯雖補氣回陽，但喝多了會流鼻血。」已經替肖文卿喝過幾次的凌宇軒道：「水晶，妳和瑪瑙、綠萼她們分著喝掉。」

補湯。

「是，大人。」水晶很高興地說道，朝瑪瑙和綠萼點頭，示意她們過來一起喝掉這碗大補湯。

「文卿，這參湯妳不喜歡就別再喝了。」凌宇軒頓了頓，道：「廚房再送來，水晶，妳們三個都悄悄分著喝掉。」他也許該派人去查查熬煮參湯的人，最好把參湯濾下來的殘渣拿去給太醫院找人檢查一下。

「母親，兒媳聽宇軒說，佳玉這個月十八日出嫁，是真的嗎？」第二日，肖文卿給丞相夫人請安後小心翼翼地問道。

丞相夫人眯著眼睛想了想，道：「我好像告訴過妳吧？是九月十八日，佳玉出閣，文卿，妳可把賀禮準備好了？妳是舅母，禮物可不能太寒酸。」

「母親，兒媳沒有聽您提起過。」肖文卿道。

丞相夫人疑惑了一會兒，轉頭詢問身邊的曹芸娘。「芸娘，我沒有把大小姐送來的帖子給文卿？」

曹芸娘也有些糊塗起來，想了半天才道：「夫人，大小姐送了三份請柬過來，前些天三少夫人給您請安時，您把三公子和她的那張給她了，倒是四少夫人天天過來請安，您反而忘了。」

「忘了？我記性不好妳怎麼也不提醒我？看來妳也老了。」丞相夫人搖著頭道：「芸娘，妳快去把大小姐送給四公子和四少夫人的請柬拿來給四少夫人，這可是大事情，不能馬虎。」

「是，夫人，我這就去拿。」曹芸娘說道，快步走向裡屋。

婆婆真的是遺忘了嗎？她身邊除了曹姨這個多年老僕還有四個年輕的貼身丫鬟，難道她們也不記得提醒一下？肖文卿笑容很淡地說道：「幸好宇軒提醒，要是佳玉出閣那天兒媳才匆忙得知，肯定不能把賀禮準備妥當。」

「都是自家人，賀禮稍微不妥當其實也沒有關係。」丞相夫人笑著安慰肖文卿道。

「母親，兒媳是丞相府的兒媳，兒媳如果在外面失禮，丟的是丞相府的臉。」肖文卿微微低著頭，道：「兒媳自知出身低微，幼年坎坷缺少了娘親親自教養，所以處處小心謹慎，任何事情都不敢擅作主張。母親，還有三天，我們就要去蔡府慶賀佳玉出閣，兒媳如果那時候有做得不周全的地方，還請母親維護一二。」

丞相夫人笑道：「妳是我兒媳，我豈能不照顧著點妳。」她笑得很是慈祥。「今日午膳妳陪我用吧，我老婆子有些寂寞。嗯，對了，我聽說昨日妳去拜訪妳三嫂，在那邊用了午膳，妳三嫂還送了妳很多自製的熏香和乾燥花。文卿，妳懂得熏香？我記得在妳嫁進來半個月前，府中進了一批香料，妳去挑選自己喜歡的做香囊吧，下人挑的未必合妳的心意，出門配戴個小香囊是絕大多數貴婦人的習慣，妳不能免俗。」

「謝謝母親留飯。」肖文卿微笑道：「母親，兒媳不懂熏香，不過可以繡一些香囊，塞一些三嫂贈送的乾燥花，如果您喜歡，我也做一個這樣的香囊給您。」

「嗯，妳們妯娌親近，我看著也高興。」丞相夫人一臉慈祥地笑道。

「四少夫人，這是大小姐送給您和四公子的請柬。」曹芸娘拿著一張燙金的請柬走過來，雙手遞給肖文卿道：「看來我和夫人都犯糊塗了，這請柬還真的放在梳妝檯下左邊的抽屜裡，忘了拿給您。」

肖文卿接過請柬翻看，果然是大姊寫給宇軒和她夫妻兩人的請柬。這次是真遺忘也好、假遺忘也好，要不是宇軒提起，她可能會因為時間匆忙而禮物準備不足。

午膳時，廚房上了六隻紅通通的大螃蟹，兩名丫鬟洗乾淨手拿著小剪刀、小錘子、小勺子站在丞相夫人和肖文卿身邊幫忙剝螃蟹。蟹蓋有成人巴掌大的大螃蟹，蟹膏如脂，蟹黃鮮豔，蟹肉潔白晶瑩，還有專門配製的蘸醬。

丞相夫人熱情道：「文卿，這是鳳凰山西邊山腳下碧波湖裡的青腳大肚蟹，膏滿黃肥最是美味，妳多吃兩個。」說著，她吩咐肖文卿身邊的那丫鬟繼續給肖文卿剝螃蟹。

肖文卿趕緊道：「謝謝母親，只是螃蟹性寒多吃傷胃，母親您也少吃些比較好。」去年秋季她在劉夫人府中吃螃蟹時劉夫人就說過，螃蟹性寒不宜多吃，蟹爪破包墮胎，準備懷孕和已經懷孕的女子不可吃，所以她剛才吃時只吃了兩口，蟹腿肉碰都沒碰。

「螃蟹性寒，不過有薑、醋、黃酒解寒，偶爾饞嘴也不妨事。文卿，蟹黃、蟹膏妳都要嚐嚐，這可是難得的美味。」丞相夫人笑道，示意丫鬟再剝一隻螃蟹給肖文卿。

肖文卿不能拒絕，只能挑著把蟹黃和蟹膏吃掉，蘸著佐料吃了幾筷子蟹身肉，然後便放下筷子，打定主意等回去後，讓丫鬟吩咐廚房煮一碗濃濃的生薑紅糖水給她祛寒。

下午，肖文卿踩著點去找三嫂，說明來意。午睡起身的崔氏得知肖文卿是要詢問她準備賀禮的情況，想要讓兩個舅舅送禮分量差不多，心中滿意宇軒夫妻維護兄嫂顏面，便很坦然地拿出寫好的禮單。

肖文卿快速瀏覽了一下禮單，心中馬上有數了。

「弟妹，還有三日佳玉就出閣了，妳怎麼到今天禮單還沒有擬好？」崔氏喝了一口茶之後很隨意地問道。

肖文卿心一動，便回答道：「母親忘了把大姊送給我和宇軒的請柬交給我了，昨日宇軒問起，我才知道佳玉十八日要出閣，向母親要了請柬。」

「佳玉出閣這麼大的喜事，母親會忘記，還要妳去索要？」崔氏微微一愣，隨即道：「她明年六十九，按照老人做壽做十不做九的傳統，她要做七十大壽了。」

「母親雖然年事已高，但我看著她老人家胃口很好，耳聰目明。」肖文卿道。「前日妳贈送我熏香和乾燥花，母親第二日便知曉了。」

崔氏撇撇嘴。「她老人家一向喜歡掌控別人，妳習慣了就好。」

「三嫂，母親問我懂不懂熏香，我完全不懂，還請三嫂教我。」肖文卿一臉誠懇地說道。

「這個呀，其實我也不擅長，只會按圖索驥配製簡單的熏香。妳以後沒事的時候常來我這邊，我們一起調製香料，還可以做一些自用的胭脂香粉。」崔氏笑道，一臉和善。

「好的，三嫂。」肖文卿微微頷首道，她懂得的東西太少了，需要多學習才行。

嬌喘和粗吼逐漸消失，汗流浹背的小夫妻擁在一起閉目休憩，回味那魚水之歡後的餘韻。

「文卿，母親怎麼說？關於請柬。」凌宇軒問道，拿起事先放在一邊的毛巾擦拭肖文卿臉上和身上的汗水。

「母親以為她早就告訴我了，曹姨也不記得了，最後兩人都認為是自己年紀大，記性不好了。」肖文卿無奈道。

「哼，春夏秋冬那四個丫鬟站在她身邊是不是？」凌宇軒嘲諷道。「母親和曹姨相處五、六十年了，主僕一向默契。」

「宇軒，母親怎麼說我們現在只能怎麼聽。」肖文卿苦笑道。春香、夏香、秋香、冬香是丞相夫人的四個大丫鬟，除了曹姨就數她們最貼近丞相夫人了。

「嗯，妳一定要防備她。」凌宇軒猶豫了一下，道：「自從我被抱到母親名下充當嫡子，母親就很討厭我。大哥病逝之後她就固執地認為父親因為我的出現放棄了家族的嫡長子，所以她唯一的親生兒子是被我這個嫡幼子搶走了父愛和氣運而死的。我三歲的時候，她還打算放火燒福壽院，想將我燒死，這麼多年來，也許她還是沒有改變對我的看法。」

肖文卿頓時一震，急切道：「六姊說你們的大哥一向體弱多病，二十三歲那年病故，和你有什麼關係？」劉夫人還說，大哥還有一個買來沖喜的媳婦，只是一直都沒有圓房；大哥病逝後，那個有名無實的大嫂便被婆婆送到尼姑庵出家了。

「大哥是嫡長子，父親對他一直寄予厚望，可是他身子先天不足，從小大病小病不斷。我被父親放到母親名下充當嫡幼子撫養，之後大哥病情疾速惡化，在我兩歲半的時候病逝了。母親認為，如果我不是嫡幼子而只是普通庶子，大哥就不會認為父親放棄他，而會堅持地活下來。」凌宇軒長嘆一聲。

「除了母親，所有的人都知道大哥身體不好無法繼承家業，父親重新選擇一個兒子培養符合家族利益。大哥病逝後母親就無比憎恨我，曾經和父親發生激烈爭吵，然後便對我冷淡如冰。這麼多年過去了，我原以為年紀越來越大的她已經淡忘悲傷，認真考慮現實和將來的身後事，願意和我恢復母子之情，沒想到……」

他用力摟了摟肖文卿，道：「貴婦人大多端莊高雅，老夫人們更是溫和宛如慈悲長者，可是妳要小心她們口蜜腹劍。」對你表現善心的人往往就是正在算計你的人，這種戲碼在皇宮裡幾乎天天發生，他都看膩了。

「我知道了。」肖文卿躊躇了一下，決定還是不告訴凌宇軒，婆婆勸她多吃螃蟹的事情了。婆婆注重養生，不可能不知道螃蟹性寒的道理，自己是不是可以這樣假設，婆婆認為宇軒的出現害死了她兒子，她現在要報復在宇軒的孩子身上？

這太可怕了。

肖文卿心中為這假設打了一個寒顫。

「妳冷嗎？」凌宇軒立刻將薄被拉高將肖文卿裹得嚴嚴實實。「秋天了，妳早晚記得多加一件衣裳。」

「嗯。」肖文卿靜靜地依偎在他懷中，心中開始為將來擔憂。

第三十章　表親

凌丞相外孫女、刑部尚書蔡澤明嫡長女蔡佳玉和太子太師李岩嫡長孫李子皓聯姻，門當戶對。

大慶皇朝規定，女子的嫁妝完全屬於女子，婆家不得動用；如女子被休或者改嫁，嫁妝可以帶走；如女子沒有親生兒女，生前又沒有指定繼承人，死後嫁妝可以被娘家收回，所以有錢的父母總是不吝嗇給女兒置辦豐厚的嫁妝以保證女兒在夫家的地位。

康慶三十五年九月十六日，蔡府發嫁妝，良田千畝、十里紅妝，送嫁妝的隊伍前頭已經到了李府，後頭還沒有出發，妒煞京城待嫁女。婚房被全福娘子佈置好，最顯眼的位置擺放了一對三寸多高、通體晶瑩剔透的翡翠麒麟。據說，這是皇上賜予新娘的四娘舅，新娘的四娘舅又轉贈給新娘的，價值連城。

九月十八日，蔡府和李府的府門前車水馬龍，應邀前來祝賀的客人絡繹不絕，轎子一頂頂地抬進來，各家夫人都早夫婿、兒子一步帶著女兒、孫女和自家的賀禮過來了。蔡府門前，新娘之父刑部尚書蔡澤明請了假帶著十六歲的長子和兩個同族兄弟站在府門前迎接客人，再讓前院的女眷們把上門的貴婦人迎到後院仔細招待。

因為是親外孫女出嫁，丞相夫人一大早就起身梳妝打扮了。肖文卿不敢落後，一大早就梳妝打扮前來給她請安。她來了一會兒後，三少夫人崔氏領著三個女兒便一起過來。婆媳、祖孫六人一同用過早膳之後，一起乘坐轎子，在丫鬟、僕婦、家丁的簇擁下前往蔡府。蔡家老夫人得知親家母來，親自到府中垂花門外迎接，她這孫女的嫁妝，丞相夫人這個外祖母也出了不少。

「去看看佳玉那邊準備得怎麼樣了。」頭髮花白，戴著極品翡翠首飾的丞相夫人精神抖擻地說道，今日手中拄著一根紫檀木的花鳥紋枴杖。

「親家母，佳玉那邊有好些姊妹陪伴著呢。」手中同樣拄著枴杖的花白髮蔡老夫人道，陪同丞相夫人一同前往，跟在丞相夫人身後的兩位少夫人和三位孫小姐便繼續跟著。

蔡府嫡長女的閨樓很氣派，周圍花木扶疏、蓮池幽靜，院子裡繫著紅腰帶的丫鬟們個個喜氣洋洋，為小姐出閣忙碌著。

蔡大小姐佳玉已經絞了臉、梳了婦人髮髻，正滿頭珠翠、一身華麗紅裝地坐在房中，她周圍坐著六、七名華服女子，看到蔡老夫人和丞相夫人進來，她們紛紛起身行禮。

「佳玉，來，讓外祖母瞧瞧。」丞相夫人把手中的紫檀木枴杖往身後的人那邊一送，然後雙手捧著蔡佳玉的臉龐，憐惜道：「我的心肝寶貝，想當年妳呱呱墜地，外祖母還將妳抱在手中哄，轉眼十八年，如今妳要出嫁了，外祖母捨不得呀。」說著，她老眼中忍不住閃爍起水光來，這是她唯一的血脈呀！她原本是想把佳玉說給老三的嫡長子景泉，好把佳玉接回自己身邊，可是親家母嫌棄景泉是庶子生的嫡子，身分不夠高，而太子太師李岩又恰巧派人為他嫡長孫求親，偏偏那嫡長孫的母親又是一位郡主娘娘，於是她的寶貝外孫女就許給李家了。

「外祖母，佳玉也捨不得您呀，佳玉以後還會常常去探望您的。」蔡佳玉很乖巧地說道，扶著外祖母坐下。

「三舅母，四舅母。」她有禮地朝隨著丞相夫人一同前來的崔氏和肖文卿福身行禮。母親和外祖母討論她婚事時曾提到想將她嫁回外祖母家，她逢年過節的時候見過幾回比自己大一歲的大表哥凌景泉，對他感覺一般；然後祖母天天對她說太子太師李大人的嫡長孫如何如何好，和皇族沾親帶故，比大表哥血統高貴有前途，於是她便讓祖母決定自己的終身了。

「佳玉，恭喜妳覓得一個好郎君。」崔氏溫和地笑道。她曾聽婆婆提到要她的長子娶佳玉，心中也很贊成這親上加親的，只是沒想到丈夫庶子的身分影響了兒子的身分，蔡家選擇了身分更高貴的太師嫡長孫、蘭馨郡主之嫡長子。

「佳玉，祝妳將來夫妻恩愛，白頭偕老。」手中拿著婆婆枴杖的肖文卿說道。

「謝謝兩位舅母的祝福。」蔡佳玉道。她到現在也沒有見過自己的未婚夫，不過既然四舅說還不錯，那她的未婚夫在京城同齡官宦子弟中應該是不差的。

在房中陪伴蔡佳玉的幾名華服女子過來給丞相夫人和崔氏、肖文卿一一行禮。她們和肖文卿恰巧都認識，之中已經有幾位梳起了婦人髮髻，因為有長輩在場，年輕人們拘謹了很多，彼此間小聲說話。當朝大公主之女雪怡郡主慕容如玉嫁給了京城四俊之一的齊雲深，如今是齊夫人了，她對同為四俊之一的凌宇軒妻子有特殊的好感，主動走到肖文卿身邊和肖文卿低聲攀談。

「文卿，十月我家決定舉辦場菊蟹宴，妳一定要來。」慕容如玉道。

「好啊，妳請我我一定去。」肖文卿點頭笑道，等她再和京城年輕貴女們熟悉些，她就辦一個聚會還禮。

眾人在蔡佳玉的閨房中說著話，蔡大夫人走進來，向丞相夫人和蔡老夫人福身，道：「母親、婆婆，佳玉拜別祖宗的儀式要開始了。」新娘在出嫁前要舉行拜別祖先儀式，就是由父親在祖先牌位前焚香禱告祖先今日有女出嫁，新娘跪著聆聽父親的祈禱，接受父親和祖先的祝福。

一身盛裝的蔡佳玉起身，走到蔡大夫人面前，雙眼潮濕，眼眶中含著淚珠，雖說夫家也在京城，但她出嫁後便從此是別人家的人了。

「走吧。」蔡大夫人哽咽著說道，強忍著不讓自己落淚。

蔡老夫人大聲道：「佳玉出嫁是大喜事，妳們傷心什麼？佳玉，來，祖母帶妳去前面堂屋祭拜祖先。」說著，她率先拄著枴杖走出房門。

新娘拜別祖先，外人只能站在堂屋外觀望。肖文卿混在一眾女眷中，悄悄環顧四周，她們來得早，來到蔡家的女客還不到二十位，男客更是不多。

用過午膳之後，女客們在蔡家後宅裡聊天喝茶或者去花園遊玩，肖文卿得到婆婆同意後，和她比較熟的貴女們到花園散步聊天。未時三刻之後，進入花園的女客突然多了起來，肖文卿知道，受女方邀請的客人都往蔡府來了。

下午時分，客人越來越多，聚在後院說話的女客逐漸往前院去，等待觀看新娘哭嫁、上花轎。由於這是一場兩個大家族的聯姻，很多人同時接到兩家的請柬，在和蔡家、李家協商後，一部分去李家觀看拜堂成親、吃喜宴，一部分夫妻分開，夫人到蔡家，夫婿到李家，還有就是和蔡家關係近的都在蔡家喝嫁女酒。蔡佳玉是凌丞相的外孫女，丞相夫妻和兒子、兒媳、女兒、女婿，一大堆孫輩一個不少地來到蔡家。

大概是看在凌宇軒的面子，也大概是肖文聰自己在京城也有些名氣，寄住在劉學士府的肖文聰也接到了蔡家發的請柬，他便準備了一份賀禮，和劉學士一家一起過來喝喜酒了。

肖文聰的天才之名在某些人刻意傳播下已經被京城人知曉，他在肖文卿上花轎那一天被壓轎的童男、童女刁難當眾作詩，而他確實做出了兩首很貼切的詩，於是很多人對他好奇，只是他被凌宇軒和劉學士保護著，別人不容易見到他。現在蔡家人和到蔡家的客人見到他，幾乎是圍觀他了。由於他還小，還談不上男女之防，有些婦人甚至主動走到他身邊逗他說話。

「肖小秀才，天才橫溢，將來不知道哪家女兒有福氣。」

「長得還真不錯，頭髮烏黑烏黑的，雙眼皮，水汪汪的大杏眼和紅彤彤的嘴，皮膚比女孩子還要白嫩，就是矮了一些。」

「他才十一歲，嗓音都還脆嫩呢，以後會長高的。姊姊漂亮，弟弟也如此漂亮，想來他們父母的容貌也是出類拔萃的。」

男人們看肖文聽的文采估量他的前程，女人們對肖文聽的皮相議論紛紛。

肖文聽臉皮嫩，硬是被一群周身香氣四溢的女人們看得小臉紅得像關公。他努力昂首挺胸，不讓自己怯場。姊夫和劉學士父子都提醒他，京城這種眾多高官和官夫人雲集的聚會很少，他在這裡給眾人留下好印象，有利於他肖家未來的發展。

「諸位夫人、諸位姑娘，我家小弟年紀小臉皮薄，請饒過他吧。」肖文卿看到弟弟投過來的求救目光，笑著上前說道：「文聽，到你姊夫那邊去。」

肖文聽如同得到赦令，趕緊拱手作揖道：「諸位姊姊、夫人、老夫人，文聽失陪了。」說著，他努力克制自己想鞋底抹油的慾望，不緊不慢地走出香氣包圍圈返回到凌宇軒身邊。

丞相府出嫁的女兒們和嫂子、弟妹聚在一起說話，身邊還圍著她們的女兒，她們談著談著，便把話題談到了兒女的婚事上。

凌三少夫人崔氏道：「我長子景泉已經十八，我應該開始幫他注意姑娘了，不過我現在更著急我女兒晴嵐的婚事，她都十六了，到目前還沒有說人家。」這個長女雖然是庶出的，但她這個嫡母總要為她忙碌一番才行；晴嵐再不訂親出嫁，就快成老姑娘了，她這個當嫡母的會被別家夫人在背後說閒話。

凌三少夫人說到長女，站在她身邊不遠處的凌晴嵐立刻一臉羞赧地低下了頭。嫡母沒生嫡女，對待三個庶女還算和善，她寧願嫡母幫她挑選夫婿，也不要嚴厲冷漠的祖母幫她挑選家世可能更好的夫婿。家世好不代表人品好，姑母們的夫婿除了大姑母和六姑母，其他全是世家紈袴子弟。

「三嫂，外甥、外甥女們的婚事……」劉夫人遲疑道。「估計還需要母親作主。」

肖文卿聽著默然，婆婆丞相夫人有很強的掌控慾，丞相府後宅被她掌控得死死的，嫂嫂做了丞相府三少夫人二十多年，眼看著也快做別人的婆婆和岳母了，一次管家的機會都沒有。

「唉……」凌三少夫人崔氏嘆口氣，道：「晴嵐是我家大人的女兒，她的親事做父親也該過問過問了。」

「如果三哥提前給晴嵐訂人家，母親也不好反對。」劉夫人笑道。

「妳三哥從來沒有注意兒女的婚事，他一時半刻哪裡有什麼人選，宇軒成了親，這相府中就輪到景泉和晴嵐開始說親了。」凌三少夫人崔氏皺著眉說道。

「三嫂，妳先幫晴嵐挑選好人家，然後請三哥出面。」肖文卿謹慎地建議道。

「嗯，妳說得對。」凌三少夫人崔氏立刻點頭道。

劉學士之妻劉夫人轉頭望望凌晴嵐，猶豫了一會兒，伸手指著不遠處男賓們，問道：「三嫂，妳看我家老爺身邊的那個年輕人怎麼樣？他是我大姊的嫡子劉紫書，今年二十二歲，現在是國子監助教，從八品官職，性情溫和、平易近人，無不良嗜好。」

親戚往來中，凌三少夫人還是知道這個劉紫書的，既然他已經進入國子監當助教，說明自身學識不淺。聞言，她努力眺望那站在劉學士身邊俊朗的年輕人，然後回頭瞧瞧站在身後的長女晴嵐。

「我家長女燕兒也十六歲了呀，可惜我怎麼就沒想到六妹家呢？」劉夫人的三姊遺憾地說道。

劉夫人其他有適齡女兒的姊姊們紛紛搖頭，表示自己慢了一步。表哥、表妹親上加親是最好的婚事了，彼此知根知底。劉家是書香世家、翰林之家，家教一向極好，劉學士就是一名溫雅和善之人，他的兒子必然肖父，晴嵐要是說給劉家，父親和三哥（弟）必然同意，母親心裡縱使很不高興也沒辦法反對。

「大姊。」凌晴嵐身邊的凌雪嵐樂呵呵地用手臂拱拱凌晴嵐，在母親和姑母們打量那劉紫書表哥時，其實早就認識他的自家姊妹也認真打量了。

凌晴嵐羞答答地抬起頭，望望母親，隨即又低下頭，螓首都快垂到胸前了，小巧的耳朵一片通紅。

這是女孩子的害羞呀！眾夫人明白凌晴嵐是不反對嫁給這個表哥了，劉夫人立刻興致勃勃地說道：「妳們等著，我過去悄悄詢問他們父子兩個。」

「啊，我想起來了。」丞相第五女，嫁給齊氏旁系嫡子的齊夫人突然道：「我有一個小姑，是我婆婆的老來女，今年十歲。」

她笑著詢問肖文卿。「弟妹，妳小弟可有婚約在身？」她更想說給自己的小女兒，可惜因為弟妹的原因，她女兒和肖家小弟不同輩。

肖文卿趕緊搖頭道：「五姊，我弟弟的婚事有我母親全權作主，我這個姊姊的不管。」

劉夫人走到男賓附近讓丫鬟過去把劉學士父子請到自己面前，低聲和他們說話，他們先是有些驚訝，然後往肖文卿她們這邊看過來。

「晴嵐姊姊，快抬起頭來讓六姑父和紫書表哥瞧瞧。」凌家孫小姐的表姊妹們紛紛打趣道，故意把凌晴嵐推到她們外邊比較空的位置，讓劉學士父子可以看到凌晴嵐，像這樣明確的相親可不多哦，很多人家的未婚夫妻在成親前都還沒有見過面呢！

那邊，劉學士和兒子劉紫書遙望著女賓這邊說著話，一會兒便都對劉夫人點頭了。

凌家老姊妹立刻笑著向凌三少夫人崔氏低聲賀喜，劉學士只要帶著兒子向岳父凌丞相和三舅子凌宇樓表達求親願望，凌丞相和凌宇樓不會不答應。

「呵呵呵，多虧六妹和弟妹提醒我。」凌三少夫人崔氏笑得非常開心。

前院正廳內外的眾人們說著話等時間，新郎乘坐轎子帶著八抬大轎和迎親隊伍來了，蔡府立刻放炮鳴鞭。「快點快點。」一群被提前關照的少年孩童湧上前將大門堵住。肖文聽認為自己和蔡家沒有關係，站在姊夫和姊姊身邊看熱鬧，結果劉紫丹跑過來把他拉走，擠進那堆少年孩童中間湊熱鬧，還說這是大喜事，他們要討要紅包。

男方喜娘帶著新郎官忙不迭地塞紅包求放行，少年孩童們得到放有金銀錁子的錦囊這才放行。

新郎進來拜見新娘家長，認識新娘的各路親戚。後宅中，新娘蓋著紅蓋頭，在鞭炮聲中下了閨樓，來到前院拜別祖母、父母，然後哭泣著由一名族兄揹著上了花轎。

新娘上花轎被接走，蔡府將大門闔上，表示希望女兒安心在夫家過日子，別被休回家。鼓樂聲逐漸遠去，蔡府嫁女喜宴開始了。蔡老夫人覺得沒有滿足丞相夫人聯姻的要求有些對不住丞相夫人，席間提到四孫女蔡雨晴今年十六歲了，還未挑中人家。

丞相夫人聽出蔡老夫人的意思，只笑著祝願蔡家四小姐早日找到好夫婿。丞相夫人希望孫子景泉娶蔡佳玉是因為佳玉是她的嫡親外孫女，佳玉做她孫媳婦就可以天天陪伴她了。她要蔡雨晴做什麼，景泉才十八歲，成親還早。

蔡雨晴的父親是蔡老夫人所生，目前是個六品官，蔡雨晴的母家情況也上好，凌三少夫人望望坐在另一桌上的蔡雨晴，覺得此女容貌秀麗，活潑中透著優雅，心中倒也滿意，只是婆婆沒答應她只能乾著急，再次哀嘆夫婿沒有分家出去，自己處處受到婆婆箝制。

女子十六、七、八歲出嫁正合適，男子十八、九歲做新郎還是早了一些，肖文卿靜靜旁觀著長輩們在談話之間決定兒女們的婚事。

凌家眾人回府，各自回房洗漱休息。寢床上，肖文卿告訴凌宇軒六姊長子和三嫂長女可能要訂親的事情。

摟著肖文卿的凌宇軒道：「六姊夫已經和我說了，希望我當媒人幫忙說親，我答應了，明日有空會先和父親、三哥說一下，讓他們有所準備，最後再由父親去和母親說，晴嵐的親事有眉目，叫三嫂別操心。」

女子不比男子，男子如果不滿意妻子可以挑選中意的女子當妾或者通房，把正妻晾在一邊；可女子一旦嫁了人，不管夫婿如何都要守著一輩子，所以他認為女子的親事要比男子的親事多慎重考慮。

「宇軒，你認為這樁親事適合嗎？丞相府和學士府聯姻。」肖文卿有些擔憂地詢問道。

「合適。劉家歷來都是文臣、純臣，外和內剛，很得皇上信任。父親老了，丞相一職估計做不了幾年，晴嵐將來只是龍鱗衛指揮同知的姪女、大理寺右寺丞之女。」凌宇軒道：「凌家是從我曾祖父那一代發跡的，前兩代子嗣艱難，我父親連個兄弟都沒有，鄉下老家親戚雖然多但都是平民。京城凌家，將來也就只有我和三哥撐著。」

凌家傳到他兄弟一代應該沒有問題，以後要看景泉、景海、景淵，以及他兒子的才華和能力了。

說到子嗣，凌宇軒伸手覆住肖文卿平坦的小腹，柔聲道：「文卿，也許我們的孩子已經在這裡生長了。」

肖文卿按住他的手背，擔心道：「宇軒，萬一，我說萬一，我無法給你生兒子怎麼辦？」

「文卿，兩位算命的道長都說，妳會讓我兒孫滿堂。」凌宇軒笑道，下巴親暱地磨蹭肖文卿的頭頂。

「可是，萬一不準呢？我家鄉的那位青河道長還說，你雙眉有斬子紋路，剋子剋女，無兒女送終。」肖文卿小心翼翼道。

「如果妳不能生兒子，甚至不能生育，那說明我的命硬，妳這樣兒孫滿堂的好命都被我剋了。」凌宇軒輕輕撫摸著肖文卿的腹部道：「如果那樣，是我對不住妳。」

肖文卿背誦青河道長的相面結果是有用心的，聽凌宇軒這樣說，立刻覺得自己居心不良了，很愧疚地道：「宇軒……」

凌宇軒笑笑，道：「三哥現在有三個兒子呢，而且我前天還聽他提到，他的後院又要添人口了。我想，將來我沒有兒子，可以從他那邊過繼一個來，我是嫡子，有偌大的家業，他不會不同意。」有兄弟就是有好處，至少不用擔心家族在自己這一代絕嗣掉，還能撿現成的兒子給自己養老送終。

肖文卿仰頭凝望著凌宇軒英俊的臉龐，雙眼滿是激動和深情。「宇軒，你想要孩子，需要多努力哦。」她聲音柔媚地說道，絲被下，光裸的小腳輕柔地磨蹭著他的小腿，宇軒身體強健，每晚只一次是不肯歇息的。

「妳休息夠了？」凌宇軒溫柔地問道，雙手開始在她柔滑的嬌軀上游移……

「嗯……」她低聲哼著，迎合他的熱切。

她想要孩子。那噩夢般的預知夢中，那無緣的孩子啊，那落地時的哇哇哭叫讓夢中的她激動滿足，孩子被奪走就好比割走了她的心頭肉，讓她心痛絕望。現實中，那個場景絕對不會再出現了，她會把自己所有的母愛都給她和宇軒的孩子。

小夫妻的呼吸越來越急促，寢床上充斥著激情和旖旎……

第三十一章　食補

過了幾日，凌宇軒休沐日，清晨，兩人用過早膳之後去後院給父親、母親請安。在丞相夫人的馨怡院中，凌宇軒對丞相夫人道：「母親，今日我帶文卿出門轉轉，午膳不會回來用，請母親勿掛念。」

丞相夫人聞言，「哦」了一聲，道：「還是你疼媳婦，你父親當年遠不如你。」頓了頓，她道：「我知道你們想去哪兒。文卿，不是我阻攔妳去探望妳乾娘，實在是妳現在是朝廷誥封的三品夫人，妳乾娘又曾經是妳婆婆，其他夫人會笑話妳和乾哥哥舊情未了，連累我丞相府被人恥笑。妳念著舊情接濟妳乾娘是善良，只是以後還是讓妳身邊的丫鬟代妳和妳乾娘聯絡吧。」

肖文卿聽了，沈默了一下，面容嚴肅道：「母親，乾娘是我的大恩人，不管我是何等身分，我都不會嫌棄我的乾娘。」

「母親，文卿說得很有道理。」對趙大娘很有感情的凌宇軒立刻道：「母親還不知道吧？趙大哥現在是鳳凰山黑衫軍的一名把總，是朝廷正七品武官，乾娘七品孺人的敕命馬上就要發下來了。」禮部那邊果然拖拖拉拉逐級上報，趙明堂和許淺為妻子與母親請封的文書還沒有批下來，他只說了一下，禮部那邊馬上承諾，一定在十月十日之前處理好，保證在趙明堂孩子滿月前將敕封聖旨發到趙家。

丞相夫人頓時愣住了，半晌才道：「宇軒，上街逛的時候你帶文卿去鑫隆大街的寶福樓轉轉，給她挑選幾樣新首飾，年輕貴夫人，總戴那幾樣首飾有失體面。」

「是，母親。」凌宇軒道：「母親需要什麼，孩兒也給您買幾樣回來。」

丞相夫人笑道：「宇軒你越來越懂得孝順了，我年紀大了，早就不需要什麼打扮，你就給你媳婦多買幾樣吧。文卿在別家夫人面前出眾，你這做夫婿的也臉上有光。」

「孩兒謝謝母親教誨。」凌宇軒拱手，道：「時辰不早了，孩兒這就帶文卿出去逛街。」

丞相夫人點點頭，一臉慈祥。

凌宇軒帶著肖文卿起身向母親告辭，然後走出馨怡院。

「母親說得對，我該給妳添一些新的首飾了。」凌宇軒道，打量今日肖文卿的裝扮。她梳著如意髻，簪一根紅珊瑚髮簪，頭頂斜插著一支金累絲丹鳳啣珠翠玉步搖，雙耳綴著翠玉金耳環，頸項套著一串珍珠項鍊，手腕套著同色的珍珠手鏈，淡雅中不失貴氣。

「我的首飾已經不少了，不用添新的。」肖文卿笑道。她住在劉學士府時，劉夫人用宇軒的錢給她置辦了好些首飾，那些都被算作她的嫁妝。她在出嫁時母親耗去半數家產給她置辦嫁妝，因為她高嫁丞相之子，整個肖氏家族都湊錢給她辦嫁妝，還有西陵各鄉紳土豪，他們也慷慨地出份錢給她這位家鄉女添箱。由於她是嫁入京城，田產、鋪子什麼的管理不便，大件嫁妝攜帶不易，別人給的禮物最多就是金銀珠寶和首飾。

「文卿，女人永遠不嫌珠寶首飾多。」凌宇軒大笑道。「妳應該盡可能地把我的錢財掏空，免得讓我把錢花在不該花的地方，譬如……」嘴唇貼到肖文卿的耳邊，他揶揄道：「小妾，通房。文卿，男人要是沒錢就養不起小妾、通房和多餘的孩子了。」

肖文卿頓時頰生飛霞，雙眼柔媚得快要滴出水來，她輕啐道：「虧你想得出來。」宇軒是朝廷命官，有豐厚的俸祿，還有從小到大長輩賞給他的金銀、地契、鋪子，他若想要納妾、收通房，她根本沒辦法反對，她能依憑的，只有他對她的情。

「走吧，我們回房換上外出的衣裳，帶上銀兩，先去寶福樓。妳如果沒有中意的，可以挑兩樣給母親，這是兒子、兒媳婦的孝道；晴嵐要開始籌備嫁妝了，妳給她挑兩套適合的首飾；乾娘平日都太素了，妳也要給她挑兩樣；趙大哥的女兒，妳給她挑一些小孩子的金花生、金手環、腳環。」凌宇軒說著，發現自己還真需要破一下財。

「嗯，我知道了。」肖文卿道，將凌宇軒的話記在心上。

夫妻兩人換上外出服，帶著三個丫鬟和四個將刀收起來的便衣侍衛出門。他們先在寶福樓磨蹭了小半天，挑選了一些首飾，然後讓一名便衣侍衛將部分物件送回府，帶著其餘的人直奔趙家。

剛到趙家門前，凌宇軒就聽到裡面嬰兒的啼哭聲，立刻笑道：「好大的嗓門，我在外面都聽到了。」這孩子哭聲洪亮，便是身體健壯。

「孩子，宇軒，我聽到孩子的哭聲了。」肖文卿下了轎子後急切地催促道，好熟悉的哭聲……哭得她心尖一顫一顫地痛。

凌宇軒快步踏進趙家院子，朗聲道：「乾娘，我們來探望您了。」喲，院子裡新拉起了兩條繩子，繩子上掛著好些尿布，風一吹，尿布飄飄蕩蕩，頗有氣勢。

裡面的人聽到外面的聲音，立刻道：「趙大娘，有客人來了。」

肖文卿聽到熟悉的聲音，趕緊道：「宇軒，是許大嫂。」她快步越過凌宇軒來到井邊，急切道：「許大嫂，是我。」

蹲在井邊洗尿布的婦人聞言抬頭，立刻驚喜道：「文卿，是妳呀，妳怎麼來了？凌大人，您怎麼也跟來了，這不合適吧？」

「許大嫂，我是送文卿過來的。」跟在肖文卿後面進來的凌宇軒道。探望月子是女人們的事情，男人們不好過來，他送文卿過來順便進來打聲招呼，然後在外面等。

「許大嫂，我來探望大嫂和寶寶，宇軒是送我過來的。」肖文卿道，快速地捲起寬大的衣袖，蹲下身要幫忙搓洗尿布。

許大嫂連連阻止，道：「別，妳別洗了，尿布太髒。」

「夫人，這東西太髒，您不能髒了手。」水晶、瑪瑙和綠萼三個丫鬟紛紛過來阻止。嬰兒的尿布呀，上面有屎有尿，她們這種一等丫鬟都不碰的。

「沒關係，妳們幫忙打水把尿布多洗幾回就行了。」肖文卿毫不在意地說道。因為預知夢的關係，她心中時常浮現一個強烈的願望，親手抱抱孩子，給孩子餵奶，給孩子換洗尿布。

凌宇軒看肖文卿毫不介意地將手伸進髒水裡拿尿布，心中一窘。洗尿布，他想都沒有想過的事情呀，幸好，這是女人的活，和他一大老爺們沒有關係。

「宇軒，文卿，你們來啦。哎呀，文卿，妳別洗，快把手洗乾淨過來坐。」從正屋走出來的趙大娘看到井邊的幾個年輕人，立刻小跑過來。

許大嫂搶過肖文卿手中的尿布，催道：「去去去，這裡有我呢，你們都過去坐，等著吃雞蛋紅糖水。對了，凌大人，既然您來了就別走了，也來吃雞蛋紅糖水。」她抓著絞乾了水的尿布朝肖文卿和凌宇軒搖晃，作勢要哄他們走。這兩位可是貴客，她怎麼可以讓他們做事情呢。

「許大嫂，這不符合習俗吧？我是個男人，不能探望婦人月子的。」凌宇軒一邊熟練地打井水幫肖文卿沖洗手，一邊說道。雖然他沒有特地詢問過這方面的事情，但聽說過，知道婦人禁忌。

「這有什麼，你可是大貴人，平時請都請不來，你沒有忌諱地上門來，我怎麼可能讓你走？」趙大娘笑著說道。「宇軒，你和你的侍衛都是大老爺們，就坐在外面吧，屋裡婦人坐月子總有些血氣，不適合你們男人。文卿，妳帶妳的丫鬟進去坐下歇歇，順便看看妳嫂子和小姪女，我去廚房給你們煮紅糖水去。」

知道乾娘不會讓自己進廚房，肖文卿便道：「乾娘，您忙去，我自己去看大嫂。宇軒，你們等著，我去搬幾張板凳過來讓你們坐下。」說著，她帶著三個丫鬟進屋子，從裡面搬來了幾張長凳子給凌宇軒他們坐，然後再進去探望大嫂。

趙大娘將糖水荷包蛋端到堂屋之後便在西屋外面叫道：「文卿，水晶、瑪瑙、綠萼，妳們出來吃糖水荷包蛋。」

在西屋裡探望產婦和嬰兒的肖文卿聽到叫喚聲便道：「大嫂，我們不打擾妳和寶寶休息了。」產婦生孩子身體大虧損，一定要坐月子把身體養回來。

「妹妹，妳以後有空就過來探望我們。」趙大嫂叮囑道。

肖文卿點點頭，轉身帶著丫鬟們走出了西屋。

堂屋裡，趙大娘已經將四碗糖水荷包蛋端來了，見她們出來便笑道：「來來來，妳們全都坐下吃吧，我們這邊沒有太多規矩。」

肖文卿也道：「水晶、瑪瑙、綠萼，妳們也坐下吧。」

水晶、瑪瑙、綠萼相互望望，朝肖文卿福福身才依次坐下。白瓷大碗紅糖水，每一只碗裡都放了三顆完整的雪白荷包蛋，這是京城一帶的習俗，探望月子的人都會吃到。

「乾娘，宇軒他們在外面呢，他們都有蛋吃？」肖文卿問道，拿起湯匙舀了一口糖水。探望月子是女人之間的事情，大老爺們是不參與的。

「上門就是貴客，哪來的男女之別？他們已經在外面吃了。」趙大娘道，坐到肖文卿身邊。「許家媳婦今天有空，就過來幫我照顧妳大嫂坐月子，平日隔壁的大嬸、大娘也會過來幫忙。」

「許大嫂一直都是熱心腸的人。」肖文卿讚道。

「文卿，妳嫁入丞相府快滿一個月了，過得習慣嗎？」趙大娘問道，丞相府門檻太高了，她總擔心文卿被欺負。

「文卿，妳婆婆待妳可好？嫂子、大姑們呢？」許大嫂問道。她將洗乾淨的尿布晾起來後便進來，拉過一張凳子坐到肖文卿母女身邊。

「婆婆待我還算好；京城裡只有大姊、六姊，她們待我也非常好；其他幾個姊姊偶爾見面，也都是客客氣氣的。」肖文卿咬了一口荷包蛋，道：「丞相府生活奢華，婆婆長年滋補品不斷，我成親後她叮囑廚房也弄一份給我吃。」

許大嫂仔細端詳肖文卿，道：「嗯，妳氣色比以前更好了，皮膚白嫩得幾乎要掐出水來，我聽說貴婦人最喜歡吃銀耳、燕窩，妳可吃？」

「我早晚都吃銀耳羹，有時候是銀耳百合，有時候是銀耳紅棗，有時候是銀耳燕窩。」肖文卿道：「宇軒說銀耳是好東西，勸我多吃。」

「銀耳是滋陰補品，妳大嫂懷孕的時候我給她熬了一些吃，這些天也做了幾回。」趙大娘笑著點頭道：「我還擔心妳婆婆嫌棄妳出身低，會明裡暗裡冷落妳呢。」銀耳是很昂貴的滋補品，一匣子需要十幾兩銀子，她雖然很想照顧好懷孕的兒媳婦，但也沒有財力讓兒媳婦整個孕期和月子期都吃上銀耳。

「婆婆給了廚房幾支三百年的老山人參，讓廚房每晚切一小段煮湯給我喝。」肖文卿繼續道。

「人參，這可是非常昂貴的藥材呀！」趙大娘驚訝道。「文卿，難道妳身子有什麼虧損了？」

「文卿，人參是不能亂吃的。」在何府廚房幫傭過好些年的許大嫂解釋道：「人參是藥材，大多用來治病急救。我在何家後宅廚房幾年，只知道何夫人每隔一陣子會喝一些參湯，紫嫣姨娘和何二夫人生產時用上了參湯，其他時候，只有大夫偶爾會在開藥方的時候配一點點人參。」

「嗯，我知道了，以後不亂吃人參了。」肖文卿低下頭道，心中升起一絲疑雲。

趙大娘和許大嫂望望對方，眼中都有疑惑。趙大娘遲疑了一下，道：「文卿，妳婆婆是丞相夫人，長年吃滋補品，必然比一般人懂得養身之道，她會給妳亂補身子？」

「文卿，妳平日還吃什麼補品？」許大嫂問道。「我雖然沒接觸過多少補品，但何家廚房有個廚師專門給何家老爺、夫人們做各種補湯。」

肖文卿道：「除了各種銀耳羹，婆婆派人做的人參湯，還有婆婆送來她也在吃的食補品。」

銀耳是富貴女人長年不斷的滋陰補品，連孕婦、產婦都能吃，自然是沒有問題了，至於人參嘛……趙大娘叮囑道：「雖然乾娘不懂，但也知道人參是藥材，妳身子健康就別吃。」

「我知道了，乾娘。」肖文卿點著頭道。

許大嫂左思右想，還是覺得高貴的丞相夫人給兒子先斬後奏娶進門的兒媳婦大補有些可疑，便問道：「文卿，妳平時一日三餐都吃什麼？丞相府的菜可合妳的口味？」

肖文卿知道許大嫂在廚房幫傭過好些年，對廚房裡的事情懂得比自己多，便道：「我每日早晚都會喝一碗銀耳羹，早膳大多是薏米粥，和……」

「薏米粥健脾益胃，補肺清熱，舒筋除痺，常吃可以延年益壽，何夫人也經常吃薏米粥，可是我聽說薏米雖然很營養，但孕婦不能吃，因為薏米吃多了容易滑胎。總之，我沒有看到廚房往何大少夫人和何二少夫人那邊送薏米粥。」許大嫂立刻打斷肖文卿的話。

啪！肖文卿手中的白瓷湯匙陡然從手中掉下，落到地上。她每天都吃一碗、半碗的薏米仁粥，估計是婆婆的廚娘春嫂一鍋煮的。孕婦吃薏米容易流產……人參大補……螃蟹性寒……婆婆……是有心還是無意？她的臉陡然變了色。

趙大娘頓時感覺事情很嚴重，趕緊問道：「文卿，妳平日飲食還有什麼？」

肖文卿緊抿著唇想了想，道：「黑木耳，百合，木瓜、青椒、豬肉、杏仁、青菜、鯽魚、人參雞……」她努力回憶，將自己自嫁入丞相府後經常吃的菜報出來。

「黑木耳養血駐顏祛病延年，可是活血化瘀，剛剛懷孕的孕婦不能吃；木瓜女人吃了豐胸，孕婦吃多了會流產；百合補氣，但是孕婦同樣不能多吃；杏仁祛痰止咳潤腸美容，只是任何人都不能多吃，多吃會中毒，其他的我沒有聽說孕婦需要忌嘴的。」許大嫂皺著眉頭道：「妳婆婆是不是嫌妳出身太低，不配給她生孫子？」

肖文卿緩緩低下頭，聲音虛弱道：「我不知道。」水晶、瑪瑙、綠萼都低著頭，驚訝於自己剛才聽到的，她們從來沒有想過，害人居然可以用這種辦法。

「文卿，這事情妳要和宇軒好好說一下。」趙大娘嚴肅地說道。「女人無子可以被休棄，也許妳婆婆想讓妳生不出孩子，然後逼宇軒休掉妳。」

肖文卿嘴唇緊抿，柳眉緊蹙，婆婆不是想宇軒休掉她，而是暗中使手段讓宇軒斷子絕孫！也許，如果不是自己改變命運嫁給宇軒又很巧地得到乾娘和許大嫂的提醒，宇軒真的會被母親弄得斷子絕孫了。

「文卿，要不要我把宇軒叫進來，妳和他到我屋裡慢慢說去？」趙大娘問道。

「乾娘，許大嫂，丞相府的事情有些複雜，我想，我還是回去和宇軒說。」肖文卿道。

「今日我們過來是探望大嫂和孩子的，不要讓這種事情壞了您家的喜氣。」

「嗯，妳要好好和宇軒說，免得讓他誤會妳挑撥他們母子關係。」趙大娘認真叮囑道。

「我知道的，乾娘。」肖文卿道，臉色凝重。

「唉，當初怎麼會發生那種事情呢？」許大嫂搖著頭道。「妳若是和趙大哥有夫妻情緣，一直留在趙家，怎麼也不會發生這種狗屁倒灶的事情。」

「官宦人家就是這樣，倒是平頭百姓家，簡簡單單，沒有什麼可以爭的。」肖文卿苦笑道，低頭繼續吃糖水荷包蛋。

肖文卿和三個丫鬟都沒有心思聊天了，迅速吃完。丫鬟們搶先收拾碗筷，連著外面凌宇軒和三名侍衛的碗筷一併拿到井邊去洗。

凌宇軒敏銳地察覺三名丫鬟的神態不自然，疑惑地望望堂屋，可惜他是男子，今日特殊情況，他不便進去。

凌宇軒和肖文卿提前回府，正趕上府中用午膳，兩個婆子去廚房給四少爺和四少夫人拎食盒。

黑木耳肉片青椒，有黑木耳和筍片的鯽魚湯，百合炒杏仁、炒芹菜，醬香排骨，人參燉雞。

水晶、瑪瑙和綠萼面面相覷，小心翼翼地將菜和湯一盤盤地擺放在桌上。

看著面前桌上經常、甚至天天吃到的菜，肖文卿冷冷地說道：「今日的菜裡面又有黑木耳和百合了。」

「文卿，妳不喜歡黑木耳和百合？」凌宇軒沈吟道。「妳不喜歡就吩咐廚房別做，妳是丞相府少夫人，向廚房點菜是妳的權利。」

「談不上喜歡不喜歡，只是頓頓都吃，我真的吃膩了。」肖文卿望望身邊，平靜地吩咐道：「妳們都出去，水晶、瑪瑙、綠萼，妳們三個也站到外面去。」

「是，夫人（小姐）。」原本站在正廳伺候凌宇軒和肖文卿的四名丫鬟、僕婦立刻躬身退出，已經知情的水晶、瑪瑙和綠萼最後退出，然後主動站在門前，不許其他人接近。

「文卿……」凌宇軒驚訝道，知道肖文卿有些不欲讓下人聽到的話想和自己說。

肖文卿拿起筷子撥弄面前色香味俱全的佳餚，宛如背書地說道：「黑木耳養血駐顏祛病延年，可是活血化瘀，剛剛懷孕的孕婦不能吃；百合補氣，但是孕婦同樣不能多吃；杏仁祛痰止咳潤腸美容，只是任何人都不能多吃，多吃會中毒。薏米仁粥孕婦吃了容易滑胎，而我每天早膳都要吃一到半碗；螃蟹性寒傷胃，蟹爪破包墮胎，前些日子婆婆卻讓丫鬟連續剝了一公一母兩隻螃蟹要我吃。」

當肖文卿說到剛剛懷孕的孕婦不能吃黑木耳，凌宇軒面露驚愕，再聽說百合、杏仁、薏米對孕婦和胎兒的影響，臉色遽變；當肖文卿提到螃蟹，還被勸吃了兩隻，手指陡然用勁，「啪」的一聲響，他手中的精美象牙筷齊齊斷掉。

「宇軒，百善孝為先，她是你的母親、我的婆婆，我們不能和她撕破臉，就當不知道。」肖文卿冷靜地說道。「我們就稱吃膩了廚房廚師的手藝，要雇一個新廚師回來。」

凌宇軒俊臉陰沈，雙目怒睜，彷彿瞬間變成另外一個人。他擱在桌上的雙手緊緊握成拳頭，眼眸中爆射煞氣，周身彷彿籠罩著黑暗怒雲。

「宇軒，我們發現得早，不會有事的。」肖文卿第一次看到他嘴角微微抽搐，雙眼露出憎恨殺意，周身充斥讓人感覺心驚的威儀；雖然心中害怕，但很勇敢地伸出雙手合握住他捏得緊緊的拳頭柔聲道：「我們已經知道她心懷惡意了，自然不會再被她蒙蔽，你不要生氣了，氣壞了自己不划算。」

凌宇軒深深吸了一口氣，語氣冷戾道：「我知道了。」這一筆他會記著，就如以前那些帳一樣。不管他的生母是誰，身分如何低下，他是凌家族譜上記載的嫡子，父親苦心培養的繼承人，京城凌家的下一任家主。父親越來越老了，母親的將來和身後事都會由他管……

看著眼前的一桌菜，肖文卿道：「你吃這些應該沒有問題，我吃些芹菜和排骨就行了，你馬上派人盡快雇個廚師回來。」她轉頭對外面道：「來人，大人的筷子斷了。」

站在外面的三個丫鬟朝裡面望望，面露怯意，相互遞眼色，最後水晶進來，拿出備用的象牙筷子。

「水晶，待會兒妳去一下廚房，讓廚房管事給我這邊準備銀筷，象牙筷太滑，還容易斷。」凌宇軒冷冷地說道，白銀可以測出大部分毒藥來。

「是，大人。」水晶戰戰兢兢地說道。凌大人在夫人和她們面前一向溫和儒雅，今天發怒了，整個人都變得陰沈威嚴，讓她看著害怕，兩腿都有些哆嗦。

「文卿，剛才我是不是嚇著妳了？」凌宇軒反手抓住肖文卿的手，語氣溫柔地問道，眼中隱藏一絲擔憂，他從來沒有在肖文卿和家中女眷面前暴露自己那陰冷凶狠的一面。

「沒有，因為我知道你不是針對我。」肖文卿朝著凌宇軒微笑道：「不管你怎麼樣，你都是我丈夫。」

凌宇軒頓時心情大好，柔聲對肖文卿道：「我們吃吧。」說著，他挾了一塊醬香排骨放到肖文卿碗中，母親的好心食補太高明了，要不是文卿還和乾娘、許大嫂她們走動，身邊沒那有經驗婦人提醒，怕是直到流產都不知道是怎麼回事。

「宇軒，她是你的母親，你萬事要忍。」肖文卿勸道，挾了兩片黑木耳放在凌宇軒的碗中，她早就發現宇軒喜歡吃這個，所以她才沒有特地吩咐廚房不要再上這道菜。

凌宇軒瞪著自己喜歡吃的黑木耳，然後挾到桌子上，道：「我不吃了。」

肖文卿啞然失笑，道：「我不適合吃，你沒有必要忌嘴呀，吃吧，免得母親知道她的用意已經被我們識破，開始琢磨其他法子。」

凌宇軒覺得她說得有道理，便主動將筷子伸進青椒肉片黑木耳那盤菜中，其實這菜他一直都偏愛吃的，只是現在想到黑木耳吃過量對孕婦不利，頓時就沒什麼胃口了。

第三十二章　危機

哄著肖文卿回房午休，凌宇軒走出寢室來到院子，雙手負後環視自己院中各處的僕人，厲聲道：「丁伯，丁伯在哪兒？」

福壽院伺候凌宇軒的老僕人發現凌宇軒臉色嚴峻威儀，都知道他此刻心情極差，紛紛畏縮起身子。有人知道管事丁伯在哪兒，飛快地去傳話。一會兒，丁伯一路小跑著過來，氣喘吁吁地躬身作揖道：「大人，您找我？」

凌宇軒頷首，道：「我吃膩了府中廚師的手藝，你明日之前一定要給我尋個手藝好的廚師來，不論薪金，一定要懂得多，經驗豐富；還有，我覺得夫人身邊的丫鬟、婆子太少，你去找牙婆，給我挑八個十二至十六歲的小丫鬟來，願意簽死契的那種最好；我還需要雇兩個生養過好幾個孩子的壯年僕婦，這個，僱傭薪金可以比普通人家的僕婦高出一倍。」他決定盡快把他院子裡除了水晶、瑪瑙、綠萼之外的丫鬟、僕婦換掉。

丁伯很驚訝凌宇軒的命令，不過立刻道：「是，大人。」

等管事丁伯離開，凌宇軒望了望周圍，大聲叫道：「南飛。」

很快，一名黑衣佩劍侍衛從院子外快步走了進來，拱手道：「大人。」

凌宇軒和大慶其他官員一樣有分配帶刀侍衛，不過和其他官員不同的是，他的侍衛並非來自軍隊，而是丞相府自行培養的孤兒，然後弄個士兵身分來到凌宇軒身邊擔任合法侍衛的。雖然朝廷為了防止官員養私兵，允許四品以上的官員僱傭朝廷登記在冊的侍衛保護自身，但實際上真正有權有勢、被人揭發也不怕的官員還是會培養只忠心於自己的死士，然後弄個士兵身分永遠將之「僱傭」為自己的侍衛。

「南飛，到我跟前來。」凌宇軒吩咐道。

年輕的侍衛南飛立刻上前兩步，微微躬身地站在凌宇軒面前。凌宇軒低頭低聲吩咐了他幾句，他便道：「是，大人。」說完，他便快速退下。

又見到這個叫南飛的侍衛了。

站在寢室窗邊的水晶望著那道頎長精瘦的背影，心中忍不住好奇。她記得以前在劉學士府的時候，劉大人的四個侍衛很少進後宅，沒想到在丞相府，凌大人的侍衛經常跟在他身後進入後宅。這是文官和武官的區別嗎？武官的侍衛是不是比文官的侍衛厲害？三品官員的侍衛是不是比四品官員的侍衛厲害？

晚膳，肖文卿望望面前的六菜三湯，微微驚愕地問道：「宇軒，你點這麼多菜我們兩個吃不完的。」

「這是新廚師做的幾樣菜。」凌宇軒很淡定地說道。「我們嚐嚐，如果覺得好，就用他們。」丁伯做事很迅速，下午出去跑了一趟，傍晚就帶回來三個廚師。如果他們的廚藝各有千秋，他不介意一起僱傭他們三個，然後把府中有問題的廚師慢慢替換掉。

「你的辦事速度如雷霆般迅猛，難怪會被皇上重用。」肖文卿頓時恍然大悟。

凌宇軒笑笑，殷勤地挾了一塊魚放到肖文卿的碗中，他讓丁伯暗中叮囑那三個廚師，他們必須考慮孕婦的忌嘴。

「文卿，我讓丁伯出去買丫鬟、僕婦了，等她們到了妳就安排她們做事，慢慢把母親放在這院子的僕婦們晾到一邊去。」凌宇軒叮囑道。

「我知道了。」肖文卿頷首。

六菜三湯，三個廚師都做了自己最拿手的兩菜一湯，就如丁伯想到的，丞相府廚師事少錢多提供住宿，有家眷的甚至允許把婆娘帶進府來做幫傭，沒有哪一個廚師不卯足勁地想進來。肖文卿和凌宇軒覺得他們廚藝精湛，難以取捨，連吃剩菜的水晶她們幾個丫鬟也說，每一盤菜都色香味俱全。

晚上洗漱之後，肖文卿穿著月白色的寢衣長裙坐在梳妝檯前，瑪瑙站在她的身後為她梳理柔亮的黑綢長髮。

綠萼端著有蓋的白瓷碗和有蓋的小茶碗進來，道：「小姐，廚房送來的銀耳紅棗羹和人參湯。」

肖文卿還沒有說話，凌宇軒便從外面走進來，冷漠道：「倒掉。」

「宇軒，我大嫂懷孕的時候也吃銀耳羹呢。」肖文卿道。

「還是倒掉。」凌宇軒走到肖文卿身邊道：「我不希望妳吃出問題來。」

「宇軒，你有些草木皆兵了。」肖文卿啞然失笑，然後道：「綠萼，我今晚就不吃了，妳如果不想倒掉就吃了吧，人參湯還是妳們三個分掉。」

「是，小姐。」綠萼很高興地說道，將那碗銀耳紅棗羹和人參湯端了下去。這些都是貴人吃的滋補品，她在肖夫人院中伺候時也沒有看到肖夫人經常吃。

出去倒水的水晶進來，向凌宇軒稟報道：「大人，南飛侍衛求見。」她出去倒夫人的洗浴用水，就看到南飛侍衛走進院子，請她去夫人房中把大人叫出來。

凌宇軒聞言，朝肖文卿點了一下頭，走出寢室來到堂屋。

「大人。」南飛朝凌宇軒行禮。

「太醫院的醫師藥師們如何說？」凌宇軒問道，他午後派南飛出去幫他瞭解一些事情。

南飛回答道：「太醫院的太醫和藥師都說，人參主治勞傷虛損，婦女崩漏、小兒慢驚，人若長久服用或者過量服用會造成氣盛陰耗，陰虛火旺；孕婦如果吃多了人參，會擾動胎兒，致流血死胎。」

凌宇軒聽著，面容嚴峻，內心陰雲劇烈翻騰。

「卑職暗中跟著春嫂，在僻靜的地方追問她四夫人的膳食問題。她說老夫人這個月點名要喝薏米仁粥，而且每天早上都要送一份給四夫人；老夫人給了她很有年分的上品野山參，令其每晚煮一碗人參湯送給四夫人補身子。」南飛道。

凌宇軒重重地哼了一聲，俊顏冷如冰霜，深邃的雙眸凝聚陰鬱暴怒之氣。

「春嫂說，薏米性寒，利水滲濕、健脾補肺，雖然老少皆宜，但孕婦慎吃。她隱隱猜到了老夫人的用意，但她只是一個下人，不敢亂說話。」南飛繼續道：「廚房最近的菜單都是老夫人點的，她看到有些孕婦忌嘴的原料反覆出現，由於府中主人和大小管事都吃，除了她心中有所懷疑，做菜的廚師也沒有注意。」他威嚇過春嫂，相信春嫂不敢多事地把她被他攔下問話的事情說出去。

除了人參和薏米粥，母親沒有落下其他把柄。母親可以說她只知道薏米粥的好處不知道壞處，甚至直接把責任推給煮粥的春嫂；而人參……別人只會覺得，婆婆太愛護媳婦，捨得讓媳婦吃那麼昂貴的老山參。凌宇軒寒著臉，揮手讓南飛出去。母親用心太險惡，可是他身為人子，沒有絕對的把握不能和她翻臉，而且就算翻臉，為了丞相府的顏面，這事情也不能傳出去。

忍耐！凌宇軒這樣告訴自己。百善孝為先，自古「孝」字壓死人，他必須忍耐，不能讓自己家族成為別人茶餘飯後的話題，也不能讓文卿因為他揹負不孝媳婦的名聲。

第三日傍晚，凌宇軒告訴肖文卿，春嫂突然辭職，說要回老家給媳婦帶孫子，現在主人們的滋補品暫時由廚房裡的廚師們負責做。

「春嫂怎麼突然走了？」肖文卿道。「是她自己要走的嗎？」春嫂只是奉命做各種滋補品而已，需要畏罪潛逃嗎？

「不確定，也許是母親不放心用她了，讓她走；也許她擔心內宅爭鬥波及到她，逃了。」凌宇軒很淡定地說道。

「嗯。」肖文卿頷首道：「她專門替主人做食補，懂得食補禁忌，你突然雇了三個廚師，還不再需要她替我做補湯，她心裡肯定明白原因。」

春嫂遠離是非之地也好，她如果繼續留在丞相府，說不定會成為丞相夫人的替罪羊。宇軒是丞相精心培養的繼承人，又是皇上重用的武官，行事肯定不全是她看到的正大光明；如果她因為食補問題出事，他無法公開責問母親，也許會嚴懲春嫂這小小廚娘。

外命婦，朝臣受封的妻母也，身分非同尋常。皇室的凶禮、吉禮、嘉禮，五品以上的外命婦都需要參加，每月初一、十五的朝謁皇太后和皇后更是常禮。

九月二十六日，天陰沈沈的，肖文卿給丞相夫人請安，丞相夫人說肖文卿受封三品淑人快一個月了，從十月初一開始要履行外命婦的責任——進宮朝謁。

「文卿，外命婦如果在皇宮裡失了禮，輕則丟臉，重則連累夫婿、兒子。」丞相夫人道：「我現在講解外命婦進宮覲見皇后、遇到各品級宮妃的宮廷禮儀，妳要牢記，不能做錯一步。」說完，她開始認真講解，並由曹姨攙扶著親自做示範，說明其中要點。

肖文卿知道命婦朝謁的重要性，不敢有一絲一毫大意，用心記住婆婆所說的每一句話、做的每一個動作，然後在婆婆面前反覆練習行走、轉身、下跪、磕頭，起身，行走……福身……起身，讓自己的禮儀盡可能正確標準。

「文卿，妳回去後別忘了練習，四日之內，務必把我教給妳的宮廷禮儀練得不出半點差錯，做到即使分神，身子也要嫻熟行禮的地步。九月三十日，妳戴上翟冠穿上命婦服對著我做全套禮儀，如果妳禮儀不好，我只能奏請皇后娘娘，暫緩妳的朝謁。」丞相夫人嚴肅叮囑道。要不是丞相府已經有兩位朝廷命婦，可以教導新媳婦皇宮禮儀，皇宮甚至會派尚儀局的女官過來傳授，等新封的誥命夫人熟練掌握宮廷禮儀才允許進宮覲見皇后娘娘。

「是，婆婆。」肖文卿恭謹地說道，連續二、三十次的下跪磕頭起身，她感覺腰有些痠，腹部隱隱往下墜，看來，自從她不再做丫鬟，身子被嬌慣得不習慣給人下跪了。

午後，天開始淅淅瀝瀝地下雨。秋風吹，福壽院的芭蕉被雨水打得沙沙響，屋簷下流淌的雨水如珍珠水簾，發出滴答滴答的水聲。

午休後起身，肖文卿梳妝後走到窗前望向外面，天空陰沈沈的，雨勢比她午睡前還大了一些。

這是肖文卿嫁到丞相府後的第三場秋雨了。因為青陽道觀青河道長的一句「秋風秋雨斷香魂」，肖文卿和凌宇軒對颳風下雨天很緊張。

這應該是今年秋季京城的最後一場雨了，再過三天便是冬季十月，她那秋風秋雨斷香魂的命運便能被凌宇軒的強盛貴氣改變了。

呆呆地望了一會兒濛濛秋雨，肖文卿讓丫鬟給自己換了一件袖口和大袖命婦的衣袖口差不多寬的外衣，命人在堂屋中央擺放一張太師椅。

走到堂屋門口，肖文卿端正身子深吸一口氣，雙手交握在胸前款款行步，走到蒲團前面站立，朝著太師椅深深躬身，然後緩緩跪下，心中默唸。「臣妾肖氏叩見皇后娘娘，娘娘千歲千千歲。」默唸完，她身子伏下雙手覆地叩首，然後直起身子，眼觀鼻、口觀心，然後心中唸道：「臣妾叩謝娘娘。」她再次叩首，然後緩緩起身。

「水晶、瑪瑙、綠萼，我做得怎麼樣？」肖文卿詢問也看過丞相夫人親身示範的三個丫鬟。

「夫人做得很優雅，就是還不夠自然。」水晶道。

「奴婢沒有看出有什麼瑕疵。」瑪瑙道。

「小姐，做得很標準了。」綠萼羨慕地說道。

「我需要做到行宮廷禮如行雲流水才行。」肖文卿道，走到堂屋門前，重新開始行走、站立、下跪，叩頭，起身，希望做到婆婆說的，即使腦子分神，身體行禮也要做到絕不出錯。

反覆做了幾次，她停下來坐到一邊休息，休息一會兒，喝了兩口水，她再開始練習，練習了半個時辰，她自我感覺已經達到了婆婆的要求，便躺到美人榻上休息了。可能是上午在婆婆那邊練得狠了，她現在腰痠背痛得很明顯，腹部不大舒服，她的月事已經過了十一天，也許她真的懷孕了，所以一定要保重身子。

什麼時候找大夫把脈呢？

肖文卿想著，決定等下個月進宮朝謁過皇后娘娘後稟明婆婆，再請大夫到後宅給她把脈。後宅不許外男進入，她記得她還在何家後宅時，何大少夫人給她找大夫看臉傷還要向何夫人請示一下以表示尊重婆婆。

肖文卿靠著又厚又軟的靠墊閉目養神了一會兒，問道：「外面什麼時辰了？」

「小姐，現在還沒有到申時。」坐在門邊打絡子的綠萼望望外面的天色道：「外面的風雨越來越大，不知道姑爺在回府的時候會不會淋到雨。」

「水晶，瑪瑙，妳們把蠟燭點上吧，屋裡太黑了。」肖文卿道，外面風雨越來越大，屋裡越來越黑，她的心逐漸揪了起來，一種莫名的恐懼陰鬱快速籠上心頭，同時，她感覺肚子越來越不舒服了。

「是，夫人。」也坐在房中做手工的水晶和瑪瑙立刻將手中的活放下起身，去取蠟燭和火摺子。

秋風、秋雨、斷香魂……高高隆起的肚子劇痛一波強過一波，斷斷續續的痛苦呻吟，孩子……去母留子……

對了，九月二十六日，預知夢中的九月二十六日，京城從下午開始颳風下雨。鴻臚寺右少卿何俊華的妾室肖姨娘陣痛，在傍晚差不多酉時的時候生下一個兒子，然後兒子被奪走。「她」被何大少夫人的奶娘潑了一大盆冷水，最後在黑暗和寒冷中孤寂地死去。

噩夢到九月二十六日結束，夢中的她死了。現實中的九月二十六日，下午開始颳風下雨，現在風和雨都不小，秋風從門外吹來，讓她感受到徹骨的寒意。

肖文卿臉色越來越白，忍不住伸手覆住她微微作痛的肚子。這會不會是心理作用？因為預知噩夢是她的恐懼，她一直牢記在心，所以到了這最後一天，她自己都沒有想起，身子就開始出現類似的反應了。

水晶和瑪瑙在屋裡點了三支蠟燭，將屋裡照得亮堂堂。沈思了一會兒，肖文卿毅然道：「水晶，妳去外面叫個僕婦，讓她馬上冒雨去前院給我傳話，讓人請個擅長婦科的大夫來。」

「夫人，外面的雨下得不小。」水晶驚訝道。

「水晶，我肚子有些不舒服。」肖文卿頓了頓，道：「妳們三個是知道的，我月事遲了十一天了，如果沒有懷孕，就需要大夫幫我調理身子。」

「夫人，您肚子不舒服，您怎麼不早說？」水晶吃驚地問道，匆忙走出去找外面的丫鬟、僕婦，然後急忙回來。

見水晶回來，肖文卿皺著眉頭，低聲問道：「吩咐下去了？」她肚子下墜感越來越強，痛感也越來越明顯，就好像她十四歲那年剛來月事的那幾回，根據她當時身邊的幾位年長媳婦說，這是常見的女人小毛病，等身子長好了，或者以後成親生孩子月子坐好了，這小毛病就自然消失了。

「嗯，我讓劉二家的媳婦去前院傳話，順便還讓香藕去廚房端生薑紅糖水了。」水晶道。

「嗯。」肖文卿閉上眼，憂心地等待著。

水晶、瑪瑙、綠萼不敢驚擾肖文卿，悄悄將繡屏搬移過來將美人榻擋住，然後再在周圍焦急地等待著。

「嗯……」肖文卿陡然皺起眉頭呻吟了一聲。

「夫人（小姐）。」水晶、瑪瑙、綠萼緊張地叫道。

肖文卿皺著眉頭道：「情況有些不對。」她猶豫了良久，道：「瑪瑙，妳馬上親自去桃香院找三少夫人，說我身子不適……」她頓了頓，道：「我月事遲了十一天，現在突然腹痛，不知道是月事不順還是流產，請她過來探望我。」

流產？三個丫鬟頓時嚇得哆嗦起來，瑪瑙不敢遲疑，道：「我馬上去。」說完，她衝出屋子，找到一把油布傘就往外跑。

「夫人，我們怎麼辦？」水晶和綠萼六神無主地問道。

肖文卿深吸一口氣，道：「水晶，妳去外面看看，找個腿快地幫我給大人傳話，請他早點回府。」

「是，我這就去找。」水晶急匆匆地說道，轉身往外跑，對著院子大吼。「來人，來人啊。」

看到被她喊到和沒被她喊到的人從院子不同的屋子裡跑出來，水晶突然想到，這些人都是後宅的，出去也不能直接找凌大人，便試探地問道：「侍衛，有侍衛在不？」自從得知老夫人對夫人心中懷有陰謀，凌大人便每日留下一個侍衛守在福壽院。

「妳有事？」一名年輕的黑衣侍衛突然從福壽院院門口旁邊的一間小屋子裡快步走出來。

水晶一看到他，立刻拎起裙襬冒雨跑到他面前，急切道：「南大人，夫人身子突然非常不適，請你馬上把大人請回來。」現在雨勢不小，她頭上、臉上一時全是雨水，身上的衣服也開始濕了。

今日輪到留守福壽院的南飛怔了怔，道：「妳吩咐我一聲就行，不必特地跑過來。」說著，他快速返回屋子，取出一頂斗笠戴上就衝出福壽院直奔前院馬廄。

看南飛如離弦之箭般消失在昏暗的雨中，水晶這才跑到屋簷下長廊中，沿著長廊繞回堂屋。在經過丫鬟、僕婦面前時，她停下來抹去臉上的雨水吩咐道：「妳們馬上去廚房打些熱水來備用。」

丫鬟、僕婦們雖然因為天氣都不想走動，但也發現夫人可能真的身子不適，便只能各司其職，忙碌起來。

回到堂屋，水晶急切地跑過去問道：「夫人，您怎麼樣了？」

「我肚子越來越痛了。」肖文卿十指發白地抓住薄毯，蹙著眉頭道：「這絕對不是月事要來的正常前兆反應。」

綠萼已經嚇得六神無主了，眼巴巴地望著水晶問道：「水晶姊姊，我們……我們怎麼辦？」她們三個當中，水晶年紀最大，平日也最得小姐的心。

水晶其實現在也沒有主張，因為她還是第一次遇到這種事情。

「綠萼，妳回寢室，替我拿月事布和褻褲來，我可能需要。」肖文卿沈著冷靜地說道。保胎的方式之一就是靜躺休養，所以她現在不能亂移動身子，只能靜躺著等別人來幫她。

「是，小姐，奴婢馬上去。」綠萼忙不迭地跑開。

水晶跪在肖文卿躺著的美人榻邊，努力安慰她道：「夫人，您要堅持住，三少夫人馬上會趕過來，大夫也會來，南飛侍衛已經騎快馬去請大人了。」

「嗯。」肖文卿望望水晶，柳眉緊蹙，心中只有一個念頭，如果是有了孩子，她一定要保住。

良久，外面傳來瑪瑙和三少夫人崔氏急切的聲音，度日如年的肖文卿聽了頓時精神一振。

「弟妹，妳現在怎麼樣了？」崔氏快步走進來，繞到繡屏後面便急切詢問。她來得急，聲音有些喘，由於外面的雨，她半邊身子都有些濕了。

「水晶，請三少夫人坐。」肖文卿壓抑著激動，道：「三嫂，我有急事，心裡不安，才請妳過來看看我。」

崔氏俯身看看肖文卿的臉色，道：「瑪瑙都和我說了，妳現在臉色很不對勁，不管有沒有身子，妳先吃一顆保胎藥再說。瑪瑙，妳去端一杯溫水來。」說著，她將一直緊握在手中的絲帕打開，露出裡面兩顆黑褐色小指腹大小的藥丸來。

「三嫂，妳怎麼會有現成的保胎藥？」肖文卿驚喜地問道。這是雪中送炭呀，她找三嫂果然是找對人了。

「我那邊的趙姨娘懷孕快三個月了，她這一胎坐得不是很牢，一直在吃藥保胎，她嘴巴刁吃不得苦藥，所以大夫特地給她配了保胎藥丸。我聽了瑪瑙的話，就問趙姨娘要了兩顆來救急。」崔氏道。

瑪瑙端來一杯水，水晶趕緊走到肖文卿身後一側，幫著肖文卿半撐起身子。崔氏將保胎藥遞到肖文卿嘴邊，肖文卿借著溫水服下保胎藥，然後再慢慢躺回去。

「希望妳沒事。」崔氏問道：「妳月事遲了十一天了，妳應該注意呀。」

肖文卿嘴角扯出一絲苦笑，三嫂哪裡知道，她被婆婆暗算了呢。婆婆一開始就表現得接受她這個媳婦，甚至還比較喜歡，誰料到她老人家其實包藏禍心要害兒子的子嗣呢？利用無毒的食物，利用滋補品，除了可能懷孕的她，誰還能中招？哦，對了，三嫂那邊的趙姨娘！

想到趙姨娘，肖文卿立刻問道：「三嫂，妳那邊的趙姨娘生過孩子嗎？以前懷胎情況怎麼樣？」

「生過，景淵就是她生的。」崔氏道：「她懷景淵的時候好像二十一歲，除了正常的害喜孕吐，一直都很順當。」婚姻是結兩姓之好，正妻維繫夫家和娘家，合格的正妻要寬宏大度，包容夫婿的小妾和兒女，所以她基本沒有對妾室們做過什麼，也沒有太冷落妾生的孩子。

「三嫂，趙姨娘懷孕快三個月了，她前兩個月身子還好吧？」肖文卿急切地問道。趙姨娘會不會和她一樣，吃了廚房送的菜？

崔氏想了想，道：「她又不住在我院中，我不太瞭解。不過半個月前，她突然請我給她找大夫，說月事遲了一個半月，現在肚子很不舒服，大夫看了，說有小產跡象，開藥保胎，讓她躺在床上靜養。」

是巧合還是因為婆婆給廚房訂的菜譜，懷孕兩個月的趙姨娘被波及了？肖文卿覺得趙姨娘更多的是被婆婆掃了風尾，恰巧這也證明，婆婆的陰謀是成功的，別人真的能透過正常飲食讓孕婦小產滑胎。

「文卿，妳現在覺得怎麼樣？下面見紅沒？」崔氏關切地問道。

「見紅？」肖文卿想了想，道：「我現在就是肚子越來越痛，好像月事來之前的那種墜痛感，我沒感覺下面濕，應該沒有見紅。」

「弟妹，我不放心，妳讓我瞧瞧可好？」崔氏道。

肖文卿也顧不得害羞不害羞了，輕輕點頭。

崔氏看看身邊圍繞的丫鬟們，立刻道：「妳們都退到屏風後，水晶，妳給我掌燈。」

「是。」肖文卿的丫鬟和崔氏帶來的兩個貼身丫鬟立刻應聲，快速退到屏風後，水晶將放在一邊的燭火取過來，站在美人榻的尾端。

「光線不夠亮，水晶，把燈罩拿掉。」崔氏吩咐道，伸手輕輕掀掉薄毯，解掉肖文卿的繫裙腰帶，抽掉褻褲抽繩，從腿部向下脫下褻褲，低頭檢查。

這一看，她輕抽一口氣，低聲道：「文卿，已經有一些血流出來了，不多。」如果不是月事延遲就是小產徵兆。

「三嫂，怎麼辦？妳一定要幫幫我。」肖文卿急切道。「我有預感，我真的懷孕了。」

「妳別激動，情緒激動會增加小產機率。」崔氏趕緊安慰道。「妳靜靜躺著，等保胎藥起作用，等大夫趕來。」

肖文卿凝望著崔氏，雙眼中溢出晶瑩的淚水。她的不慎和無知，可能讓她和宇軒的第一個孩子保不住了。

「瑪瑙，綠萼，妳們給四夫人取些乾淨的白布巾來。」崔氏轉頭對外面吩咐道。如果真小產，等一下文卿會大量出血，現在需要在她下面墊上乾淨的布巾。

站在外面的綠萼說聲「是」後馬上去寢室取白布巾。這會兒，廚房熬製的紅糖生薑水也送來了，崔氏便坐在肖文卿身邊一點點餵她喝。

「妳別太緊張。」崔氏安慰道：「趙姨娘現在也在保胎，她不是好好的嗎？我懷景海的時候，也見紅過，差點流掉，現在景海還不是健健康康的？」

肖文卿咬咬下唇，問道：「三嫂，妳每日早膳都吃些什麼？」

崔氏微微一愣，道：「早起漱口之後吃一碗銀耳羹，洗漱之後開始喝粥，吃廚房現做的蒸糕、包子什麼的。」

肖文卿又問道：「是養生粥還是平常的白粥？」

崔氏道：「是養生粥，廚房每次都會煮一大鍋，各個院子都會送到，我今早還喝了五豆粥。」

肖文卿再問道：「三嫂，除了五豆粥，妳還喝什麼養生粥？」她肚子開始絞痛了……

崔氏心中生疑，回答道：「赤豆粥、烏米粥、薏米粥，花生紅棗粥，基本是這幾種，偶爾廚房會翻花樣。」

「三嫂，我自從嫁入丞相府，每日早膳固定都是薏米粥。」肖文卿虛弱地說道，雙手按住腹部，一顆淚水從眼角滾落。

薏米粥……崔氏頓時一愣，隨即一個答案呼之欲出，她不敢置信道：「這不太可能吧？」

「廚房送什麼我吃什麼。」肖文卿慘然說道。

崔氏輕嘆一口氣，什麼也沒有說，只是憐憫地望著肖文卿。婆婆為什麼要這樣對小兒媳婦？

屋裡的人大氣不敢喘，都焦急地等待大夫前來。

第三十三章 小產

突然感到一股熱液從小腹汩汩流出，和月事期間流血量大的那種感覺相似，腹痛的肖文卿顫聲道：「三嫂，我……出血了。」說著，她身子微微顫抖起來。

崔氏趕緊掀開肖文卿的長裙察看她腿間，就看到了鮮紅淋漓的血液從她體內流出來，迅速將她身下的長裙浸濕，這樣的出血量……

崔氏趕緊道：「快給我乾淨的布巾。」

綠萼趕緊將手中摺疊整齊的雪白布巾遞給崔氏，崔氏麻利地又摺疊了兩下才墊在肖文卿的臀部，然後拉下長裙和薄被，安慰道：「也許只是月事晚了十一天，妳別想太多了，妳和宇軒都很年輕，懷孕的機會有得是。」

「三嫂，妳說得對。」臉色蒼白的肖文卿說道，眼中淚水盈盈。腹部疼痛一波接著一波，她清晰地感受到熱液一股股從自己體內流出來。

唉……崔氏無聲地嘆了一口氣，薏米性寒，富貴人家的姑娘出嫁後，身邊的奶娘或者年長者就會提醒，孕婦偶爾不慎吃了一、兩回薏米也不一定會滑胎小產，可要是每天都吃，那胎兒就難保了。

「嗯……」又有一大股熱液從體內流出，肖文卿忍不住低泣了起來，她的孩子，流掉了。

因為出血量逐漸變大，崔氏捲起衣袖給肖文卿更換身下濡濕的血布巾，用溫熱的濕毛巾為肖文卿擦洗腿間血污，同時緊急派人取一支上等人參來，切下三、四薄片讓肖文卿含在嘴裡，還派人泡紅糖水。

肖文卿一聲不吭地咬牙忍著痛，只有臉色越來越蒼白，鬢角被不斷流淌的淚水浸濕。外面一陣嘈雜，裡面的人聽到僕人們紛紛叫道，四公子回來了。

「大夫到了沒有？夫人怎麼樣了？」凌宇軒嚴厲急切的聲音在雨中格外清晰。

宇軒回來了！肖文卿立刻轉頭望向繡屏。

「文卿，妳怎麼樣了？」衣服濕透的凌宇軒緊張地問道，打算進入內室。南飛快馬進宮給他傳話，說夫人身子不適，身邊丫鬟都急哭了。能讓丫鬟都急到哭，說明文卿出大事了，所以他馬上向上司說一聲，和副手叮囑了一番，匆匆出宮，快馬加鞭往府中趕。

「大人（四公子，姑爺），您不能進去。」站在繡屏外的丫鬟們紛紛伸手阻攔。女人見紅不吉利，而且這還是女人的事情，男人不可以撞到的。

「宇軒，我還好。」肖文卿嗄啞著嗓音道：「是我大驚小怪了，我月事遲了好些天，今日突然來了。」

知道肖文卿想安他的心，凌宇軒逕自問裡面的崔氏。「三嫂，文卿情況怎麼樣？」他進入院子之後，院中的僕婦就告訴他三少夫人過來探望四少夫人了。

崔氏猶豫了一下，道：「宇軒，文卿的出血量有些大，我很害怕，你必須快把大夫找來給她止血。」文卿小產，血流得很多，而且到現在還沒有減緩的趨勢，她害怕這是最容易導致孕婦死亡的血崩。

「這院中人去找大夫去了多久？」凌宇軒心急如焚地問道。秋風，秋雨，難道指的就是今天？斷香魂，文卿今日會……不，他現在就在她身邊，他的貴氣一定能幫她熬過這道生死關的！

在裡面伺候的水晶和綠萼面面相覷，水晶猶豫道：「好像很久了。夫人感覺肚子不舒服，讓我派人去前院傳話找人請大夫的時候大概剛到申時。」

現在差不多快酉時了！凌宇軒憤怒道：「快大半個時辰了，大夫怎麼還沒有請到？」他立刻安慰肖文卿道：「文卿，妳忍一忍，我在半道上就吩咐南飛，給我找個大夫來，他們說不定正在趕回來的路上。」他當時就考慮到下雨天，大夫未必願意出診，而且僕人雨天出門速度慢，讓南飛騎馬去藥堂「請」大夫。

「嗯……」肖文卿低聲道：「宇軒，你別為我擔心了。」宇軒會傷心，然後憤怒，對母親憤怒。

「綠萼，再拿一塊乾淨布巾來。」崔氏檢查了一下肖文卿腿間情況後，很驚慌地吩咐道。三塊大的乾布巾已經被血弄得濕漉漉的，文卿到底流了多少血，她會不會真的血崩了？千萬不要！

綠萼顫抖著手將預備的第四塊布巾遞給崔氏，崔氏吩咐肖文卿小心地抬起臀部，然後快速將滿是鮮血的布巾拿走，墊上乾淨的布巾。她不是大夫，她憑著自己的生育經驗，也只能幫肖文卿到這裡了。

看到綠萼拿著三塊沾滿鮮血的布巾走出來，凌宇軒心中充滿驚恐，他從來不知道，女人會流這麼多血。秋風，秋雨……不，文卿一定不會有事的！

「文卿，文卿。」凌宇軒急切地叫道，生怕自己再也聽不到肖文卿的聲音。

「宇軒，我感覺冷。」肖文卿聲音虛弱地說道。此刻她的腹部已經不那麼疼了，只是身體異常虛弱。

「文卿，妳怎麼不說？」崔氏立刻問道，她疏忽了。

「瑪瑙，馬上給夫人抱一床被子來。」凌宇軒趕緊道，失血過多的人都會感覺到冷，這個他有經驗。

瑪瑙幾乎是奔跑著進入寢室，快速抱來一床被子替肖文卿蓋上。

這時候，二等丫鬟香藕端著紅漆托盤進來，顫聲道：「大人，三少夫人，四少夫人，奴婢把紅糖水煮好了。」四少夫人真的出事了……

「快，把紅糖水端來給四少夫人喝。」崔氏急忙道。站在裡面幫忙的綠萼立刻走出來，將紅糖水端進繡屏後面。

「文卿，快喝點紅糖水熱熱身子、補補水。」崔氏道，拿起湯匙給肖文卿餵紅糖水。她和姨娘們生孩子後，產婆都會讓人餵她們喝熱熱的紅糖水，說是紅糖性溫，散寒止痛、活血化瘀去惡露。

肖文卿因為大量失血正感覺口渴，立刻張開嘴喝紅糖水。崔氏一湯匙一湯匙地餵她，一碗散發熱氣的紅糖水喝下去，肖文卿感覺自己胃裡暖呼呼地，人也不渴了。

「三嫂，多虧妳趕過來，否則我也許……」肖文卿虛弱地說道。

「文卿，妳再堅持一會兒，大夫來了馬上就能幫妳止血。」崔氏道。

繡屏外的凌宇軒在屋子裡團團轉，如熱鍋上的螞蟻，屋子裡隱隱浮動著血氣，讓他很恐懼，文卿肯定是小產了，她現在流了多少血？

「大人，大夫來了。」院中傳來侍衛南飛的聲音，凌宇軒頓時精神大振，一個箭步來到門前，高聲道：「快請大夫進來。」

一身是水的南飛連拖帶拽地拉著一個瘦弱的大夫快步走到屋簷下，道：「大人，這位是回春堂醫術最好的大夫。」

狼狽地將頭上斗笠摘下，將身上的蓑衣脫下，年過半百的老大夫一邊整理衣服一邊問道：「病人在哪兒？」他被人強行帶上馬挾持出診，心裡很窩火，可是救人如救火，他必須先看病人。

「大夫，內子就在裡面，請你無論如何救救她。」凌宇軒懇求道，快速讓開道請大夫進去。

大夫進屋後便看到好幾個丫鬟圍在繡屏周圍，心中奇怪病人怎麼沒有躺在床上而是躺在外面的榻上，他一邊走一邊詢問。「夫人哪裡不舒服？」

在裡面的崔氏快步走出來，低聲對老大夫道：「大夫，我家弟妹月事遲了十一天，今日突然大出血，到現在還出血不止，情況很不對勁。」文卿的眼神和反應都開始遲鈍了。

老大夫頓時心中有數了，轉頭問凌宇軒道：「貴夫人可能要扎針止血，大人可介意小老兒觸碰貴人之體？」婦人小產、流產、生產時出現血崩就需要止血，止血穴位有一些就分布在腹部和腿間，所以大夫遇上這種事情都需要詢問一下婦人的夫婿。

妻子性命危在旦夕，凌宇軒哪裡有什麼忌諱，他立刻道：「大夫請盡快幫內子止血。」

老大夫點點頭走進繡屏後，借著明亮的燭光快速觀看肖文卿的氣色，急切道：「快打些水來給我洗手，我要給她扎針止血。」病人的臉蠟黃蠟黃的，需要立即止血。

丫鬟馬上端來準備好的熱水，老大夫洗完手後取出一個捲起來的深藍布包攤開，深藍布包裡面別著兩排三、四十根長短不一的銀針，銀針寒光閃閃。

「這位夫人，醫者父母心，請恕小老兒失禮了。」老大夫冷靜地說道，起身走到美人榻尾端，讓崔氏幫忙掀開肖文卿身上的被子，將長裙從腰部褪到大腿，然後將銀針一根根捻動著插在止血對應的穴位上。

看到細長的銀針一根根扎進肖文卿的身上，崔氏膽顫心驚。

將銀針扎在七、八個穴位上後，老大夫借著燭光看了一些出血量，道：「病人血流已經明顯變小了。」

他坐到之前崔氏坐的凳子上道：「夫人，請伸出手讓小人給您把脈診斷。」

肖文卿艱難地伸出手讓老大夫把脈，老大夫凝神把脈了一會兒，道：「是小產了。」說完，他從隨身攜帶的小藥箱裡取出一個白瓷瓶，倒出兩粒小指甲蓋大小的黑色藥丸道：「這是止血丹，請夫人馬上服下。」扎針止血加內服止血丹，他希望能迅速減少這位夫人的出血量。

崔氏馬上讓人端來溫水，幫助肖文卿服下那止血丹。

老大夫吩咐道：「扎針需要一會兒，為了避免病人著涼，夫人讓丫鬟們拉著被子虛蓋在她身上，然後燒個炭盆或灌個湯婆子給她取暖，小人去開方子。」

「大夫，我弟妹不會有事是不是？」崔氏急切地問道，吩咐水晶和綠萼按照老大夫說的去做。

「夫人，病人懷孕大概一個月，早期小產，出現血崩，如果我晚來半炷香時間，病人……」老大夫頓了頓，道：「現在出血量應該已經控制住了，我給病人開一些益母草和補血養氣、培本固元的藥，等明日再派個擅長婦科的女大夫過來複診，病人好好坐小月子吧。」

「謝謝大夫了。」崔氏這才呼了一口氣。剛才肖文卿血汩汩流，臉色蒼白如紙，眼睛都快沒神了，差點嚇死她。

站在外面聆聽的凌宇軒這才將揪著的心放下，派人拿來筆墨紙硯，請大夫開方子。

「四公子，大夫來了！」外面一陣喊叫。

凌宇軒快步走出來，怒斥道：「混帳東西，請個大夫也要一個多時辰？」他不放心，還是請那個無辜的中年大夫進來，給肖文卿把脈。

沒想到兩位大夫是認識的，那中年大夫便道：「既然回春堂的耿老師父在，晚輩就不班門弄斧了。」耿老大夫是京城很有名的大夫，擅長婦科、內科，把脈把得很準。

耿老大夫隨口謙虛了兩句，便坐在桌邊龍飛鳳舞地寫下一張藥方，擱下筆後仔細檢查了一遍，他抬頭對站在身邊的凌宇軒道：「大人，請派人去回春堂抓藥熬藥吧，回春堂夥計會叮囑你家下人如何熬藥。」他頓了頓，含蓄道：「大人，貴夫人至少需要靜養一個月。」

凌宇軒懂了，輕輕頷首道：「我明白。」

崔氏在繡屏之後安撫肖文卿睡下，揮退要跟著自己的丫鬟，走到耿老大夫面前，低聲問道：「耿大夫，我弟妹這次小產，會不會影響以後的生育？」

「這個……」耿老大夫撫著鬍鬚遲疑了一下，謹慎地回答道：「裡面的夫人懷孕時間滿打滿算頂多一個月，雖然她小產時出現血崩，但估計也流得乾淨，照理是不會影響生育的。」他如果斷言流產的婦人往後無法再受孕，估計這婦人從此就被夫家冷落了。

崔氏頓時稍微放心了，她和弟妹之間沒有芥蒂，她不希望她下半輩子過得暗無天日。

「這就好。」凌宇軒點頭道。他更在意肖文卿的健康，也曾經考慮自己的斷子紋可能會強過肖文卿的子孫緣，打算過繼兒子，現在親眼見證青河道長那句「秋風秋雨」，而他的貴氣庇護住肖文卿的「斷香魂」，便十分相信他和文卿以後會子孫滿堂了。

凌宇軒派人把第二名大夫送回去，藉口天黑，雨勢又大，不讓耿老大夫走了，讓人給他安排間客房住下。他這樣做主要是擔心肖文卿病情有反覆，要暫扣住連同行大夫都敬佩的耿老大夫。

耿老大夫望望天色，很想回家，可是主人強行留客，和那侍衛強行把他「請」來的行為如出一轍，只好無奈地跟著一名小廝去客房休息。

「瑪瑙、綠萼，妳們進去把床鋪好。」凌宇軒吩咐道。

「大人（姑爺），床早就鋪好了。」瑪瑙和綠萼齊聲道。

凌宇軒頷首，不顧丫鬟和三嫂崔氏的反對走進繡屏後仔細端詳已經睡著的肖文卿，伸手撫摸她微涼的蠟黃臉龐，眼中充滿疼惜。

「文卿。」他低低呼喚了一聲。

肖文卿失血過多，又緊張恐懼了良久，在老大夫說流血量已經控制，只須開藥就行，加之凌宇軒在她最需要他的時候趕回家，便心情放鬆地沈睡了。

沒有得到肖文卿的回應，凌宇軒知道她沈睡了，便吩咐站在身邊的水晶道：「妳幫夫人清理一下身子和衣裙，等一下我將她抱回房去。」說著，他走出繡屏來到崔氏面前，拱手深深施禮。「三嫂，小弟這次真是太感謝妳了，要不是妳及時過來幫助文卿，文卿說不定……」說不定真的「秋風秋雨斷香魂了」。

「宇軒你太客氣了，我們是一家人。」崔氏微微欠身還半禮，誠懇地說道：「宇軒你要好好照顧弟妹，別讓她沈浸在悲傷中太久，你們都還年輕，以後還會有很多孩子的。」在小產過程中，弟妹一直在無聲地哭泣，想來她一直期待孩子到來，一下子失去，傷心透了。

「我知道。」凌宇軒沈聲道。

崔氏猶豫了一下，含蓄道：「女人在這種時候最會胡思亂想，你要多陪伴弟妹。」

凌宇軒頷首道：「多謝三嫂提醒。」

崔氏說話點到為止，望望外面，道：「天色不早，我也該回去了。」說著，她往屋外走，陪她過來的兩個丫鬟和兩個婆子立刻先一步走出堂屋去取油布傘。

「小弟送三嫂。」凌宇軒道。

「不用了，你陪弟妹去。」崔氏客氣地阻攔道，走出堂屋。

凌宇軒站在堂屋外的屋簷下目送三嫂離開，這才轉身回屋裡。

「大人，夫人已經收拾整潔了。」水晶走出繡屏道，她們三個幫夫人把裡外衣裳都換上乾淨舒適的了。

凌宇軒快步走進去，聲音輕柔地說道：「文卿，我抱妳到床上睡去。」說著，他掀開肖文卿身上蓋著的被子雙手將她抱起，穩穩地朝裡屋寢室走去。

寢室的拔步床內已經鋪好了床，綠萼將大紅子孫貢緞被子掀開一半。凌宇軒如抱著一尊精緻瓷娃娃一樣，小心翼翼地將肖文卿放在床上，快速拉過被子輕柔地將她蓋好，並將被角都掖好，最後親自放下掛在鎏金帳鈎上的暗紅色薄綃床帳。

「水晶、瑪瑙、綠萼，妳們每晚兩人在床邊伺候夫人，夫人身子虛弱，妳們一定要好好伺候，不得有半點馬虎。」凌宇軒走出拔步床外後吩咐道，聲音低而嚴肅。

「是，大人（姑爺）。」水晶、瑪瑙、綠萼齊聲低聲道。

水晶大膽地問道：「大人晚上在哪兒歇息？讓奴婢們給您把床鋪收拾好。」大人和夫人一直都同床共枕，夫人現在小產，大人肯定不能再和她一起歇息了。

「妳們把外間的羅漢床鋪好床具，我就在那裡休息。」凌宇軒道。「我會讓小廝把我書房的床整理一下，過些天我去書房歇息。」

「是，大人。」水晶立刻道，心中為凌大人沒有馬上去書房歇息高興。夫人剛剛小產，心裡最期盼的肯定還是大人能陪在她身邊，雖然這不現實，但只要大人在她身邊不遠處，她的心也會被安慰到。

寢室外，堂屋通往寢室的門口，有人低聲叫道：「四公子，四公子。」

聽出是自己貼身小廝福安的聲音，凌宇軒回首望望拔步床，揮手示意丫鬟們小心伺候夫人，便走出寢室，來到寢室外間的門前，問道：「什麼事？」這裡是後宅寢室，主人的貼身小廝也不得隨意進入，進入也只能站在外間，絕對不能多瞄內室一眼。

福安躬身道：「老夫人派人過來詢問夫人的事情了。」他是年輕男子，在自己伺候的四公子不在院中的時候，甚至連堂屋也不得隨意踏入，所以儘管看到院子裡突然忙碌起來，三少夫人來了、四公子冒雨回府、南飛侍衛帶回一個老大夫，他也只知道夫人突然生病了。

「是誰來了？」凌宇軒問道，走往堂屋。

「是曹姨。」福安道，跟在凌宇軒的身後。

「哼。」凌宇軒冷冷地哼了一聲，帶著一身寒氣踏進堂屋。

站在堂屋中央的曹芸娘見他出來，立刻上前兩步福身行禮，道：「見過四公子。」

以往，凌宇軒是不讓她行禮的，她行禮他要麼側身讓開、要麼點頭還半禮，此刻凌宇軒語氣淡漠地問道：「現在外面下著大雨，天黑路也很不好走，曹姨妳怎麼來我院子了？」

曹芸娘恭謹地說道：「四公子，現在到晚膳的點了，馨怡院的下人去廚房拎食盒時聽廚房人說，四少夫人這邊出事了，然後老夫人又聽說三少夫人過來陪四少夫人很久，四公子您提前回府，還帶回一名大夫，覺得事情很嚴重，便派我過來探望一下，瞭解個究竟。」她關切道：「今早四少夫人給夫人請安，夫人還提到十月一日要帶她進宮朝謁皇后娘娘，她怎麼就一下子身子不適了呢？四公子，四少夫人怎麼了，要不要緊？」

凌宇軒漆黑如寒星的雙眸猛地一縮，緩緩地問道：「母親說要讓文卿進宮覲見皇后娘娘？曹姨，四少夫人的宮廷禮儀可都掌握了？」外命婦進宮朝謁皇后是大事，在沒有熟練掌握宮廷禮儀前都不敢進宮。因為文卿被誥封三品淑人，所以他認為任何人都不敢在文卿進宮朝謁的事情上刁難文卿。他從小受到的教育便是男主外、女主內，家中的事情交給母親和正妻處理就可以了，男人只管在外面努力，求取功名權勢、封妻蔭子，便沒有特地詢問文卿是宮裡派禮儀女官過來傳授她禮儀，還是母親和三嫂親自教導她禮儀。

「夫人今早就把全套宮廷禮儀教給四少夫人了，還親身做示範，手把手地教，四少夫人如傳言一樣聰明，跟著夫人做了兩遍就大致沒有出錯。」曹芸娘道。「四少夫人走後，夫人還誇讚她說，四少夫人帶得出去，她很放心。」

母親有那麼好心？文卿領受誥封已經二十幾天了，她為什麼不在前些天教，非要在進宮前四天才教，文卿如果在宮裡失禮，丟臉的是整個丞相府！凌宇軒現在對名義上的母親的所有行為都產生懷疑了。

「四公子，四少夫人身子不適，不會耽誤十月初一的朝謁吧？被誥封的外命婦遲遲不進宮朝謁皇后娘娘，那會被認為辜負皇恩、無視皇后娘娘的。」曹芸娘一臉擔心地說道。

「曹姨，四少夫人……」凌宇軒頓了頓，道：「不慎小產了，她暫時還不能進宮覲見皇后娘娘，還請母親代為上奏皇后娘娘，請求恕罪。」他那雙黝黑深邃的眼睛凝視著曹芸娘的雙眼看。

曹芸娘身子微微一顫，驚愕道：「小產了？怎麼會？你們成親才……才一個月，也許是那個來了。」

從曹芸娘眼中只能看到驚訝，凌宇軒無奈地承認，人老成精，自己如果不使出嚴厲手段，是不可能從曹姨這裡瞭解母親對文卿的所有算計的；可是曹姨是母親身邊的老人，他如果公然恐嚇或者對她用刑，就是對母親不恭、不敬、不仁、不孝。

「四少夫人和我都是身體健康之人，新婚便有喜也在常理。」凌宇軒冷著臉淡漠道：「曹姨請回吧，就說四少夫人年輕不懂事，不慎把她嫡親親的孫子小產掉了。」他是掛在母親名下的嫡子，他的孩子當然是丞相府夫人的嫡孫了。

「唉，太可惜了。」曹芸娘很遺憾地說道：「這幾年府中沒有嬰兒哭聲，顯得很是清冷。夫人還說等你有孩子了，把孩子抱到她面前撫養呢，怎麼就沒了呢？」她安慰凌宇軒道：「四公子您別太擔心了，四少夫人和您都還年輕，以後還會有小小公子的。」

「希望真如曹姨妳說的。」凌宇軒說著，優美的嘴唇勾起一道很冷的笑意。

第三十四章　嫡孫

淒冷孤單地用了晚膳，凌宇軒洗漱過後便回到寢室，悄悄走近拔步床，揭開紅綃床帳看肖文卿。昏暗朦朧的燭光下，臉色蠟黃的肖文卿睡得很沈，眼角隱隱閃爍水光。

失去孩子，她很傷心，無意識的時候也在哭。

凌宇軒痛惜地坐在床邊，手指輕柔擦拭肖文卿的眼角流溢出來的淚水。

「今晚誰在這裡伺候？」他低聲問道。

站在床邊的水晶低聲回答道：「大人，是奴婢和瑪瑙，瑪瑙現在先去用膳了。奴婢已經吩咐下去，在院中偏僻的耳房中搭建兩個簡易灶臺，有一名廚師和一名僕婦值夜，好隨時給夫人做膳、熬藥，請大人放心。」夫人沈睡了，廚房送來的紅棗紅糖粥便放在那灶頭上熱著，等夫人醒來再餵給她吃。

「妳想得很周到。」凌宇軒頷首道：「妳對夫人的忠心我都看在眼中，以後，我會把妳們三個的賣身死契改為活契，讓妳們自由擇婿。」文卿去年六月之前還是別人的陪嫁丫鬟，正因為不願被姑爺染指才反抗，所以並不是每個丫鬟都貪圖富貴努力往男主子床上爬。

「謝謝大人。」水晶又驚又喜地說道。她們這種簽了買斷終身契約的丫鬟最渴望的就是主人願意釋放她們，沒想到還真有夢想成真的一天。

走出拔步床，凌宇軒朝水晶招招手，低聲而嚴肅地問道：「水晶，我今早出門之前，夫人沒有說身體不適，她為何毫無預兆地就小產了？妳把夫人今日所做的事情跟我說一遍。」雖然那些食物有問題，但一定還有其他原因，才會導致她突然小產。

走到凌宇軒面前，水晶開始從肖文卿如往日一樣給老夫人請安說起，一直說到肖文卿感覺肚子不適，緊急向三少夫人求助為止。

反覆地下跪彎腰起身……凌宇軒明白了，這是肖文卿毫無預兆小產的原因之一。肖文卿在做丫鬟的時候就沒有做過重體力活，成為他的妻子後更是事事有人伺候，她的身子被養得嬌貴了，在短時間裡反覆進行大幅度動作，尤其是腰部動作，身子承受不住，本來就沒有坐穩的胎兒因此掉了。

這個時間非常巧，是母親無意還是精心算好的？如果在之前二十幾天裡每天練習三、四遍宮廷禮儀，文卿的身子絕對不會承受不住，所以，這應該還是母親的刻意安排了；在文卿的胎兒還沒有坐穩，突然教導她宮廷禮儀，並強調宮規森嚴不容出半點差錯，強烈暗示她反覆練習，增加她小產機率。

凌宇軒的俊臉木然著。他雖然看過後宮女人的一些明爭暗鬥，但還從來沒想過，天下居然有這種暗算方式，薑還是老的辣，後宅是女人的戰場，男人不擅長。

唉……凌宇軒長嘆一聲，青河道長明明提醒過他，文卿要多活動身子骨兒的，他忘記了。

亡羊補牢，為時未晚，等文卿身子康復了，他要給她想一些鍛鍊身體的法子。
返回床邊深情地凝望肖文卿一會兒，凌宇軒走到寢室外間，躺在檀木屏風後放好床具的羅漢床上，他睡在外間，只要裡間有什麼動靜他都能立刻知道，文卿醒來需要他，他便能馬上到她身邊。
躺在羅漢床上一會兒，凌宇軒聽到了兩個很輕的腳步聲，還有一些燭光透過雕花檀木屏風的縫隙照射到自己的床上，便問道：「是瑪瑙和綠萼嗎？」
「大人（姑爺）。」腳步聲的主人立刻停下來。
瑪瑙低聲道：「對不起，大人，我們吵醒您了。」她們知道凌大人睡在外間的檀木屏風後，所以進來的時候特地躡手躡腳地，沒想到還是吵到他了。
綠萼低聲道：「姑爺，我不放心，過來看看小姐。」夫人晚上要兩人值守，今晚她先歇息，在臨睡前過來探望一下小姐的情況。
「嗯，妳們進去吧，別吵醒了夫人。」凌宇軒道，閉上雙眼。今晚是他成親後第一次獨眠，身邊沒有文卿，他格外感覺孤單。
「是。」瑪瑙和綠萼低聲回答，然後悄悄地走進寢室內間。
不一會兒，綠萼一個人走了出來，經過檀木屏風時，她猶豫了一下，低聲問道：「姑爺，您有什麼需要嗎？奴婢幫您去拿。」
「不用，妳下去吧。」檀木屏風後的凌宇軒道。他睡不著，為文卿擔憂，也傷心自己第一個孩子被人算計就此失去了，更在考慮如何保護文卿和將來的孩子。

「是，姑爺，小姐不會有事的，請您不要太擔心了。」綠萼安慰凌宇軒道，淺淺福身，然後走出寢室，再轉身輕輕把房門關上。

文卿會和他白頭偕老、兒孫滿堂呢，當然是不會有事的。凌宇軒俊臉陰沈如水。母親掌控丞相府後宅五十年，後宅幾乎所有的僕人都聽命於她，三嫂嫁入丞相府二十幾年，到現在在丞相府後宅沒有半點說話的分量；出身大世家崔氏的三嫂尚且如此，娘家勢微的文卿根本鬥不過母親。他是男人、是官員，不可能時時刻刻待在後宅守在妻子身邊，他怎樣才能把文卿保護得滴水不漏？凌宇軒左思右想、輾轉反側。

半夜，肖文卿醒來，值夜的水晶和瑪瑙馬上上前，詢問她需要，裡面一有大點的動靜，凌宇軒立刻醒來，馬上來到肖文卿身邊探望她。

「對不起。」虛弱的肖文卿看到凌宇軒便如此說道。

「文卿，何來對不起？」凌宇軒抓著肖文卿的手柔聲道：「是我考慮不夠周全，讓妳受到了傷害。」

肖文卿欲言又止，最後只是望著凌宇軒。

「夫人，這是新來的廚師為您煮的阿膠紅棗粥，裡面還加了紅糖，老大夫說這個養血止血，養陰潤肺，您喝正合適。」水晶端著一碗粥進來。

「給我。」凌宇軒伸手道，將那碗粥端過來，拿起湯匙舀了兩下，自己嚐了一口，感覺溫度稍微有些燙，便舀了一匙吹涼，這才餵到肖文卿嘴邊。

肖文卿張嘴喝下那溫熱的米粥，忍不住落淚了。

「文卿，別哭了，只要妳把身子養好，我們還會有孩子的。」凌宇軒柔聲道。「這一回，我會不擇手段保護妳和孩子，即使那樣會和母親徹底翻臉。」

「宇軒，你不能公開和母親翻臉。」肖文卿哽咽著阻止道：「我們暗中防著就是了。」自古孝字當先，被指責不孝的人會被世人鄙視，朝廷也不敢用千夫所指的人，宇軒和母親公開翻臉的話會敗壞名聲，從此斷送前程。

「我知道妳的擔心。」凌宇軒安慰道：「相信我，我會好好安排的。」這一次，他真的會安排好，不讓文卿再受到傷害。

餵肖文卿喝完粥之後，凌宇軒便讓她繼續休息，等過一會兒瑪瑙將藥湯端來，他又將藥湯餵她服下，這才在肖文卿的勸說下離開，回到外間的羅漢床上歇息。

翌日上午，三少夫人崔氏再度來探望肖文卿，安慰了她一陣子，她們在說話時，外面的丫鬟稟報，老夫人來了。

婆婆來了！崔氏趕緊起身走出去迎接。肖文卿眉頭微蹙，隨即臉上的表情顯得極為哀傷。

外面的人寒暄了幾句，紛紛來到肖文卿的寢室。

「文卿，我昨晚聽說了。唉，可憐的孩子，妳吃苦了。」手中拄著紫檀木楞杖的丞相夫人顫巍巍地快步走過來，身邊是扶著她的一名丫鬟，曹姨走在她身後，頭微微低著。

「母親，對不起，兒媳不懂事，把凌家的孫子弄沒了。」半躺半坐的肖文卿哽咽道，淚水禁不住從眼角滑落。

「是我疏忽了，忘了教導妳新婦的一些隱私事，結果……」丞相夫人重重地嘆了口氣，道：「妳好好養身子，孩子以後還會有的。」

「謝謝母親關心，還親自過來探望。」肖文卿道。「母親，兒媳身子不好亂動，無法給您行禮，請母親原諒。」

「妳這傻孩子，都這種時候了妳還在乎禮儀。」丞相夫人慈祥憐愛地說道：「小產也是生產，妳一定要好好坐月子，把身子養好。」

「是，母親。」肖文卿點頭道，蒼白的臉上露出感激的微笑。

站在丞相夫人身後的三少夫人崔氏旁觀著婆婆仁慈、兒媳恭順的戲碼，偶爾說幾句安慰她們兩人的話。

丞相夫人這次帶了不少補品，等她和崔氏走後，肖文卿馬上讓水晶去請被凌宇軒還強留在福壽院的耿老大夫，請他檢查那一堆補品。

老大夫看過那堆補品，道：「都是產婦需要的上好滋補品。」他隨手開了一張產婦合適的食補方子，叮囑站在他身邊的水晶，按照上面的步驟給夫人慢慢進補就行了，太過、太快反而不好。

廚房有新廚師的事情母親已經知道，她肯定知道宇軒有所察覺，現在也肯定不敢亂送補品，肖文卿暗暗思忖道。

肖文卿小產的消息傳到凌丞相耳中已經是第二日午後了，他很是驚愕，派人傳話給自己妻子，要她多多照顧兒媳婦。等傍晚凌宇軒回府，他馬上把凌宇軒叫到自己書房中安慰一番。

「父親，文卿小產心情很不好，孩兒擔心她觸景生情，希望帶她去皇上賞賜我的那棟府邸裡小住一陣子，您看可以嗎？」凌宇軒拱手試探父親道。

「你的意思是說，你要搬出去住？你可知，長輩在，兒孫不分家的道理？」凌丞相眸光一閃，面沈如水。

「父親，孩兒只是帶著文卿出去暫住一段日子，省得文卿心事重重。」凌宇軒婉言解釋道。

「宇軒，你三哥身為庶子都還住在府中，你是為父的嫡子，怎麼可以搬出去住，這豈不是讓別人笑話我們凌家？」凌丞相不悅地說道。如果兒孫們都搬出去住，偌大的丞相府就只剩一對垂垂老矣的夫妻和幾個同樣衰老的妾室了，府中冷冷清清，死氣沈沈！

「父親，孩兒已經立業成家，可一直都在父親您的庇護之下，孩兒不知道自己將來是否真能獨立支撐門戶。」凌宇軒道。他如果這次也能得到父親的支持，文卿便能脫離婆婆的掌控。

「這樣啊……」凌丞相撫著鬍鬚思量起來。

發現父親真的在考慮自己的意見，原本只是試探的凌宇軒頓時有了些信心，繼續道：「父親，文卿是我的妻子，我很希望她能成長為合格的當家主母。」

「嗯，為父知道你的想法了，只是……」凌丞相頓了頓，道：「後宅之事一直都是你母親在操持，她不願放手為父也不便說她；至於你搬出去的主意，那不符合常理，為父不准。」

「父親，既然孩兒不便搬出去，那就請您允許福壽院以後的日常開銷和僕人僱傭全部由孩兒自己來，讓文卿能夠單獨處理福壽院的所有內務。」凌宇軒懇求地說道：「孩兒很想嘗試一下脫離父母羽翼庇護的生活，還請父親成全。」

凌丞相想了想，頷首道：「這個可以，為父和你母親說去，以後福壽院的一切開銷由你承擔，僕人的僱傭買賣也由你和文卿作主。」這是分院不離家，在外人看來還是一家人。

「孩兒謝謝父親支持。」凌宇軒很高興地說道。有了父親的准許，他稍微做得過分點，母親也不能拿「不孝」壓他。

凌丞相嘆口氣道：「你知道你母親有心病，要多體諒她些。」他說的是他把宇軒放在妻子名下充當嫡子，妻子固執的認為他放棄了常年生病的嫡長子，使得嫡長子覺得被父親拋棄而失去生存意志病故。

「孩兒知道。」凌宇軒沈著臉道。他不確定父親是不是知道母親是導致文卿小產的罪魁禍首，如果知道，父親會怎麼處置這件事情？頂多就是斥責一頓罷了，難道父親還能為一月都未滿的孫子罰母親跪祠堂或者休離她？

「宇軒，為父有個想法可以緩解你母親的心病，一直都想和你說。」凌丞相溫和地說道，話中隱隱帶著商量的口氣。

「父親請說。」凌宇軒道。

「宇軒，為父這兩年常常夢到你大哥。」凌丞相嘆息道。「轉眼他已經逝去二十四年了。」

「父親……」凌宇軒驚訝道。父親想說什麼？

「你大哥英年早逝，沒有留下一男半女，為父和你母親百年之後，估計就無人再記著他了。」凌丞相面露悲哀。男人總是對自己的第一個兒子有特殊的情感，尤其這還是個可以繼承家業的嫡子。當年，他請太子的老師給長子啟蒙，親自給長子寫字帖，手把手地教他寫字，公務再忙都會給他批改文章，他在長子身上花了無數心血，可惜的是……唉……

「父親，大哥的靈牌一直都放在我凌家祠堂，以後自然有孩兒和孩兒的後人祭祀他。」凌宇軒不解道。

「唉，宇軒，為父就直說吧，為父要給你大哥過繼個兒子，以延續你大哥一脈的香火，也讓你大哥在世間有子孫祭祀。」凌丞相正色道。

凌宇軒一聽，頓時愣住了。從古到今，世人最重宗祧繼承，立嫡以長不以賢，立子以貴不以長，大哥是嫡長子，沒有給父親留下嫡孫，所以凌家的繼承人才輪到他這個嫡幼子；如果大哥有兒子，並當作嫡出的話，凌家就出現嫡幼子和嫡長孫爭嫡嗣的情況了。

「父親打算選三哥哪一個孩子給大哥？」凌宇軒問道。過繼孩子的話，任何家族都是首先在同族兄弟中挑選，而且血緣越近越好，只有同族兄弟自己也缺少兒子才會過繼外姓兒子。

「景泉。」凌丞相立刻道。

凌宇軒又是一愣，道：「父親，景泉是三哥嫡長子，三哥未必捨得。」三哥的嫡長子過繼到大哥的名下充當嫡長孫嗎？父親不覺得這樣做會亂了京城凌家宗祧的繼承序列？

「為父提出，你三哥必然同意。」凌丞相胸有成竹地說道：「只要你大哥有了延續他香火的兒子，你母親有了嫡孫子，她對你的敵意會少很多。」

父親這個想法……凌宇軒苦笑著，心中搖頭，很謹慎地說道：「父親，您是只有這個想法，還是已經決定好了？您如果已經做出了決定，孩兒不會反對。」

「你不反對？」凌丞相有些驚愕，隨即又道：「既然你不反對，為父就和你三哥說去。」

「父親決定就好。」凌宇軒拱手道。

凌丞相微微頷首，臉上的笑容很是滿意。

凌宇軒沒有將肖文卿小產的事情告訴六姊劉學士夫人，更沒有告知寄住在劉學士府的肖文聰，不過十月初六，劉夫人帶著肖文聰前來丞相府拜訪肖文卿。

肖文卿現在雖然身子還很虛弱，但已經可以下床走幾步路了，她便讓丫鬟們幫她梳妝整齊，扶著她走到堂屋的羅漢床上坐下，請六姊和自己的弟弟進來。

當劉夫人帶著肖文聰進來，肖文卿由水晶扶著和六姊見禮。

「文卿，怎麼回事？妳臉色蒼白，看起來身子有恙，妳快些坐下。」劉夫人驚訝道，立刻催促肖文卿坐下。

肖文卿苦笑道：「六姊，我身子有些不適，所以顯得虛弱了些。」她還特地吩咐水晶幫她多搽一些紅胭脂呢，沒想到六姊眼力好，一眼就看出她身子特別虛。

「文卿，六姊不是外人。」劉夫人搖著頭道，上次她在蔡府和文卿相見時，文卿還雙頰豐腴，才短短不到半個月，她怎麼就瘦了，還腳步虛浮？

「姊姊，妳生病了？」肖文聰擔心地問道。半個月前姊姊還是很健康的，姊夫是怎麼照顧姊姊的？

肖文卿伸手摸摸臉頰，只好道：「六姊，我年輕不謹慎，上個月二十六日小產了。」時間已經過去十天，她身子都已經乾淨了，現在只是因為失血過多而虛弱，需要休養。

「啊，小產，那妳還不回屋裡躺著，妳不能被風吹到的。」劉夫人趕緊道：「水晶，瑪瑙，妳們立刻扶夫人進屋躺下。」

水晶望望前主人，轉頭恭敬地對肖文卿道：「夫人，還是讓奴婢們扶您進去躺著吧，您已經看過三舅爺了，有話可以讓劉夫人代傳。」

肖文聰急切道：「大姊，西陵來信了，八月秋闈，二哥落榜，大哥位列全省鄉試正榜第七十九名，現在是舉人了。大哥決定年後動身來京城，參加明年春季的會試，我打算留在京城過年，等大哥會試結果出來，和大哥一起返鄉。」他今日過來就是傳喜訊的，姊姊聽了，便可以安心進屋躺下歇息了。

「真的？文樺真有出息，文楓年紀小也不用氣餒。」肖文卿驚喜道。

「恭喜夫人，大舅爺高中舉人。」水晶和瑪瑙連忙向肖文卿俯首賀喜。隨著肖家舅老爺們的逐步成長，夫人在夫家的地位會越來越穩固。「小姐，這太好了。」綠萼也為大公子得中舉人向肖文卿祝賀。

「好了，文聰的話已經傳到，文卿妳趕快回房躺下歇息。」劉夫人再次催促道。女人小產很傷身，一定要注意休養。

「綠萼，妳留在這裡代我招待三公子。」肖文卿道。「三弟，姊姊身子不適，就不陪你說話了，等你姊夫回來，讓他招待你。」

「嗯，姊姊。」肖文聰點頭道，關切地望著丫鬟們扶著肖文卿回房。

「來，好好躺下，小心。」劉夫人緊張地說道，看著水晶和瑪瑙伺候肖文卿半躺半坐在床上。

「六姊，謝謝妳帶文聰過來給我傳喜訊。」肖文卿高興地說道，這是她這些天裡聽到的最好消息了。

「文聰這幾天想過來看望姊姊，正好你們家裡派人傳來喜報，就央著我帶他過來了。」劉夫人坐在床沿邊憐惜道：「文卿，我知道妳身子骨兒一向好，怎麼會突然小產？別敷衍我，是不是母親給妳太多壓力了？」她對嫡母的瞭解勝過肖文卿對婆婆的瞭解。

肖文卿遲疑了一下，承認道：「母親老謀深算，我和宇軒都沒能防得住她。她讓廚房天天做很平常，可是孕婦忌嘴的膳食給我吃；小產那天，她教導我全套宮廷禮儀，叮囑我萬萬不能出錯。」她苦笑了笑道：「我求好心切，在她那邊反覆練習後回來繼續練習。宇軒說，就是這樣短時間裡大量反覆地彎腰下跪，本來就很不穩定的胎兒因此滑掉了。」

前幾日三嫂還開導她，說孕婦忌嘴的膳食吃多了，那胎兒肯定已經受到影響，與其強行保胎最後生下個有缺陷的孩子，還不如就此流掉，把身子養好重新受孕；雖然她說得很有道理，但在感情上沒有幾個婦人接受得了才懷孕就失去的事情。

「唉，我猜到妳在丞相府會被人排擠欺負，可沒想到會連累到妳的孩子、凌家的嫡孫子。」劉夫人搖著頭道：「妳下次注意了。母親是個非常頑固陰狠的人，宇軒沒有經過她同意就向妳家求親，還拿皇上和父親壓她，她心裡很不滿，妳對她，除了必須的晨昏定省，別有太多的接觸時間。人，越老越頑固，她五、六十年的性格是沒有人能改變的。」

「我知道了，六姊。宇軒已經買了八個丫鬟，雇了四個僕人，將福壽院中母親的人全部換掉了。福壽院西邊的四間副房被改成廚房，裡面雇了三個廚師和四個幫傭。」肖文卿微笑道：「福壽院現在所有開銷都由福壽院自行承擔了。」

「嗯，這樣倒也不錯。」劉夫人頷首道。雖然他們小夫妻都還住在丞相府中，和父母同一個大門進出，但已經是各過各的了，這樣一來福壽院的月開銷增加了很多，不過她相信身為三品武官的小弟負擔得起。

「我覺得這樣很不錯。」肖文卿也道，她現在可以在自己院中隨意進行人員調派，不用事事向婆婆知會。她因為養病到現在還沒有見過新的丫鬟、僕人們，不過聽水晶、瑪瑙和綠萼說，這些新人很拘謹恭敬，做事勤快，她們三個都指派得動他們。果然，僱傭契約和賣身契約在誰的手中，簽了契約的人便忠心於誰。

「文卿，妳小產之後大夫怎麼說，身子什麼時候能完全康復？」劉夫人關切道：「小產可不是小事，妳該給我傳個信呀。」在別人眼中，她和文卿的關係非常親密，屬於一個利益團體；而文卿和她相處接近一年，感情確實超過普通大姑和弟妹。

「六姊妳放心，回春堂派來的婦科女大夫檢查過我的身子，說我小產得很乾淨，除了失血過多沒有傷了根本。我今日下面已經乾淨了，現在只需要慢慢把虧損補回來。」肖文卿道。耿老大夫開的食補方子宇軒又拿到太醫院請太醫驗看，太醫都說那方子合理，吃上一、兩個月保證身子能康復。

「這就好、這就好。」劉夫人高興道，她也擔心文卿小產傷了根本，從此無法生育。

兩人親密地寒暄了一會兒，肖文卿雖然精神有些不濟，但因為很久沒有見到劉夫人，不想就此休息，說完凌宇軒和丞相府眾人對自己小產的擔憂，肖文卿猶豫了一下，道：「六姊，宇軒告訴我，父親打算給去世多年的大哥過繼兒子繼承香火。」

「呀，我不知道這事情，父親怎麼突然會有這個打算？」劉夫人驚愕道。「是不是母親出的主意？」

「不知道，宇軒說這是父親的打算。父親的說辭是這樣一來可以讓大哥有繼承香火的後代，二來可以減少母親對宇軒的恨。大哥的早逝和無後是婆婆永遠的心病，如果大哥名下有個兒子，婆婆會好過些。」肖文卿答道。

「嗯，母親始終認為小弟的出現導致大哥失去求生慾望。」劉夫人關切道：「宇軒有沒有提到，父親什麼時候給大哥過繼兒子，過繼誰的孩子？」如果父親決定把小弟的兒子先過繼給大哥，那麼母親應該不會再算計文卿的生育了。

「景泉，現在只等景泉點頭了。」肖文卿道。

「景泉？」劉夫人頓時驚愕了，過繼的話，世人一般會過繼未成年的男孩，因為那樣能養出感情來，而且世人大多只把長子之外的兒子過繼出去，自己的長子還是要延續自己香火的。

「是景泉。」肖文卿道。宇軒在和她提到過繼問題的時候說到了宗祧繼承，說從家族內部穩定上來說，他的嫡子才是最適合的過繼人選，不過在他還沒有嫡子的時候，三哥的三兒子，庶出的景淵也是不錯的過繼人選；如果婆婆嫌棄景淵是妾生子，三哥嫡出的二兒子景海也行。嫡長子，正常情況下絕不會被過繼出去，景泉之母出身崔氏，他如果過繼到大伯名下，便成了凌家的嫡系長孫，按照古老的宗祧繼承序列，他優於宇軒繼承凌家。

「文卿，是父親點名要給大哥過繼景泉的嗎？」劉夫人疑惑地問道。她還記得，大哥的身子一直時好時壞，所以父親還尋找鴻儒教導三哥，隱約將他視為大哥的替補；小弟宇軒被父親從外面抱回來放在嫡母名下養，大哥病逝，父親就開始用心培養名義上的嫡幼子，不過儘管父親再次確定繼承人，對三哥依然還是重視和嚴厲，讓三哥通過科考入仕途為官。

相較於肖文卿，出生世家自小耳濡目染這些的劉夫人想得更多，她三哥凌宇樓從九品小官一步步做到現在的大理寺右寺丞，除了他自身努力，也有父親不斷給他機會的緣故。父親如果不是突然多出一個嫡幼子，她三哥凌宇樓才是繼承凌家的人。現在父親要把她三哥的嫡長子弄到她已故大哥的名下，不會是真的只讓那孩子給她大哥傳承香火吧？對了，景泉這孩子還是她父親的長孫子，他的幾個老師也是她小弟宇軒的老師。

發現劉夫人臉上疑惑重重，肖文卿微微頷首，道：「是父親點名的。」

「嗯，父親有父親的想法吧。」劉夫人微笑著安慰肖文卿道：「他老人家宦海沈浮四、五十年，考慮事情遠比我們婦道人家周全。」

肖文卿很淡然地說道：「男人的事情我們女人管不了，我只在宇軒的背後支持他，讓他永遠不用為家中的事情煩惱。」

兩人說了很久的話，劉夫人看肖文卿面露疲憊，趕緊勸肖文卿躺下休息。

「我回娘家，怎麼也得去給嫡母請安。」劉夫人道。她肯定是要去生母那邊看看的，只是嫡庶尊卑，她必須先去嫡母那邊。

「六姊妳去吧，我身子不適，宇軒午膳又不會回來用，我就不招待妳了，等過些日子，我邀請妳和紫綾、紫苑過來賞菊花。」肖文卿歉意地說道。

「妳我不是外人，哪來那麼多禮數，妳好好歇息，早日給我小弟生個胖小子。」劉夫人道，站起身來點頭致意，然後走出寢室。

「水晶。」肖文卿高聲道。

水晶迅速回到肖文卿身邊，問道：「夫人有何吩咐？」

「水晶，劉夫人要去拜見老夫人和杜姨娘，肯定會被杜姨娘留飯。我弟弟一個人留在福壽院會感覺無聊，妳去叫福安、福寧，讓他們陪三舅爺在相府花園轉轉。」肖文卿叮囑道：「妳再吩咐廚房，午膳時給三舅爺多燒幾道菜。」她是沒有辦法陪弟弟用午膳的了。

「是，夫人。」水晶聽了，轉身走出寢室去安排。

「夫人，您好好歇息，福安和福寧會伺候好三舅爺的。」瑪瑙安慰道，拿掉肖文卿靠著的厚靠墊，扶著她小心躺下，蓋好錦被，放下紅綃床幃，再走出去四進拔步床的每一重床幔。

第三十五章　過繼

　　十月分，雪怡郡主齊夫人下帖子，邀請肖文卿參加她舉辦的菊花宴，肖文卿只好歉意地說明自己不能如約赴宴的原因，並備了一份禮物當賠罪禮。

　　齊夫人得知肖文卿不慎小產，雖然沒有親自前來，但親筆寫了一封問候信，並派自己的管事僕婦送了一大堆補品過來。

　　小產、流產這種事情算不祥的，和肖文卿有些熟悉的年輕夫人們聽說後，雖然不便親自來但都派人送禮物慰問。

　　肖文卿接到慰問和禮物，在有精神的時候便馬上置辦回禮，派人送去。新僱傭或者買入的僕婦還沒有調教好，也不大熟悉大戶人家的規矩和禮數，肖文卿便派熟悉這方面的水晶和瑪瑙去。年輕女子出門有些不便，肖文卿就請凌宇軒留在福壽院保護自己的帶刀侍衛護送負責送禮的丫鬟。

　　晚上，肖文卿躺在寢床上，向凌宇軒說福壽院和丞相府分開之後，這半個月僕人的人員調任，院中各項支出情況，表示凌宇軒每月的俸祿和她三品淑人的祿米完全能承擔得起福壽院的開銷。凌宇軒名下還有來自父親贈予和皇上賞賜的莊田、鋪子，那些米糧、租金都很可觀，福壽院僕奴再增加一倍也沒有問題。

凌宇軒坐在她身邊，耳邊聽著肖文卿的彙報，手中把玩著鏤空的鴛鴦玉珮。這是肖文卿敬媳婦茶那天父親贈予的，是西域某國進貢的極品羊脂玉料，皇上令京城最好的玉匠精心雕琢而成。鴛鴦玉珮雖然比不上他贈給大姪女蔡佳玉的翡翠麒麟，但也是無價之寶，文卿因為這個物件太過珍貴，都不敢拿出來佩戴，他喜歡這羊脂玉的溫潤水滑，所以文卿就放在拔步床的抽斗裡，讓他隨時把玩。

「宇軒，我開始還擔心你獨立承擔福壽院開銷會有些艱難，沒想到你除了朝廷俸祿還有其他錢財來源。」肖文卿道，她都開始打算動用她的嫁妝找丁伯到外面選購經營穩定的商鋪，給家中開源，沒想到宇軒將福壽院中他看不順眼的下人、僕婦趕走之後，命令丁伯將他的家產帳目也交給她，她才知道他家產萬貫，養福壽院上上下下所有人都輕而易舉，甚至可以說，宇軒如果現在辭官不做，他們也可以舒舒服服地過下半輩子。

「我五歲生日，父親把京城西郊外一百畝良田送給我；我十歲生日，父親送我一座莊園和莊園上的六十戶佃農；我十五歲生日，父親送我京城南區六家商鋪；我二十歲，父親送我京畿附近楊崗山的一座山頭；二十五歲，父親說我已經立業，不需要他扶持了。」凌宇軒笑道：「那些都是父親的私產，母親從來就不知道。父親也叮囑，這些並非他貪贓枉法所得，皇上也是知道的，只是為了避免母親知道和他爭吵，叫我別讓母親、三哥和姊姊們知道。」

「小兒子、大孫子，老人家的眼珠子，父親真是寵愛你。」肖文卿感慨道。

「文卿，妳最近感覺身子好些了嗎？」凌宇軒將手中把玩的那鴛鴦玉珮放進抽斗中，側身躺下，單手撐著臉頰，伸手撫摸文卿的臉。

「除了偶爾頭暈，我覺得我沒有問題了。」肖文卿回答道，眼中神采奕奕。

「這就好。文卿，妳的身子要快點好起來。」凌宇軒柔聲道，手指愛憐地描繪她的柳眉、瓊鼻和紅唇，最後在紅唇那裡輕柔撫摩，深邃明亮的眼中，流轉著繾綣深情。

「宇軒……」肖文卿情意綿綿地叫道，水潤的雙眸凝望著凌宇軒，淡緋色的菱唇微微開啟。

凌宇軒心有靈犀，支起身子微微覆在她身上，手指撩起她散在枕頭間的一縷青絲放到唇邊輕吻。

伸手環住他的脖頸，肖文卿深情地望著他，問道：「宇軒，你需要嗎？我用手……幫你。」她的夫婿在床上是個熱情狂野的男人，半個月不紓解會憋壞的。他們以前激情歡愛時，他也讓她用過手，所以她覺得自己現在雖然不能伺候他，但可以用手幫他紓解。

「妳真是我的解語花。」凌宇軒輕笑道，緩緩低下頭，雙唇如蜻蜓點水般輕啄她雪白的額頭，薄如蟬翼的眼皮，誘人的小巧菱唇，靈活的舌尖沿著她優美的唇形反覆描畫。他是血氣方剛的男子，他承認自己渴望擁抱文卿，既然文卿主動提出，他欣然接受。

肖文卿雙眸微閉，菱唇微啟，丁香小舌主動勾纏他的唇舌。

她的主動和順從激起了他壓抑已久的慾望火焰，他立刻化被動為主動，吻住她的菱唇攻城掠地肆意妄為。

「嗯……」她輕哼著，積極迎合他的熱情。

寢床上氣氛逐漸曖昧旖旎起來，凌宇軒身上的絲質錦袍鬆垮垮地披散著，露出精瘦的身子；腰帶被抽掉，他同色的絲質中褲和雪白褻褲被褪到了膝蓋……

「文卿，妳別起身，我來。」他微微喘氣地說道，調整身子，捉住她纖嫩白皙的小手握住……

肖文卿捂住那滾燙，羞赧地望著他英俊面容，此刻他微微仰頭喘息，喉結滾動，臉上表情亢奮。

良久……

一身壓抑的粗吼，男人情動時的雄性麝香味在寢床上瀰漫……

宇軒……

肖文卿癡戀地望著他泛著潮紅的俊臉，如水眸光繾綣，萬千柔情絲絲纏綿。

平息的凌宇軒吐了一口熱氣，翻身打開床頭的小抽斗，取出裡面的乾淨帕子將自己的手擦乾淨，再將肖文卿的手擦乾淨；至於不小心被他弄髒的被子，等明天讓丫鬟們換掉吧。

「文卿，妳往裡面挪一挪。」扔掉髒帕子後，凌宇軒深情道：「今晚我不想去書房睡。」孤枕難眠呀，沒有文卿在身邊，他感覺床太大了，身邊缺少溫暖。

「嗯。」肖文卿很高興地向裡床挪了挪，讓凌宇軒好好躺下，她已經不需要丫鬟徹夜值守了，夜晚不會打擾他休息。

鑽進肖文卿的被子裡，凌宇軒愛戀地細啄她的臉龐。他知道她一直很擔心他無法兌現只娶她一人的承諾，他能做的便是用行動證明。她是聰明絕頂的人，也拋開女人的矜持主動迎合他的需索，不因為身子不方便就「賢慧」地替他安排通房丫鬟。

她的小霸道，他欣然接受。有權勢的男人如果見異思遷、心懷別戀，妻子真有同意與否的權利嗎？她如果像其他貴婦人那樣大方，他反而會覺得她落了俗，對他的情不夠深、不夠強。

凌宇軒向凌丞相要求福壽院分出來單過，三少夫人崔氏得知後立刻催促自己夫婿凌宇樓也這樣做。她等著分家等了十多年，現在即使還不能分家，但這樣做可以完全管理自己全家，不必事事都要向婆婆稟報申請。

凌丞相雖然覺得對待兒子們不能厚此薄彼，但當三兒子試探著提出要像弟弟宇軒那樣分院不分家地單過，他還是沒有答應。他要求妻子暫時將管理丞相府的權力轉交給三兒媳崔氏，理由是——一，六女婿劉學士擇日要過來下聘，求娶他大孫女晴嵐；二，孫女、孫子們一個個都長大了，崔氏是他們的母親，需要全權處理他們的婚姻嫁娶。總體上，凌丞相的意思是，夫人年紀大了，讓權給兒媳婦吧。

只生活在後宅，只和其他女眷來往的婦人，她的權力來自於夫婿和兒子，丞相夫人雖然有諸多不願意，但是當一家之主正式發話，她也不得不遵從。她把三兒媳崔氏叫到面前，把各個庫房的鑰匙交給她，叮囑捧著帳本的各級管事要聽三少夫人的安排，然後便出門探望女兒了。

崔氏在娘家時母親教導過她如何管理中饋，只是二十多年來她只是管著她的小家，對整個凌丞相府不太瞭解，而且丞相夫人的心腹管事們有意無意地刁難她，讓她一時間忙得焦頭爛額。她的嫡長子經過好些天的考慮和祖父的勸說，終於同意被過繼到大伯名下，正式的過繼需要公開的儀式，為了籌備祭祖儀式、開宴席她更是忙得不可開交。

崔氏確實是個善良的人，她自己忙不過來，擔心肖文卿寂寞就把兩個庶女，十二歲的雪嵐和七歲的雨嵐送到肖文卿面前，說是讓她們向嬸娘學習彈琴、討教女紅。肖文卿的琴技算不上優秀專業，不過比兩個學琴不久的小姑娘強多了，做女紅倒有幾分心得，很高興她們過來陪她，大家一起聽琴彈琴、談論女紅。

〈鳳求凰〉琴聲婉轉殷切，如歌如訴，一曲彈畢，餘音繞樑。

掛著防風門簾的堂屋裡，肖文卿靠坐在美人榻上，身上搭著一條毯子，對自己面前的彈琴小少女道：「雪嵐，再過兩年，妳學的鳳求凰就派上用場了。」凌雪嵐十二歲了，瓜子面容，肌膚如雪，眉眼如畫，女童的稚嫩身體隱約出現了少女的曲線。

鵝黃衣小少女凌雪嵐立刻害羞道：「嬸娘，我只是彈著玩的嘛。」說著，她的手指在琴弦上「仙翁仙翁」地亂撥弄。

「嬸娘，兩天前六姑父帶著兩位表哥過來拜訪祖父和爹，二姊和大姊一起偷看大表哥，說二表哥不比大表哥差。」坐在邊上吃花生酥糖的凌雪嵐笑嘻嘻道。梳著兩個包包頭的她有一張胖乎乎、白嫩嫩的圓臉，倒是和劉學士家的三姑娘紫綾有幾分相似。

「紫丹？」肖文卿想了想，道：「紫丹是個很不錯的少年，今年十五歲，如果妳有心，可以悄悄求妳母親想辦法；只是如果妳母親覺得不妥，妳還是放棄吧。」

大家族聯姻都用嫡子、嫡女，庶女配嫡子、嫡女配庶子的極少，凌宇樓和崔氏沒有嫡女，庶出的長女凌晴嵐才勉強充作嫡女用於聯姻。當初參加蔡府喜宴，劉夫人也是猶豫著提出聯姻，得到夫婿劉學士和嫡長子劉紫書的同意之後才確定聯姻。現在，由於劉府那邊得知三舅爺的嫡長子要過繼到已經過世的大舅爺名下，立刻過來提出，希望凌晴嵐能有個嫡女的名分。

有嫡女的身分，凌晴嵐以後可以很容易地和同等身分的夫人們來往，娶了她的劉紫書在同僚面前也不失面子，所以劉家一提出這個希望，丞相父子就同意了，將凌晴嵐這個庶女改到崔氏名下，充當相府嫡長孫女。嫡女、庶女身分尊卑，嫁妝數量和等級大不相同，崔氏這兩天正在擬定嫁妝草稿，等劉府那邊正式派媒婆過來下聘，就把嫁妝單子拿出來和家人商量。

庶出次女凌雪嵐就沒有姊姊的好運氣了，兒女婚事是結兩姓之好，很少有姊妹同嫁入一家兄弟的，她如果對劉家嫡次子劉紫丹有心，除非劉學士不介意，劉紫丹對她有特別好感，非她不娶，劉家和凌家才會再次聯姻。

「嬸娘，您別聽雨嵐瞎說。」凌雪嵐低著頭道：「我只是庶女，將來母親若能給我尋個家境不差、衣食無憂的男子就不錯了。」

世家貴族嫡庶等級分明呀……肖文卿心中暗嘆，轉頭對還不很懂這些的雨嵐道：「雨嵐，妳彈〈開指黃鶯吟〉給我聽聽。」黃鶯吟是古琴曲開指小曲之一，主要用於散、按等基礎指法練習。

凌雪嵐立刻起身讓位，凌雨嵐拿起身邊的帕子擦擦沾了花生糖酥屑的手，一本正經地端坐在古琴邊開始操琴。她一邊彈奏還一邊唱道：「黃鶯，黃鶯，金衣簇，雙雙語……恣狂歌舞。」琴聲音準，歌聲充滿了歡欣和可愛。

聽完了，肖文卿笑著誇讚道：「雨嵐，妳回去是不是單獨練習了，比昨天彈得熟練多了。」雪嵐和雨嵐以學琴、學女紅為名每天上午過來陪她，她也稍微點撥一下她們的琴技和女紅。

凌雨嵐害羞道：「還請嬸娘指點。」

肖文卿笑著開始指點她。

三子凌宇樓的嫡長子過繼到已過世長子凌宇堂名下的事情談妥了，凌丞相才告訴夫人。丞相夫人聽了頗有些激動，因為這樣一來，她親生兒子便會有人一直祭祀了。她把三兒媳崔氏叫到面前談心，懇談了一下午，崔氏走的時候，臉上是掩不住的歡喜。

過繼子嗣需要開祠堂稟告祖先，那過繼人的原父母和過繼之後的父母都要出席過繼儀式。凌丞相嫡長子凌宇堂已經過世，他有一個妻子，不過那妻子在他過世之後就被丞相夫人送進庵堂削髮為尼了，所以凌景泉的過繼儀式，長房無人出席。

康慶三十五年十一月二日上午，凌丞相親自選定的日子，相府鞭炮齊鳴，凌家父子三人帶著景泉、景海、景淵三個男孩進入自家祠堂上香禱告，舉行過繼儀式。丞相夫人、凌家三少夫人崔氏、四少夫人肖文卿、還有晴嵐、雪嵐、雨嵐三個女孩，全都身著盛裝面對祠堂大門，跟著祠堂裡的男人們一起跪拜、起身，再跪拜。

相府大女婿刑部尚書蔡澤明，六女婿劉學士，丞相的同僚兵部尚書、都察院右副督御史、刑部尚書……七、八名有分量的官員被邀請進入凌家祠堂觀禮作證。兩個被叫回來觀禮慶賀的女兒，蔡家大夫人和劉夫人都是別人家的媳婦，入了別人家的族譜，連跪拜娘家祠堂的資格都沒有，就在母親和嫂子、弟妹、姪女們的身後垂頭肅立。她們的身後遠處站著凌丞相和凌宇樓的妾室，這些妾室既沒有資格上家譜也沒有資格祭拜祠堂，只能和凌家家僕一樣站在遠處觀望。

祠堂內，凌家眾男子跪拜過祖先起身後，凌景泉走到親身父親凌宇樓面前跪下，三拜父親生養之恩，流著眼淚最後一次喊父親，然後起身接過點燃的炷香由祖父領著來到大伯凌宇堂的靈位躬身、上香，莊嚴肅穆地三叩九拜，口稱「孩兒景泉拜見父親大人」。

專門管理祠堂的一名老僕捧著托盤過來，恭恭敬敬地跪在凌丞相面前，將托盤高舉。這托盤上放著凌家的家譜，旁邊還擺放了筆墨。凌丞相翻開家譜，拿起狼毫蘸墨，開始修改家譜，將凌景泉的名字從他第三子凌宇樓的名下劃去，移到已故嫡長子凌宇堂的名下。家譜一修改，凌景泉從此便是長房一脈，和原來的父母是叔姪關係，他成了原來弟弟、妹妹們的大堂兄。

借此開祠堂之際，凌丞相還將長孫女凌晴嵐名字邊上的「葛」字全部塗掉，並上香告訴祖先，凌晴嵐是他的三房嫡孫女。那「葛」是凌晴嵐生母的姓氏，這一塗去就表示凌晴嵐是正室崔氏所出的嫡女，而非葛姓妾室所生之庶女。

凌丞相修改完家譜，凌景泉起身走到凌宇樓面前深深拱手作揖，哽咽道：「三叔。」他本來是不願被過繼的，可是祖父和父親再三說明其中利弊，他只好同意了。

凌宇樓百感交集，伸手扶起自己曾經的兒子，嗄啞著嗓音道：「景泉姪兒。」景泉是他的嫡長子，他在他身上花費的心血不比父親當年培養大哥差，可是為了凌家，他不得不讓自己的嫡長子過繼到大哥名下。

「四叔。」凌景泉朝凌宇軒拱手行禮，俊雅的臉上泛起尷尬的紅暈。

凌宇軒伸手將比自己小八歲的姪子扶起來，溫和道：「景泉，你是長房嫡孫，以後要謹言慎行，做事要三思而行，事事要考慮凌家得失。」他因為文卿遭母親暗算的事情，悄悄派人威逼利用買通了母親身邊的一個丫鬟。那丫鬟傳消息說，夫人前日跟相爺建議，既然有血統高貴的嫡長孫了，那就一定要好好培養，相爺那時候撫鬚不語。

撫鬚不語，那就是默認了？凌宇軒心中很是疑惑，自己哪裡做得不好，讓父親萌生換繼承人的想法，難道還是因為他生母身分低賤卑微到他即使放到嫡母名下也還是不夠高貴？

凌宇軒得到這個消息後悶悶不樂地向自己最親近的人——妻子吐露心中的不滿。肖文卿當時便勸他——

「不繼承凌家宗祧有什麼關係，父親不僅把你培養成文武全才的人，還幫扶著你快速升官成為皇上近臣，你現在的大半家產還是父親瞞著家人給你的，你還有什麼不滿的？你是堂堂男子漢，既然京城凌家第一代祖先能在京城白手起家，才二十六歲的你已經超過你那第一代祖先，為什麼將來不能做得更好？」

他當下聽後立刻釋然了，摟著坐滿月子、身子已經康復的妻子激情纏綿一番；只是在那情慾巔峰的最後一刻，他釋放在她體外了。他安撫她，她身子畢竟受過一次虧損，短短一個月不可能完全補回來，所以他們暫時別急著要孩子了，等明天春暖花開的時候再考慮。

過繼儀式完整、合乎禮法，凌家眾男子和邀請來的賓客一起走出祠堂，外面的女眷紛紛迎上去。凌景泉給祖母重新見禮，丞相夫人彎腰將他扶起，不住地說道：「乖孫兒。」凌景泉現在不僅是她的嫡孫子，也是延續她親生兒子香火的人，還是她在丞相府的一個大依靠。

「三嬸。」凌景泉給崔氏行禮，忍不住眼圈又紅了。

「景泉，你以後要好好伺候祖母，記得晨昏定省。」崔氏嗚咽著說道。女人在家族大事情上沒有說話的權力，她只能聽公公和夫婿的安排，讓自己十月懷胎生下來的兒子變成別人的；不過公公為了安撫她，讓她暫代婆婆管理丞相府，這個暫代，期限誰也說不準，畢竟婆婆年近七十了。

「是，三嬸。」凌景泉躬身道。

丞相夫人滿臉笑容，道：「素蘭呀，景泉已經十八歲，我們該給他相看妻子人選了。」景泉在丞相府的地位、在她心中的地位都不同以往了，親孫女既然已經嫁人，她要努力為這個孫子挑選一名出身名門大世家的嫡系小姐為妻。

崔氏含笑躬身，道：「母親作主便是，我這個做嬸娘的不便過多插手姪兒的婚事。」

丞相夫人很滿意三兒媳的識相，笑著點頭。

相府三名孫小姐上前給凌景泉行禮，稱呼他大堂兄。凌景泉被過繼出去，三房的嫡長子從此便是凌景海了。

凌景泉苦笑著接受妹妹們的稱呼，即使他的身分從親哥哥變成堂哥，依然還是她們的哥哥，以後要更照顧這三個妹妹才是。

第三十六章　覲見

十月初六，劉學士府派出媒婆帶著活雁和禮物到丞相府求親。丞相允親，劉府問名，舉行合婚儀式。十月初九，劉府納吉訂盟，送來活雁和綢緞喜餅。十月十二日納征，劉家的媒婆和劉姓族人送來了整整三十六抬聘禮，凌府寫下答婚書和禮書，並送去還禮。

十月十五日對誥命夫人們來說是個特殊的日子，如果沒有意外或者緊急的事情，都要進宮朝謁皇后娘娘。

清晨，肖文卿起了個大早，認真洗漱，梳妝打扮，戴上珍珠黃金翟冠，穿上大袖紅羅衫，披上蹙金雲霞孔雀紋霞帔。

凌家現在有三位誥命夫人，崔氏和肖文卿先去丞相夫人那邊請安，然後隨著她一起去垂花門，乘坐各自的四人抬女轎，帶著貼身丫鬟和一群家丁出丞相府大門前往皇宮。丞相府位於皇宮附近，他們一行人出門後一炷香時間便到了皇宮東側東華門，東華門外已經停了三、四十座精緻氣派的女轎，鳳冠霞帔、大袖朝服的眾命婦們三三兩兩低聲說話，等待時辰到，宮門開。

看到丞相府的轎子過來，她們有人毫不在意，有人停下說話看往這邊，有人開始走過來。丞相府的三座女轎停穩後，丞相夫人的丫鬟春香伸手將丞相夫人攙扶出轎子，後面兩座大轎子裡，崔氏和肖文卿也被各自的丫鬟扶出了轎子。

「凌夫人，妳來了。」和丞相夫人交好的兵部尚書夫人笑著說道，向一品夫人淺淺施禮。

「展夫人，妳今日來得比我早呀。」丞相夫人笑著說道，點頭還禮。

「展夫人，安好。」崔氏和肖文卿上前給和婆婆同輩的二品夫人行禮。

「素蘭、文卿。」兵部尚書夫人點頭道，關切地對肖文卿道：「文卿，妳身子康復了？」因為自己的嫡孫子展飛揚和凌宇軒同是皇上親口封的京城四俊，所以她對這個繪畫技巧和刺繡手藝相當不錯的凌四少夫人很有印象，頗有些關注。

肖文卿感激道：「展夫人，謝謝您的關愛，晚輩身子已經康復了。」

兵部尚書夫人面露善意的微笑，一語雙關道：「年輕人還是要多向長輩討教生活經驗呀。」

聽出她的話中話，肖文卿面孔微微一紅，謙卑溫順地低下頭。「晚輩年輕不懂事，以後有事一定多多詢問長輩。」

距離開宮門還有一段時間，丞相夫人便和相熟的夫人們談話，崔氏走入熟悉的同輩崔家女當中，肖文卿左右看看，朝一名夫人走去。

「文卿，妳終於開始進宮朝謁了。」那年輕夫人看到肖文卿主動朝她走去，立刻高興地迎上來。

「婉珍，好久不見了。」肖文卿微笑著福了福，道：「妳上次開賞菊宴，我答應了卻又失約，很對不起。」

「沒有關係，大家都知道妳病了，需要休養。」慕容夫人，原本的崔家三姑娘崔婉珍柔聲說道。她是崔家正枝嫡女，夫家是同樣門第高貴的慕容氏族。她成親比肖文卿早幾個月，到現在肚子半點消息都沒有，不知道是不是體質的原因，家裡人正在為她著急。聽到肖文卿不慎小產，她既同情肖文卿，又羡慕肖文卿至少證明自己能夠懷孕。

「婉珍，等十二月飄雪之際，我請大家去相府賞雪梅。」說完，肖文卿轉頭對剛才和崔婉珍說話的年輕夫人道：「婉玲，妳那時候可方便？」

趙夫人，原本的崔家六姑娘婉玲聞言立刻道：「文卿，妳的熱情我先心領了，我嘛，到時候再說。」崔家是京城最大的世家，崔家姑娘所嫁之人不是同樣古老的大世家，便是年輕有為、前途可期的青年俊傑。崔婉玲這個旁系嫡女，順利地嫁給一名五品官員。她已經懷孕五個月，像這種朝謁是可以暫停的了，只是她本性喜動不喜靜，害喜過後胃口好、精神好，便進宮朝謁了。

她們這邊說著話，沒過多久，沈重的朱漆大門向裡面拉開，一名穿著藍色太監服的中年太監尖著嗓子報時辰，高呼外命婦進宮覲見皇后娘娘。眾外命婦紛紛按照品階排好隊伍，等待站在最前排的五位一品夫人帶領眾人進宮。肖文卿認識了不少朝廷命婦，在眾多差不多服飾的命婦中找到兩名三品淑人，自覺地走向她們。

「凌四少夫人，這邊。」一名面容和善的中年婦人笑著低聲道，主動招呼肖文卿站到自己身邊。做官也是需要熬資歷的，高品階外命婦大多年過四旬了，像肖文卿這般年輕的三品夫人沒有兩個。被皇上讚譽的京城四俊，目前還只有肖文卿的夫婿身居高位執掌實權，甚至可以說她的夫婿在年輕官員中是一枝獨秀。

「管夫人，謝謝。」肖文卿沈穩端莊地走到那夫人身邊，點頭致謝。這位是通政使管大人的妻子，是和崔家諸位姑娘走得很近的管家姑娘的母親。

在走入三品命婦當中時，肖文卿經過人數最多的五品命婦，望見那人群中一個很熟悉的身影，何夫人。何夫人出身侯門，在肖文卿離開何府時她還是三品淑人。她的夫婿何長青因為瀆職罪，被皇上額外開恩降為戶部司務廳郎中，夫榮妻貴，夫婿被貶，妻子的命婦品階也會降，如今的何夫人只是五品宜人，和她大兒媳婦一個品階。

何夫人無意間和肖文卿的眼神相撞，老臉立刻露出微微的尷尬。她知道肖文卿就是春喜，被丞相之子娶為妻後，她就一直避免和兒媳婦昔日的陪嫁丫鬟相遇；只是京城就這麼大，她再怎麼逃避還是遇上了肖文卿，她慶幸自己以前沒有對肖文卿做過什麼，肖文卿也沒有故意走到她面前炫耀，她要是給這昔日的丫鬟行禮，老臉還能見人？

肖文卿看到何夫人，也無意和她說話，心中只嘆息世事無常，曾經高高在上，何御史府最尊貴驕奢的女主人，如今也泯然於眾命婦當中。看到何夫人，她覺得奇怪，為什麼不見何大少夫人？何大少夫人是五品命婦，有資格進宮覲見皇后娘娘，以前她還在何府的時候，何大少夫人唯一的社交機會就是每月進宮覲見皇后，只是因為何大少夫人不喜歡她，從不帶上她伺候。

眾命婦按照身分品階排成行列，跟著領路的司儀太監經過幾重宮門來到昭陽宮。昭陽宮正殿雕樑畫棟，朱紅柱子、明黃色的帷帳，太監垂頭躬身，宮女臉色凝重肅穆，鋪著紅毯的玉石臺階，兩邊半人高的鎏金龍鳳熏香爐中，熏香青煙裊裊，鳳凰展翅金絲楠木座椅上鋪著黃色錦緞軟墊，此刻空無一人。

眾命婦進入正殿，按照以往序位左右站好，等待皇后娘娘出來。肖文卿緊盯著前後左右的三品淑人們，如她們一般行走站立，不敢有任何多餘的動作。

不多時，大殿上後面有太監尖聲喊道：「皇后娘娘駕到——」

眾命婦立刻轉頭面朝那聲音的方向。一大群太監開道，拿著拂塵、沐盆、漱盂、提爐的眾多宮女簇擁著頭戴三龍六鳳金冠、身穿黃色大袖朝服、披著金雲龍紋霞帔的皇后娘娘緩緩走來。皇后娘娘搭著一名華衣大宮女的手坐上鳳凰御座，雙手平放在胸前，雍容華貴至極。

「臣妾叩見皇后娘娘，娘娘千歲千歲千千歲。」眾命婦等皇后端坐鳳凰御座後，齊齊向皇后娘娘跪拜行禮。

高坐皇后寶座的皇后娘娘淨白圓潤的面容帶著溫和親切的微笑，等眾命婦跪拜完後便道：「眾夫人免禮平身。」

「謝皇后娘娘。」眾命婦叩首道，各自起身。年輕的夫人們動作迅速，像丞相夫人、兵部尚書夫人這些六、七十歲的老人就起身艱難了。

「來人，給一品夫人和二品夫人們上座。」皇后高聲吩咐道。一、二品夫人都是朝中老臣、重臣的妻子，極少會出現年輕人。她話音剛落，在大殿後準備好的宮女們便魚貫而入，將手中捧著的束腰錦緞圓凳按左右次序放好。

「謝皇后娘娘恩典。」一、二品夫人們起身，按照往日的習慣各自坐下。

女人不議朝政，命婦們初一、十五朝謁皇后是一種榮耀，聚在一起說一些家長裡短的事情。丞相夫人起身向皇后上奏，今日她的四媳婦肖氏進宮朝謁皇后娘娘了，由於她前一陣身子不適，沒有在受封後馬上進宮叩謝皇后娘娘，請皇后娘娘開恩免她失禮之罪。

肖文卿剛想抬腳，身邊的通政使夫人便用手輕輕拱拱肖文卿的手臂，嘴唇輕嚅示意——快上前大禮跪拜。

肖文卿知道她好意提醒自己，微一點頭，從三品命婦中不疾不徐地走出來，拱手對皇后娘娘道：「臣妾，龍鱗衛指揮使司指揮同知凌宇軒之妻肖氏，叩見皇后娘娘，娘娘千歲千歲千千歲。」她說時，動作沈穩嫺熟到任何人都無可挑剔地跪下叩首。

「肖氏，妳抬起頭來讓本宮看看。」皇后娘娘說道，語氣溫和慈祥。

肖文卿緩緩抬頭，也看到了母儀天下的皇后娘娘。皇后娘娘如貴婦人們一樣保養得很好，面如滿月，身形豐腴，風姿雍容華貴，年近六十看起來只有四十五、六歲；她皮膚淨白水潤，妝容稍濃，狐狸眼依然風情萬種，只是眼角魚尾紋有些深，紅唇飽滿，嘴角上翹笑紋明顯。

「秀美溫婉，端莊淑儀，難怪凌同知心儀，捨京城眾多名門閨秀而娶之。」皇后俯視著肖文卿，笑道：「妳平身吧。本宮聽說妳前些日子身子微恙，現在可好了？」

肖文卿叩頭。「謝娘娘關心，臣妾已經好了。」說完，她徐徐起身。

「肖氏，本宮聽說妳有三個弟弟，而且還在同一場童子試中考中秀才，可是真的？」皇后娘娘和藹地問道。

「是的，娘娘。」肖文卿螓首微垂，站姿恭謹謙順。

「本宮聽說，妳最小的弟弟今年才十一歲，是西陵長河今年童子試的案首，九月為姊送嫁進京，他現在是否已經回去了？」皇后問道。

肖文卿覺得皇后如果想知道她弟弟的事情，早就知道了，現在問她也只是隨口找話說，便道：「娘娘，臣妾的小弟和劉學士家的兩位公子交好，目前就居住在劉學士府中。」學士府長公子是國子監助教，劉學士本身也飽讀詩書，所以她弟弟文聰寄住在劉府沒有落下功課，比住在丞相府好多了。

「哦，劉夫人，肖家小公子現在居住在妳府中？」皇后娘娘說道，目光轉向四品命婦中間。

被點名的劉夫人立刻出列走到正殿中央，對皇后娘娘深深福身，等皇后娘娘抬手示意平身，才起身回答道：「娘娘，臣妾弟妹肖氏的三弟肖文聰目前就居住在臣妾府中。」世家貴族彼此聯姻，像凌丞相家這樣，夫人、兩個兒媳、兩個女兒同是誥命夫人的還有好幾家。

「哦，他可如傳言中所說，聰明機靈，天才橫溢？」皇后娘娘笑著問道。

「回稟娘娘，那肖三公子確實聰明絕頂，有過目不忘之能，臣妾府中的藏書，已經被他記憶下了一半。他刻苦認真，平日和臣妾的夫婿、長子討論學問，不過畢竟才十一歲，缺少經驗和歷練。」劉夫人很中肯地評價道：「給肖三公子五年時間，他必然成為飽學之士，再讓他外出遊歷十年，必定能成為一代鴻儒。」

「世上果然還是有天才的。」皇后娘娘驚嘆道，隨即又問其他人，她們可見過那位小秀才。

「肖三公子眉清目秀、唇紅齒白，和凌四少夫人長得很像。他還是孩童，如果不是束髮紮秀才巾，穿書生袍，別人很容易把他錯認為女孩子。」

「肖三公子反應敏捷，凌四少夫人出嫁那天他被壓轎童男、童女刁難，連續做了兩首和夏有關的詩。臣妾的公公和夫婿聽了兩首詩，都說肖三公子有些才華。」

在肖文卿婚禮上和蔡佳玉出嫁時看過肖文聰的命婦們紛紛說道，誇讚小少年風采。

「遠在西陵的肖安人真是有福氣，所生一兒一女皆人中龍鳳，所養兩名義子也都是出類拔萃之人。肖安人為我大慶培養出三名年輕俊才，將來誥命夫人是少不了的。」皇后娘娘頷首說道。肖文卿之父生前是從六品知縣，之母是朝廷敕封的六品安人。

肖文卿有些窘，今日是她第一次進宮覲見皇后娘娘，結果大家居然一起討論起她弟弟了，果然，女人的母家實力是很被別人看重的。

皇后娘娘和眾命婦說了一陣子話後，就提到御花園初冬景致不錯，不如眾人去散步觀景。眾命婦朝謁皇后制度是男性政體的輔助，除了正禮，平常的朝謁就是話家常，交流感情，透過女人的陰柔稍微緩和各自夫婿在朝中的尖銳爭鬥。

御花園中亭臺樓閣花木扶疏、山水相映，一眾命婦三三兩兩，和自己相熟的命婦跟在皇后和一干高品階夫人後面遊覽著風光。

在御花園中遊玩的還有宮妃，看到皇后娘娘帶領眾命婦遊園，有的主動避讓，有的因為自家親人也在命婦當中，便派小太監過來請皇后娘娘准她們過來。本來命婦進宮，朝謁後、離宮之前可以去探望自己進宮的家人，皇后也沒有拒絕宮妃的請求。

一會兒工夫，崔貴妃來了，一眾命婦又向她行禮，然後諸多崔姓夫人們圍在她身邊說話。兩名妃子也前來，和各自的母親、嫂子、弟妹們相見；連何夫人都上前迎接一名四十五、六歲的宮妃，然後聚在一起說話。

做皇上也不容易呀！肖文卿和幾名相熟的夫人站在一邊觀望著，心中嘆息。皇上為了得到大世族的支援，平衡朝廷各方勢力，納了不少大姓妃子。由於過度講究門第和血統，那些進宮的嫡女們並不是個個貌美如花。

近午，皇后說累了，讓各命婦散去，今日朝謁就此結束，除了因為被宮妃邀請留下的命婦，其他人都各自打道回府。

丞相夫人和兵部尚書夫人肩並肩走在前面，她們兩家的媳婦、女兒便跟在她們身後低聲交談，她們帶進宮的丫鬟都默默地跟著。

從玄清宮牆附近的青磚大道經過時，右邊走來四名太監和兩名華服少年。

丞相夫人和兵部尚書夫人見到了，立刻停下腳步，微微俯身道：「見過十一皇孫殿下，十五皇孫殿下。」後宮成年皇子都搬出去了，只有未成年的皇孫可以隨意進出皇宮拜見他們的祖父和祖母。

「凌夫人，展夫人，諸位少夫人。」華服少年中年長的叫道，朝兩位年老的夫人拱手表示尊重，他的兄弟也如此行禮。

十一皇孫，十五皇孫。

隨著丞相夫人一起行禮的肖文卿，迅速回憶凌宇軒給自己的資料。十一皇孫，十四歲，趙王嫡長子，其祖母是德妃娘娘；十五皇孫，十二歲，皇太子嫡次子，其祖母是前皇后。排行第八的趙王堅定追隨皇太子，兩人的子女往來甚密；皇上今年六十八歲，後宮有品階的妃子共十五人，所生皇子、公主，目前存活的有二十人，皇子九人，公主十一人。眾多兒女造成孫輩成群，目前光皇孫就有十九名了。

「好久沒有見到兩位殿下，殿下們可好？」丞相夫人笑著寒暄道。

「謝謝夫人關心，我們都好。」十一皇孫說道，望望兩位老夫人身後的命婦們，問道：

「誰是凌同知的夫人？」

肖文卿一愣，上前兩步福身道：「臣妾就是。」她快速端詳兩位皇孫。他們面容不太相似，一個偏向國字臉，一個是明顯的鴨蛋臉，眉毛都很濃密，還都擁有一雙有些內雙的丹鳳眼。內雙丹鳳眼，又稱鳳眼，眼形細長，眼尾上翹，眼皮呈內雙，眼睛內藏不外露，光采照人令人不敢逼視。

十一皇孫興致勃勃地問道：「凌四少夫人，妳弟弟十一歲就考中秀才，真是厲害，連皇爺爺都誇讚。」他打量肖文卿。肖文卿此刻穿著和其他命婦一樣華貴端莊，看不出和其他年輕貴婦有什麼明顯區別，她微微低頭，態度謙卑，別人只看得到她面貌嬌美，膚色白嫩，雙頰紅潤。

「臣妾小弟只是資質稍強於普通人罷了，不敢受皇上誇讚。」肖文卿謙順地說道。

「我聽說他寄住在劉學士府上，好想有機會能見到他。」十五皇孫說道。

「皇孫天潢貴冑，臣妾小弟無緣拜見。」肖文卿道。文聰還小，她可不希望他把大好時間浪費在人情往來上，更不希望他和雖然顯貴但麻煩重重的皇子、皇孫牽扯在一起。

「嗯，十一哥，我們一起去找皇爺爺怎麼樣？」十五皇孫突然說道：「我上次聽皇爺爺向凌同知詢問過肖文聰的學業，好像很在意他。」

肖文卿聽了心中一驚，皇上為什麼這樣關注她的弟弟？

其他命婦聽了，心中羨慕肖文卿有個好弟弟，女人，娘家興衰決定她在夫家的地位。

兩位皇孫告辭離開，丞相夫人和兵部尚書夫人繼續帶著她們的女兒和媳婦朝東華門走去。

「所有的皇子中，皇太子容貌最像皇上，十五皇孫又酷似皇太子，所以皇上近些年很寵十五皇孫。」兵部尚書夫人說道。因為皇太子最像皇上，又是元后所出的嫡長子，所以皇太子即使生母早逝，皇后娘娘很努力地為她的嫡子秦王爭位，秦王殿下也禮賢下士，皇太子兩次被人揭了過錯，被皇上責罰過，可依然保有太子之位。

「展夫人，在宮中莫論宮中事。」丞相夫人輕咳一聲提醒道。隨著皇上的老邁，前朝後宮的爭鬥越來越激烈了，她們夫婿都拱手站在皇上一邊，不介入皇太子和秦王的爭位。

「嗯，我一時忘了。」兵部尚書夫人馬上道：「凌夫人，今年京城出現一種緹花面料，妳覺得好不好看？我打算選顏色適合的做幾件過年的衣裳。」

「我覺得還可以，過些天我們不如一起挑面料給府中的年輕女孩子做兩件新鮮樣式的衣裳，我孫女說了人家，我還要多挑些上等布疋給她做嫁妝。」丞相夫人說著，轉頭叫跟在身後的丫鬟春香過來扶她。她年紀大了，在府中的時候都拄枴杖，今天跪拜行禮，陪著皇后娘娘逛了一陣子，站著和其他夫人們說話，她現在腰瘆背痛。

她在叫春香的時候，凌三少夫人崔氏立刻上前伸手扶住她的一隻手臂，柔聲道：「母親，兒媳扶您。」

「母親。」差不多同時上前的肖文卿便扶起丞相夫人的另一隻手臂。

丞相夫人見狀，笑呵呵地對兵部尚書夫人道：「我的兩個兒媳都很孝順。」

「我們年紀大了，是到了享兒孫福的時候了。」兵部尚書夫人笑道，雙臂緩緩張開，她身後的兒媳們會意，立刻上前一左一右攙扶她。

婆婆慈祥、兒媳們孝順，好一副祥和場景。

眾夫人走出東華門，各自上轎回府。肖文卿回到福壽院，立刻坐到梳妝檯前，讓瑪瑙和綠萼給自己卸妝，拿掉頭上沈重的翟冠，脫掉身上繁瑣厚重的命婦大禮服，重新梳洗，髮髻上點綴兩支簪子，換上冬季的圓領襖裙。

因為水晶陪自己進宮，所以肖文卿吩咐她下去休息；瑪瑙和綠萼無事，便坐在堂屋角落裡打絡子、繡荷包。肖文卿喝了兩口參茶之後斜倚在美人榻上休息，習慣性地回憶自己在東華門走出轎子之後的言行舉止，看其中有沒有出錯，出錯之後可能產生的影響。

當回憶到兩位皇孫，肖文卿為凌宇軒擔心。他是皇宮裡的龍鱗衛頭領之一，還是皇上這幾年很寵信的大臣，皇子們在爭取支持勢力時肯定要拉攏他，他選擇一位就得罪另一位，他如果選擇錯誤，可能禍及性命；如果不選，老皇駕崩、新帝登基，局勢穩定後說不定會被秋後算帳。

輕輕嘆口氣，肖文卿柳眉緊蹙，宇軒現在看著無比風光，其實如履薄冰；如果他能求得皇上將他外放出京為官就好了，這樣雖然沒有以後的從龍之功，但不會有性命危險，還能保得一世榮華。

她要是勸宇軒遠走避災，宇軒肯聽嗎？富貴險中求，身為一個意氣風發的青年高官，又受皇上信任，手中還掌握一定權力，肯定要為將來爭取更多權利。

罷了罷了，嫁雞隨雞、嫁狗隨狗，他要如何她都默默支持他，萬一他得罪新帝性命堪憂，她生死相隨。

第三十七章　宅鬥

晚膳之後，凌宇軒照例拉著肖文卿去花園散步消食，兩夫妻肩並肩走在湖邊，欣賞湖面蕭瑟凋零的蓮莖殘葉。

「文卿，今日進宮覲見皇后娘娘可有緊張？」凌宇軒問道。

「有人帶著，那些命婦我之前就認識了不少，所以我並沒有多緊張。」肖文卿道。婆婆和她同輩的夫人們閒聊，三嫂和崔氏女們說話，晚來的大姊跟隨在她的婆婆身後，六姊來了之後和她說了幾句話便去找三嫂，因為她們兩家正在締結兒女婚約，有很多事情要談；她要不是從去年十一月分開始參加世家貴族之間的交際，認識了一些小姐、夫人，這次一定會很孤單。

「我聽說，皇后娘娘詢問了很多文聽的事情。」凌宇軒道。

「宇軒，為什麼聽說的人總是很多？」肖文卿輕笑道。「皇后娘娘是聽說，我和母親、三嫂、展夫人她們一起遇到的兩位皇孫也是聽說。」

凌宇軒聽了頓時笑道：「宮裡人都喜歡用聽說來表示自己也不是很確定提到的事情是否是真實的。

「文卿，妳遇到皇孫了？今早在宮裡的皇孫有五位，妳遇上哪兩位了？」他問道。在後宮眾人關係緊張的時候，他不想文卿被人利用來拉攏他。

「十一皇孫和十五皇孫。」肖文卿道。「當今皇上兒孫滿堂，皇族枝繁葉茂。」

「嗯，十一皇孫和十五皇孫相差兩歲，因為父親們來往甚密，他們就像親兄弟一樣親暱。」凌宇軒道。

「他們兩個對文聰很感興趣，想見他，說去找皇上想辦法。」肖文卿擔憂道。「宇軒，這會不會影響文聰的將來？」等文聰成年入仕途，老皇如果還在，身為宇軒小舅子的文聰也許會被迫介入皇位爭奪中。

「這事情沒人向我提到。」凌宇軒皺眉道。「皇上重用我，將我提拔為龍鱗衛指揮同知，我只管保護他、保護皇城；皇太子對我和和氣氣，秦王對我多有招攬動作。」

「我不懂那些事情，我只是擔心，皇上百年後，若你曾婉拒新帝，新帝記在心中，等塵埃落定會處置你。」肖文卿擔憂道。

「文卿，這些我都知道。」凌宇軒望著肖文卿柔聲保證道：「我不會有事的。」

望望習慣站在他們身後遠處的兩個丫鬟，他湊到肖文卿耳邊道：「皇上得知我們遇到青河道長的事情後很好奇，悄悄派密探把青河道長弄到京城來，給他、以及幾位皇子相面。」

肖文卿頓時瞪大了眼睛，年老的皇上居然相信這個，讓青河道長的相面結果影響他對繼承人的最終選擇！

「青河道長說只給有緣人相面，絕不破例。」凌宇軒道。「皇上有得是讓別人開口的辦法，青河道長最後被逼得無奈，就給皇上和其他幾位皇子相面，相面結果只有皇上知道。皇上認為青河道長相面很準、有神通，擔心殺他滅口傷天理、折自己壽命，讓我派人悄悄把青河道長送回長河鎮青陽觀，並留人監視他。

「皇上什麼也沒有告訴我，不過吩咐我在皇后和秦王、夏王、睿王身邊再多安插探子。」凌宇軒道。「夏王和睿王都在暗中支持秦王。」

繼任新皇不是秦王！肖文卿頓時明白了，喜悅地望向凌宇軒，既然宇軒多少猜到皇上的決定，他一定會在最關鍵的時候出手幫助皇上選中的繼承人，避免錯擁皇位繼承人。

一雙內雙的丹鳳眼！肖文卿望向凌宇軒的瞬間，看到了無比熟悉的丹鳳眼，好像！

宇軒，難道……公公對宇軒的格外寵愛，公公那可能讓家族內部出現爭嫡的糊塗決定……宇軒繼承家業出現不確定……皇上一直對宇軒很器重，宇軒升官快速賞賜多多，是朝中極少數未滿三十便擁有三品實權官銜的人，難道這僅僅因為他是丞相的兒子？

宇軒和上面的兄姊們歲數相差很大……凌家出現百官之首丞相、皇宮龍鱗衛指揮同知、大理寺右寺丞三名實權大官，這對上位者皇上來說，應該很不好吧？平衡凌家的是哪一股勢力？

肖文卿驚愕地望著凌宇軒的眼睛，覺得腦中瞬間出現的想法太天馬行空了。

「文卿，妳想什麼呢，好像很驚訝。」凌宇軒心細如髮，瞬間便察覺了肖文卿看自己的臉色有些不對，忍不住伸手撫摸她的額頭。

肖文卿覺得自己胡思亂想得太多了，宇軒若不是公公的親生兒子，公公豈能一直把他當繼承人悉心培養，還有把大量私產提前交予他？

「文卿，妳現在的眼神讓我想起我易容成趙大哥，妳發現我和他差別時候的眼神了。」凌宇軒用自己和趙明堂差不多偉岸卻瘦了些，於是更顯矯健頎長的完美身子擁抱住肖文卿，低聲道：「妳又從我的臉上發現了什麼，告訴我。」

肖文卿猶豫了一會兒，試探著問道：「宇軒，你知不知道，你的容貌身形和公公、三哥、景泉他們都不像？」

「哦，這個別人一看就知道了。小時候我也問過父親，父親說我像母家那邊的男子。」凌宇軒抿了抿嘴，語氣淡漠道：「等少年時，母親的兄弟到京城給皇上賀五十大壽，我發現我根本不像他們，於是開始懷疑自己的身世了，並為此問父親；父親只好告訴我，我其實不是母親生的，我繼承了過多生母的血統。我再追問我生母是誰，他三緘其口，最後被我纏得沒有辦法，只告訴我我生母是個舞姬，他在參加某家晚宴時一夜荒唐，然後那舞姬就有了。我生母難產而死，他草草將她安葬在亂葬崗，將我偷偷抱回來聲稱是夫人生的，當作家中的嫡幼子撫養。」

肖文卿立刻道歉道：「對不起，我不該提到這些的。」宇軒肯定對自己的不堪身世感到羞恥。

凌宇軒頓時輕笑起來，貼著肖文卿的耳朵道：「父親對我撒謊。我進入龍鱗衛後接觸到裡面的暗組，便根據父親說的某家追查過去，結果那個某家確實在我出生前招待過當時任戶部尚書的父親，只是那是在我出生前四個月。那個某家是從外省調到京城任職的，之前沒有招待過我父親，所以，我的生母究竟是誰，父親不肯跟我說實話。」

「父親寧願說你生母是舞姬也不願告訴你她是誰，肯定也是為了你好，甚至也是為她好。」肖文卿趕緊柔聲道。「我們別談這些了。」頓了頓，她道：「宇軒，兩位皇孫對文聰感興趣，找皇上想辦法，請你幫我注意一下。文聰還是個孩子，我希望他乖乖待在劉學士府中讀書，不要過早涉入大人的世界，更不要和皇子、皇孫有牽連。」

「嗯。」凌宇軒微微頷首。

「宇軒，我打算等晴嵐文定之後，請一些朋友到丞相府來玩，時間估計會安排在十一月或十二月裡雪後的晴好天。」肖文卿告訴他自己的決定。

「遊園賞雪梅，這個妳自己安排，只是母親是丞相府的女主人，丞相府後宅現在又由三嫂管理，妳在安排之前須知會她們一聲。」凌宇軒叮囑道。世家貴女、貴婦就是透過各種名義的聚會展開她們的交際，旁敲側擊瞭解朝中局勢，輔佐家族在政局風雲變化時屹立不搖。文卿以自己的名義邀請客人，不會花丞相府一文錢，母親和三嫂不會不同意，只是為了丞相府的面子，會不希望文卿讓別人知道他們小夫妻已經和丞相府分開單過了。

「我知道。」肖文卿頷首道。

在外面繞了兩圈，折了幾枝初開的紅梅，肖文卿帶著水晶和綠萼前往馨怡院。

「四少夫人。」在院子裡和屋簷下清掃擦洗的僕人、丫鬟見到肖文卿過來，紛紛向她躬身行禮。

「夫人可用過早膳了？」肖文卿走到屋簷下詢問站在那邊的丫鬟，她好像還是來早了。

「四少夫人，夫人正在用早膳。」這丫鬟回答著，殷勤地拉開擋風厚簾子請肖文卿進去。夫人年紀大了，每年過了十一月分屋裡就開始燒炭盆。

今日果然來早了一些，肖文卿暗道，進入屋內後，將手中採摘來的紅梅遞給主動迎上來的一名丫鬟。「夏香，妳拿去插入花瓶供夫人欣賞。」

「是，四少夫人。」夏香接過肖文卿手中紅梅走到屋子一角，找來花剪開始修剪肖文卿剛剛折來的新鮮紅梅，然後將隔夜的花束拿掉，將紅梅插入那大肚卷口彩繪花瓶，調整梅枝的角度與層次。

肖文卿將紅梅遞給夏香之後，上前兩步對丞相夫人行萬福禮，道：「母親，兒媳給您請安。」她自從出了小月子，每日的請安就沒有斷過，盡可能地不讓婆婆挑出刺來。

「文卿啊，今日很冷，妳還過來？」丞相夫人慈祥地說道。「快點坐下來喝一碗熱粥暖暖身子。」

「謝謝母親關懷，只是兒媳剛剛吃飽了。」肖文卿很委婉地說道。她現在不敢在這邊亂吃東西，即使知道那食物的明確配料，也是淺嚐一、兩口，絕不多吃。

「四少夫人，請坐。」丞相夫人的丫鬟春香說道，上前伸出手。

肖文卿便將身上的紅綢披風脫下來交給她。這屋子燒起了炭盆，比外面溫暖多了，只是裡面空氣不太流通，還點著飄渺悠遠的熏香，顯得有些氣悶。

「文卿，這是廚房新做的核桃花生粥，我覺得不錯，妳嚐兩口試試。」丞相夫人笑呵呵地勸說道。

同在一邊伺候的秋香馬上拿來了一套餐具，幫著肖文卿盛了一碗熱粥放到肖文卿面前，道：「四少夫人，請。」

肖文卿無奈，只好道：「那麼兒媳就卻之不恭，嚐嚐母親廚師的手藝了。」她看到那粥裡真的只放了核桃和花生，心中便放心了。拿起筷子低頭慢慢喝香噴噴的熱粥，她很謹慎地挾桌上搭粥吃的小菜，每一種只吃小半筷子，疑鄰盜斧，自從瞭解母親的惡意，她和宇軒對母親任何一個善意的舉動都抱有疑心。

丞相夫人眼角瞥見，嘴角掛著淡不可見的譏諷。

用完早膳，丞相夫人漱口擦嘴，肖文卿馬上吩咐丫鬟們把桌子收拾乾淨。她不敢大意，即使那核桃花生粥看得清配料，誰知道裡面是不是摻了眼睛看不到的東西，所以她只吃了小半碗就推辭說實在吃不下了。

丞相夫人坐到鋪著厚厚緞面軟墊的羅漢床上，招呼肖文卿坐在她身邊，道：「文卿呀，妳三嫂最近忙得像陀螺，妳如果沒有事情，不如就幫她打下手。過些日子劉府就會派人來請期定日子，妳三嫂現在一邊要管理府中的正常內務，一邊要籌備晴嵐的嫁妝；還有兩個月就要過年了，府中需要購買大量年貨；我凌家在外面的一些產業都開始陸續向府中當家人上交帳冊回報情況，她只一個人，我擔心她會忙壞了身子。」

肖文卿立刻推託道：「母親，兒媳的經歷您是知道的，很多事情兒媳都是半路學習，目前管自己的福壽院都感覺吃力，實在沒有能力幫三嫂。府中的事情一直都是母親您在管理，雖然父親捨不得母親繼續辛勞，但母親還是可以指點三嫂一二的。」

「我老了，所以妳公公才會讓我歇息，不讓我為瑣事煩心，我呀，歇下來才知道頤養天年是如何的舒坦。」丞相夫人笑著將一隻胳膊擱在羅漢床的桌几上，微微傾身對肖文卿道：「妳就幫妳三嫂一陣吧，我瞧她人都變瘦了。」

肖文卿笑道：「母親您耳聰目明，皮膚白嫩光滑宛如雙十少女，哪裡顯老了？三嫂上次還說過了今年就要開始給您老人家做大壽，兒媳瞧著母親您走出去，別人還以為您是四十來歲的人呢。」母親過年就六十九了，按照民間過十不過九的習俗，明年要給她做七十大壽。

老年人一邊嘆息歲月不饒人，一邊很想證明自己不老，肖文卿的話讓丞相夫人聽得很是舒心，儘管她清楚地知道肖文卿誇大其辭了。「文卿啊，妳的小嘴像抹了蜜一樣甜。」她笑道：「言歸正傳，我看著妳三嫂真的很忙，妳也別偷懶，幫妳三嫂忙過這陣子。」

肖文卿搖搖頭，熱情建議道：「母親，您忘了您的孫女晴嵐不成？她要嫁的是翰林世家的嫡長子，必須懂持家之道，您應該讓晴嵐分攤三嫂最近的事務；至於所需的繡活，如果晴嵐不介意，兒媳可以幫她做。」前幾日女眷們聚在一起商談晴嵐嫁妝的事情，三嫂就說到晴嵐的嫁衣和繡活。

「晴嵐她最近忙著繡嫁衣，眼睛都熬紅了。」丞相夫人笑著搖頭道。「每個新娘子都希望穿自己或者母親親手繡的嫁衣出嫁。」

「那兒媳等一會兒去晴嵐那邊瞧瞧，看能不能幫她做點什麼。」肖文卿道。

「嗯，那妳就過去看看好了，遇上妳三嫂就順便問問她晴嵐嫁妝籌備得怎麼樣了。」丞相夫人笑著頷首，光滑富態的臉上滿是祖母的慈祥。

突然間，外面丫鬟道：「三少夫人安好，孫大姑娘安好。」

三嫂和晴嵐來了。

肖文卿立刻起身走到一邊面對房門站著。

堂屋的防風布簾被拉開，穿著碧霞圓領雲紋錦衣和深青色長裙，披著深青色團花披風的丞相府三少夫人，帶著身穿水紅色圓領衣石榴紅百褶裙，披紅色披風的凌晴嵐進來了，身後跟著她們的貼身丫鬟。

「三嫂。」肖文卿迎上去淺淺一福。幾日不見，三嫂看起來確實清減了不少，不過眼神熠熠，精神抖擻，舉手投足隱然有了當家主母的意氣和自信。

「弟妹也在呀。」崔氏笑著點頭還禮，然後脫下身上披風交給身邊的丫鬟，走到丞相夫人跟前福身，道：「兒媳給母親請安，母親安好。」她現在也每日過來請安了。

凌晴嵐脫下身上的大紅繡金撒花緞面披風遞給丫鬟，優雅娉婷地對丞相夫人福身道：「孫女拜見祖母，祖母萬福。」她梳著少女垂鬟分肖髻，髮髻上簪了兩根紅玉梅花金簪，兩朵粉紅色的牡丹小絹花，看著就能讓人感覺她周身流溢喜氣。

丞相夫人一頷首，笑道：「妳們起身吧。素蘭妳今日過來得好早；晴嵐啊，妳快要出嫁了，做女紅別天天熬夜，否則出嫁那天就不漂亮了。素蘭，再過幾日劉府就要派人過來請期了，妳準備得如何了？」她慈愛地望望凌晴嵐，道：「晴嵐是丞相府的嫡長孫女，嫁妝一定要體面。」

崔氏立刻道：「母親請放心，兒媳一定把晴嵐風風光光地嫁出去，不讓她夫家挑出任何瑕疵來。」

凌晴嵐聽到母親和祖母討論自己的嫁妝，害羞得微微垂下螓首。

「我庫房裡有不少各地運到京城出售的上等面料，還有宮裡娘娘賞賜的各種綾羅綢緞，我等一下讓人挑一些顏色鮮豔活潑的給晴嵐。我年輕時候攢了一些珍稀玉石，過幾天我挑出翠玉、紅玉和黃玉給晴嵐打造三套款式新穎的頭面。」丞相夫人很慷慨地說道，雖然這些遠比不上她給親外孫女蔡佳玉的，但也是大手筆了，非常符合她當祖母的身分。

崔氏立刻激動道：「晴嵐，還不快謝謝祖母。」黃金對他們這等人家來說不稀奇，稀奇的是那些美麗的寶石。

凌晴嵐驚喜祖母的慷慨，立刻起身給丞相夫人福身，道：「孫女謝過祖母。」

肖文卿見婆婆出手闊綽，立刻盤算她和宇軒的庫房珍藏。

「晴嵐，妳小叔叔是個很大方的人，給妳表姊佳玉的添箱分量很重，妳是他嫡親姪女，添箱應該不會比給佳玉的少。」丞相夫人笑咪咪道。

肖文卿頓時一怔，宇軒送給佳玉的是皇上御賜的一對價值連城的翡翠麒麟，宇軒送那個是為了緩和他與母親、大姊的關係，讓她嫁入丞相府後好過些。佳玉是外姓外甥女，晴嵐是自家姪女，宇軒出的添箱還真不能厚此薄彼。「母親，三嫂，晴嵐是兒媳和宇軒的親姪女，送她的添箱肯定不會輕。」她欠欠身，柔聲說道：「宇軒倒是還有兩件皇上御賜的賞玩之物，只是都比不上皇上御賜、宇軒又轉送給佳玉的翡翠麒麟，所以具體要送什麼，我們兩個會商量商量，盡可能做到不厚此薄彼。」

皇上御賜的珍貴物品朝臣家能有幾件，皇上賞賜之物隨意送人也不太好。崔氏和凌晴嵐都理解肖文卿的話，也不指望宇軒和文卿能送出等價於翡翠麒麟的添箱，不過既然承認姪女比外甥女親，他們夫妻給的添箱就不會太少於送給佳玉的。

被婆婆用三套花錢就能置辦的首飾換去一個不小的承諾，肖文卿心中不悅，嘴角勾起淺淺笑意，道：「三嫂，母親瞧妳最近忙得人都清減了許多，很是擔心妳的身子，勸我幫著妳度過年前這段忙碌日子。」

崔氏頓時微微一愣，立刻滿臉笑容道：「母親關心兒媳，兒媳感激不盡，如果弟妹願意幫助愚嫂的話，愚嫂再高興不過了。」

丞相夫人聽著她們妯娌談話，神色自若地說道：「素蘭呀，我凌家家大業大，每年年底都忙得人仰馬翻，大家都說文卿聰明，所以我想讓她暫時幫妳一下。」

崔氏立刻溫婉地說道：「謝謝母親關心。弟妹，如果妳有空，不如就過來幫幫愚嫂。」

「三嫂，母親太抬舉我了，我的經歷妳也知道，我只跟六姊學過幾天，哪裡真懂得管家和馭下。現在我連福壽院的事情都還沒有理順，經常給管事的丁伯增加麻煩呢。」肖文卿難為情地笑笑，道：「三嫂，妳是崔氏嫡女，中饋是自小就學的，丞相府的中饋妳可以管得很好；如果妳目前真覺得忙，我建議妳把晴嵐帶在身邊做幫手，女兒幫助母親是天經地義的事情。」她轉頭對凌晴嵐道：「晴嵐，嬸娘最擅長的也就只有女紅了，如果妳那邊趕不及，不如讓嬸娘幫妳怎麼樣？妳也好挪出時間跟著妳母親學習管家之術、馭下之道。」

凌晴嵐聽了，轉眼望向她的母親。母親可願意？管著三房小家的母親以往只偶爾說一些，並沒有認真教導她那些。

聽出肖文卿目前沒有爭權的意思，崔氏笑著點頭道：「文卿說得很有理。晴嵐，妳暫緩繡被面了，先跟著我在府中學習中饋。」

「是，母親。」凌晴嵐立刻起身給母親行禮，心中感激嬸娘提醒了母親，給她創造了學習機會。

丞相夫人觀望著，臉上一直流露嫻靜慈和的笑容。

想起自己前些日子的決定，肖文卿道：「三嫂，十一月下旬或者十二月中、上旬的時候，如果下雪，我打算邀請一些客人到相府遊園賞雪梅，到時候我要給三嫂增添麻煩了，還請三嫂見諒。」客人的招待花費肯定都是福壽院所出，只是福壽院畢竟是居住的院子，招待不了一批客人，所以她必須用到府中的花廳、膳廳和花園。

「弟妹，妳第一次正式邀請客人到府中做客，我怎麼會嫌麻煩呢？」崔氏笑道。「不知道妳要邀請哪些客人，我好有個準備。對了，弟妹，到時候妳別忘了把晴嵐帶在身邊。」由於宇軒和劉夫人的精心安排，弟妹在嫁入丞相府之前就結識了一些世家貴女、貴婦；婚後的誥封喜宴和蔡府嫁女，她和那些貴女、貴婦的關係更親密了，現在發帖子請客，那些人不會不賞光親自來。這個時間很巧，鮮少應酬的晴嵐正好能結識一下那些貴女、貴婦。

「三嫂放心，那一天，我肯定會請晴嵐幫著我招待客人的。」肖文卿道。「具體請客單子我還沒有擬定好，不過佳玉、雪怡郡主，出身崔家的慕容夫人、趙夫人，蔡家四姑娘、展家二姑娘、管通政使家之女、龍家三姑娘，我肯定會發帖子去請的。」這幾位都是從最初開始就幫助她的貴女，六姊家的兩個女兒太小了，還不適合被邀請，否則這一次也請了。貴女、貴婦之間相互攀比，某些人如果不被請就會覺得自己被疏忽冷落了，以後也會有意無意地疏離那疏忽冷落她的人，所以請客是一門很深的學問，需要處處兼顧。

崔氏滿意地點頭道：「弟妹放心地邀請吧，她們只要有空肯定會來。」

「謝謝嫜娘。」凌晴嵐起身朝肖文卿行禮，白嫩的臉上露出興奮之色。嫡貴庶卑，她以前是庶女，母親從不帶她出門應酬，她幾個有來往的也是親戚家的庶女。

「晴嵐，妳是相府的嫡孫女，出嫁後是劉學士府的嫡長媳，以後有得是結交朋友的機會。」肖文卿笑吟吟道，她籌辦踏雪賞梅會是為了增進和貴女、貴婦們的友誼，晴嵐是順帶，受人滴水之恩當以湧泉相報，六姊去年熱情引導她，她現在幫助她的兒媳婦是應該的。

好像想起她們談得太熱乎，疏忽了婆婆，肖文卿對丞相夫人道：「母親，兒媳以前也和佳玉提到要在冬季籌備個賞雪、賞梅會的，她接到兒媳的帖子一定會來，您老人家正好和佳玉多說說話。」

丞相夫人頷首道：「嗯，佳玉出嫁兩個月了，我怪想念她的。」她擔憂道。「太師府的生活不知道她過得慣不慣，我聽說她的婆婆脾氣不是很好。」

「母親，太師府家規嚴謹，那李子皓性情溫和恭順，對佳玉肯定很好。」肖文卿道：「李子皓之母雖說身體不好，佳玉需要到她面前伺候，但郡主娘娘身邊伺候的人還會少？佳玉其實不需要做什麼的，母親放心好了。」那位郡主娘娘很少出門應酬，所以肖文卿到現在也沒有看過她。

「嗯，希望是這樣。」丞相夫人道。李太師夫人前些年過世了，李太師沒有續弦也沒有扶正任何一個妾室，太師府少夫人郡主娘娘又身子骨兒弱，京城貴婦人很少和太師府女眷往來，她現在都沒有去太師府看孫女的藉口。一品夫人主動上門探望出嫁的外孫女，一次可以，經常的話有失身分。

看到丞相夫人臉上隱藏不住的擔憂，肖文卿和崔氏心中都暗嘆，婆婆關心親生女兒和親外孫女是真心，可是對沒有血緣的兒孫們就冷淡寡情了。她的媳婦也是人家的女兒呀，媳婦們的母親也如她一般為自己的女兒擔憂著。

官員的休沐日又到了，凌宇軒擁著肖文卿一起賴床，不如平日那樣早起練功。深藍色天鵝絨遮擋的寢床上，充斥男歡女愛後獨有的馥郁女香和男子淫靡麝香。

肖文卿依偎在他懷中，等氣息平穩之後道：「宇軒，今日我們出門怎麼樣，我好久沒有見乾娘了。」

「好。」閉著眼睛休憩的凌宇軒道，低沈的嗓音裡還殘留著情事之後的嘎啞。

肖文卿建議道：「我們上午去乾娘家，午膳上酒樓，午後逛逛，再去劉府看望六姊和我弟弟。」乾娘的孫女有兩個多月大，眉眼應該長開了，她希望她長得更多像她大嫂而不是她大哥。

「嗯，我陪妳。」凌宇軒柔聲道，手掌在她纖細的柳腰處愛憐地揉捏著。文卿每天早晚散步、盪秋千，和丫鬟們踢蹴鞠，纖腰比以前柔韌了些，春季是萬物復甦的季節，她正好開始孕育他們的孩子。

「我們從花園小門出去逛街怎麼樣，走累了在路上雇轎子。」肖文卿道，出門帶上一堆下人講排場就沒有自由，而她想的是能和宇軒如平民夫妻那樣自由地走動。

「一切由夫人作主，為夫會把銀子帶足。」凌宇軒戲謔道，手掌用勁抓了一把她的纖腰。

「哎呀，輕點。」肖文卿嬌嗔道，屈起膝蓋，用光潔小腳狠狠蹭了幾下他的小腿肚。

對她的「以牙還牙」，凌宇軒心花怒放，立刻毛手毛腳起來。他是強健武者，體力相當好，稍事休息就可以再戰；既然她都可以挑逗他，說明體力也恢復得差不多了，那麼他可在起床前再索要一次那銷魂滋味。

「啊，宇軒，你，真是……貪吃的……」肖文卿嬌笑道，半推半就。雖然擁有一個精力充沛的熱血夫婿，她有些疲於應付，但她絕對不會讓其他女人分擔她這甜蜜的負擔。

「猛虎，豹子。」凌宇軒激切地動手開吃，嘴裡如此回答自己的小嬌妻。

第三十八章 熏香

日上三竿，凌宇軒才起身穿上衣裳出去開門，讓在外面等待很久的小廝和丫鬟們進門。

小廝福安、福寧和丫鬟水晶、瑪瑙、綠萼等人習以為常，進來後給主人們行禮，立刻開始伺候他們洗漱更衣。

肖文卿雙腿虛軟地由丫鬟們伺候自己洗漱更衣，最後急不可待地坐到梳妝檯前由水晶幫她梳髮盤髻。她很懷疑自己今日上午的逛街計劃是否能實行，會不會走不到幾步路就需要雇請軟轎。

「夫人，您越來越美麗了。」水晶促狹道，拿著紫檀木梳子一下又一下地梳理肖文卿那絲般柔順的烏黑長髮。比起成親前，肖文卿如今肌膚雪嫩吹彈可破，雙頰白裡透紅、紅裡透粉，雙眸秋水盈盈，眼梢蕩漾旖旎風情，身形穠纖合度，舉手投足隱隱散發少婦嫵媚，如被雨露精心澆灌而盛開的牡丹花。

「貧嘴。」肖文卿嬌羞道，立刻看到黃澄澄銅鏡中的年輕少婦嬌美臉龐露出幸福甜蜜的笑容。

「是，奴婢說錯話了。」水晶笑嘻嘻道：「夫人今日梳個傾髻好不好？戴金鳳步搖很好看。」

「今日不用了，妳挑支小點的銀鳳步搖就行，我和大人要素裝出門。」肖文卿道。鳳凰為皇族專用圖案，不過高官女眷使用偏鳳首飾不算逾制，能戴在正面的鳳凰首飾只有皇族女眷，鳳凰尾翎的個數代表她們在皇族中的身分和地位，皇后戴的是朝陽九鳳掛珠釵冠。

水晶嫻熟地替肖文卿梳好傾髻，挑了一支三尾翎嵌大顆珍珠鳳凰步搖斜插入她的右邊髮髻中，左邊便點綴了一支古樸的素銀蝴蝶流蘇簪子，腦後壓了一把小巧的雕花銀髮梳。因為肖文卿戴得素，站在一邊的瑪瑙便從梳妝檯下的抽斗取出一個首飾盒打開，從裡面挑選出一對珍珠銀耳環和配套的珍珠項鍊、手鏈。

「小姐，姑爺又要帶您出門玩嗎？請帶上奴婢們好不好？」綠萼經過梳妝檯時說道，她負責整理床鋪，手中捧著的是剛剛換下來的床單和被子。

「嗯，如果妳們手頭沒有事情，就和我一起出去透透氣好了。」肖文卿笑道。「妳們是我的貼身丫鬟。」宇軒說了，他會帶上一個便衣侍衛。她當時就提到，希望他把南飛帶上，因為她發現水晶對那個南飛有些特別關注。

「謝謝小姐。」綠萼高興地說道，興沖沖地把手中的髒被單和被子捧出去交給一個二等丫鬟，讓她送到洗衣婦那邊清洗。

凌宇軒帶著肖文卿和一名侍衛、三個丫鬟從花園一處偏僻小門出丞相府，再從小巷子拐到大街上。

「我們一路逛過。」凌宇軒道，再次詢問披著普通青緞面披風的肖文卿。「妳可穿得暖和？」

樸素外衣裡面穿著上等狐裘的肖文卿輕笑回他，她穿得很暖和，倒是看他只穿一件圓領刺繡的銀灰色素袍替他感覺冷。

頭戴藍色秀才頭巾的凌宇軒立刻回答她，他武功內外兼修，哪怕是臘月寒冬也敢赤膊。

「這條大街向東走就是德昌街，商鋪林立。我們向東，可以逛賣胭脂水粉的寶香齋、專門訂做首飾的巧心樓、萬卷書齋、張記百味蜜餞鋪……」肖文卿一一介紹道。她出門坐轎子，有時候會從轎子窗簾縫隙看外面，從而記住了這些。

「今日小生專門陪娘子遊玩。」凌宇軒文質彬彬地拱手給肖文卿作揖，就好像他是一名書生。不過他確實是書生，而且還是一名秀才，他十六歲參加過京城的童子試，是那一屆的第十二名，只是他得了秀才功名之後便從軍進了鳳凰山黑衫軍軍營，從此走武官之路了。

肖文卿嫣然一笑，輕輕福身還禮，道：「妾身就多謝相公了。」官家夫人喜歡叫夫婿大人，民間婦人則叫夫婿名字、相公、或孩子他爹。

水晶和瑪瑙見他們夫妻相敬如賓，情深意重，大人對夫人從來不擺架子，很是羨慕夫人。綠萼望著，眼中流露幾分惆悵。

「娘子請。」凌宇軒伸手指路，轉頭對身後的南飛道：「南飛，你保護三位姑娘。」

「是，大人。」南飛抱拳行禮，然後走到三名丫鬟身後。因為凌宇軒要求他著便服，他今日穿上了圓領束腰藍色長袍，腰間佩一把長劍，於是那年輕的娃娃臉顯得頗有朝氣，而非如穿黑衣侍衛勁裝時的冷硬。

「相公請。」肖文卿道，和凌宇軒肩並肩一起朝趙家所在的京城東片平民區走去。

十一月的京城很冷了，沒有事情的人紛紛躲在家中，只有那些為生計奔波的人頂著寒冷辛苦著，不過畢竟是京城，主街上依然熙熙攘攘。穿著樸素但質地上等的衣袍的凌宇軒和肖文卿帶著丫鬟、侍衛走在街上，絲毫不引起別人過多的注目。

「我們四個進去看看胭脂水粉，你們進去還是在外面等？」走到專門賣高級胭脂水粉的寶香齋前，肖文卿問凌宇軒道。她覺得和陪女人們挑選胭脂水粉相比，宇軒更願意站在門外觀察街上來來往往的行人。

「今日我陪妳，自然也要陪妳到底。」凌宇軒笑道。他是男人，對胭脂水粉不感興趣，不過既然文卿要進去，他就陪她好了。

站在門口吹寒風的店小二看到一對年輕夫妻帶著丫鬟和身分難辨的年輕男子停在自己店鋪前，立刻上前招呼，道：「客人們要買胭脂水粉？我們寶香齋的胭脂水粉是全京城最好、最全的。」

凌宇軒不理睬他，領著肖文卿等人進入寶香齋。寶香齋掌櫃見客人進來，立刻熱絡地問道：「公子要給小娘子買胭脂水粉？」寶香齋賣的是高級胭脂水粉，往日只有小姐、夫人們會來買，這幾日天冷，小姐、夫人們都懶得出門了，於是寶香齋這些天生意很是清淡。

凌宇軒微微點頭，主動讓開位置，讓肖文卿和三個丫鬟站到櫃檯邊。

寶香齋掌櫃見狀立刻問肖文卿。「這位小娘子，您有沒有特別喜歡的胭脂水粉？」眼前的少婦打扮穿著都很素雅，不過首飾做工精美，衣服質地上佳，一看就是有身分、有地位、有修養的人家出身。

肖文卿搖搖頭，道：「沒有。掌櫃的，麻煩你拿一些其他女子喜歡的胭脂和水粉出來讓我瞧瞧。」

「小娘子請稍等。」掌櫃聽了，立刻索利地從貨架的櫃檯上拿來七、八個小盒子，這些大小不同、形狀不一的盒子，有的是燒瓷盒，有些是包錦緞的木盒。

肖文卿伸手拿過一個藍瓷小圓盒，輕輕打開，看裡面胭脂的顏色、氣味，然後遞給身邊的水晶，道：「妳們三個也挑挑，喜歡就都買兩盒回去。」

水晶接過來低頭看，瑪瑙和綠萼便湊過來等待。肖文卿笑道：「掌櫃的，你再多拿幾盒胭脂水粉出來。」

掌櫃的見這位少婦身邊的丫鬟也要買，立刻高興地又取出幾種胭脂和水粉，熱情地介紹道：「小娘子，這些都是上個月新進的，胭脂顏色多樣，水粉細膩潔白，都香氣宜人。」

他主動打開一個小錦盒，道：「這是玉女桃花粉，裡面用了益母草、蚌粉、殼麝，敷在臉上肌膚會淨白細膩。」

他又打開一盒水粉，道：「這是茉莉珍珠粉，裡面加了白色茉莉花和珍貴的東海珍珠。」

肖文卿接過他介紹的茉莉珍珠粉，聞了聞，道：「是有淡淡的茉莉花香，不錯，你拿四盒來。」說完，她又遞給身邊的水晶，讓她也聞聞。

掌櫃見肖文卿連價錢也不問，連忙又拿出三盒茉莉珍珠粉，然後更加熱情地介紹胭脂和水粉。

當聞到一股飄渺悠遠的香氣，肖文卿問道：「這胭脂的香氣有些獨特。」這和她新婚時房中的熏香氣味有些相似，婆婆屋裡到現在也一直使用這種熏香。

掌櫃看看肖文卿手中的胭脂盒，解說道：「這是藏紅花的香氣，聞著解鬱安神。」

「藏紅花？」站在肖文卿身後的凌宇軒聽了頓時一愣。「我記得藏紅花會致婦人流產，怎麼能摻在胭脂裡讓婦人用？」他在宮中就聽說過藏紅花的事情，只是從來沒有接觸過。

「公子，藏紅花原產於西域，可做藥材，主治心憂鬱積、活血通經，孕婦用量過多確實會流產。」掌櫃連忙解釋道：「藏紅花的花一直都用來做胭脂的，胭脂裡面的藏紅花汁液不多，而且經過反覆處理，孕婦經常使用、不小心吃進嘴裡也不會流產。」

肖文卿若有所思，問道：「掌櫃，藏紅花既然有香氣，那麼就可以做香料了，如果年輕女子長期使用藏紅花熏香，可會流產？」

「這個……我只是賣胭脂水粉的，對香料瞭解很不全；不過我曾經聽說，某些熏香裡摻了麝香、藏紅花之類的辛香料，女子長期使用後會無法受孕，受孕後也會很快小產。」掌櫃很謹慎地回答道。

水晶、瑪瑙和綠萼呆呆地望著肖文卿手中的那盒胭脂，心裡很緊張，那盒胭脂用上了藏紅花，雖然掌櫃說不會導致孕婦流產，夫人還是別碰為好。

肖文卿剛想放下那盒顏色稍微偏紫色的紅胭脂，凌宇軒伸手拿過，放到鼻端聞了聞。雖然很淡，但氣味確實很像，凌宇軒面容冷峻，雙肩緊繃。

「宇軒，別想太多了。」肖文卿轉身柔聲道：「我們不懂香料，不能分辨出複雜的香味來，這盒胭脂的香氣只是稍微有些像那種熏香，不能就此說那熏香裡有藏紅花。掌櫃說藏紅花主治心憂鬱積，那麼加了藏紅花的熏香應該有散憂寧神功效，是多數人常用的熏香。」

「嗯。」凌宇軒低聲道，什麼也沒有說。

不管他們新婚之初房中使用的熏香裡面是否摻有藏紅花，凌宇軒和肖文卿心情都不好了。

水晶、瑪瑙和綠萼聽到肖文卿提到熏香，想到她們曾經在夫人房中燃燒的熏香，又聯想到丞相夫人利用食補害夫人小產，都噤若寒蟬。

買了十幾盒胭脂水粉走出寶香齋，肖文卿很冷靜地說道：「宇軒，我們等一下要去乾娘家，你別板著臉了。」新婚不久，她去拜訪三嫂，三嫂提到熏香裡多少都含有活血成分，出於謹慎便將自己房中的熏香全部收起來，用三嫂送的乾燥花做香囊，而房中從此不再使用熏香。她聞那可疑熏香不到十天，根本達不到長期使用的效果；雖然現在婆婆屋裡還在使用那種熏香，但她每日過去請安，時間都不是很久，應該不致影響身子。

「母親……」凌宇軒冷冷道。

「宇軒，那事情已經過去了。」肖文卿柔聲勸道。

「嗯。」凌宇軒抬頭深吸一口氣，英俊的臉上滿是笑意。「娘子，我們走吧，去前面的商鋪看看，我們總不能空手去拜見乾娘。」彷彿之前根本沒有聽說過藏紅花的事情。

他情緒轉換之快，頓時讓從未見過他這樣的水晶、瑪瑙和綠萼看得一愣一愣的。

肖文卿知道凌宇軒擅長易容，會模仿別人行為，可親眼看到還是有些吃驚，連忙問道：「宇軒，你沒事吧？」

「沒事。」凌宇軒負著手左右望望，道：「前面就是萬卷書齋，我們進去買些書。」說完，他往那邊走去

「好。」肖文卿趕緊跟上他。

「大人心情極不好，妳們三個要當心。」一直跟在大家身後的南飛突然低聲提醒道。他跟隨大人有三年了，大人的脾氣他也知道一二。大人精通易容，善於偽裝，久而久之別人的性格也影響到他的性格，現在大人心中憤怒，可是怒氣無處發洩，只好轉變性格，不讓自己的憤怒無意間發洩在身邊的人身上。

瑪瑙膽顫心驚地望望凌宇軒，回頭道：「謝謝你提醒我們。」

水晶轉頭凝望南飛，就看到他正在看自己，明亮的雙眼流露關切，於是心陡然一動，他

好幾次都表現出對她的關心，他是否對她有好感？

「大人很理智，不會遷怒妳們的。」南飛對水晶柔聲說道。

水晶聽罷，朝著他嫣然一笑，陡然感覺雖然現在是冬季，但她明顯感受到了春天的氣息。

沈重奢華的描金彩漆拔步床內，深藍的天鵝絨床幃如湖水波浪那般抖動，女子難耐的呻吟和男子壓抑的粗喘交織成古老原始的聲音。

「文卿，文卿……」凌宇軒激情地喊著妻子的名字，開始朝情慾巔峰衝刺。

「宇軒，啊，輕點……」肖文卿叫道，因為激吻而紅腫的唇瓣急促吐著熾熱的氣體，那汗濕的雪白嬌軀開始抽搐痙攣，泛起大片大片的紅潮。

「文卿！」令人窒息般的快感如排崖海浪一波強過一波，奮力的凌宇軒終於承受不住，在即將爆發的緊要關頭，強忍著要抽身。

「宇軒，別……給我……孩子……」已經癱軟無力的肖文卿雙手緊緊抱住他肌肉緊繃的後背，修長的雙腿用力夾住他精瘦的窄腰，將他禁錮在自己身上。

「哦……」來不及撤出的他仰臉嗄啞嘶吼，將豐沛的生命種子噴灑在她身體最深處，那滿是汗水的俊臉似嗔似喜，額角青筋突突暴跳，汗水沿著臉龐滑下優美的下巴，一顆一顆滴在她顫抖的嬌軀上。

「宇軒，哦，宇軒……」她仰著螓首呻吟破碎地說道，媚眼如絲，嬌顏酡紅如醉，幾縷青絲黏貼在她汗濕的臉上，更增添了她少婦的「媚」。

「文卿，這樣妳會懷孕的。」他憐愛地說道，俯視身下嬌媚到極致的她，雙肘撐在她雙肩處，汗濕的額頭抵住她同樣汗濕的額頭。

「宇軒，我身子已經完全好了，我想要你的孩子。」肖文卿伸展皓臂環住他的脖頸，道：「我想要孩子。」從嫁給他那一天起，她就渴望擁有融合他們兩人血統的孩子。

「呼……」凌宇軒吐著一口熱氣，陡然倒在她身上，撫摸她貼在汗濕臉龐上的凌亂青絲，他憐惜道：「好，我都聽妳的。」

「宇軒，你會喜歡女兒嗎？」肖文卿柔聲問道，半迷離的媚眼深情地凝望著凌宇軒。

拿出準備好的毛巾將她和他擦乾淨，凌宇軒拉過被子蓋住彼此，情意纏綣地柔聲道：「只要是妳生的，我都喜歡。我們的女兒，肯定比趙大哥的女兒可愛、漂亮。」

肖文卿如柔順的貓咪偎在凌宇軒寬厚結實的懷中，呢喃道：「宇軒，要是……萬一，我因為小產不能生……」

凌宇軒摟著肖文卿纖腰的手臂一緊，果斷道：「向我三哥要一個兒子！」

肖文卿頓時笑了起來，道：「三哥已經過繼掉一個兒子了，肯定捨不得再過繼個兒子出去。」

「我又沒有搶他的嫡子，他有什麼捨不得的？我把他的庶子過繼來當嫡子養，將來還會留給他庶子偌大家業，他有什麼不滿意的？他現在還有兩個兒子，他的一個妾室又懷孕了，說不定將來他身邊的女人還會懷孕生子。」凌宇軒理直氣壯地說道，絲毫不覺得自己把三哥當作繁衍後代的種馬了。

在有嫡子的人家，庶子鮮少得到重視，庶子的前途也沒有嫡子遠大，肖文卿覺得凌宇軒說得很有道理，便安心地閉上倦怠的眼睛，窩在他的懷中歇息。

兩人擁在一起歇息，一會兒後，凌宇軒又開始亢奮起來，熱情撫摸肖文卿。「文卿，我們再來一次，這樣孩子才會早些到來。」只有多做，她受孕的機率才會大，不是嗎？

早就習慣他頻率的肖文卿撒嬌道：「宇軒，我好累。」

「我來，妳不用動。」凌宇軒熱切地說道，開始……

「嗯……宇軒，輕點……」她嬌聲道，和他一併投入激情纏綿中。

以前在黃林知府後宅的時候，她偶然聽僕婦們議論，床上熱情的女人才攬得住男人的心，而她曾經伺候的何大少夫人在姑爺到來時也是非常熱情，所以她覺得熱情的妻子才能滿足夫婿的要求。

十一月二十四日，劉學士府派媒婆過來請期，給丞相府三個吉日。丞相府管理內宅的凌三少夫人崔氏是籌備嫁妝的人，她左思右想，覺得前面兩個日子太趕了，將成親日定在明年四月，還有四個月的時間，丞相府應該來得及把嫡長孫女的嫁妝準備妥當。

「瑪瑙，妳去老夫人那邊，就說我身子昨夜偶感風寒，最近幾日就不過去給她老人家請安了。」

劉府請期後的第二日清晨，肖文卿懶懶地坐在梳妝檯邊。因為她說要孕育孩子，凌宇軒便如開閘的猛獸不節制起來，弄得她這兩天容易累；婆婆房中到現在還在使用那摻有藏紅花的熏香，她擔心會影響自己受孕，決定找藉口暫停每日的請安。

「夫人，您身子不舒服了？大人知道不，要不要請大夫？」正在給她梳頭的水晶緊張地問道。四天前天氣突然降溫，福壽院的主屋就燒起好幾個銀絲炭炭盆，每天晚上，守夜的丫鬟都會悄悄進入寢室裡間給炭盆加炭，確保寢室如春。

「大人知道，我只是稍微感覺不舒服，用不著請大夫。」肖文卿道。「等一會兒，妳們叫廚房給我熬一碗祛寒的生薑湯。」昨夜，她告訴宇軒，自己打算找藉口暫時不去給婆婆請安。

凌宇軒大力贊成，說最好過年之前都不要過去，過了年也要找藉口不去。既要不當面觸怒母親，還要讓過去給母親請安的她安全，他唯有想法子替換掉母親房中使用的熏香。這個，他已經重金拜託那擅長製香的太監幫他調配和那熏香氣味接近，但絕對不會有麝香、藏紅花的香。

肖文卿當時有些感嘆，父母為尊，「孝」字當頭，宇軒和她同母親居住在一個府邸中只能防備，不到萬不得已不能忤逆。

瑪瑙去丞相夫人那邊傳信，肖文卿慢悠悠地用著早膳，一碗銀耳紅棗紅豆湯，兩個菜包子，然後便放下碗筷在院中走動，給院子花壇邊的小魚池裡餵金魚逗樂；既然她說自己偶感風寒，她便不能再去花園散步了。

「水晶，過了年妳就十八，雖然說大人答應妳們，將來把妳們的賣身死契修改成活契，但我左想右想，還是決定讓大人詢問他的侍衛們，有沒有誰喜歡妳，願意娶妳的。」肖文卿笑著說道，開始逗水晶。

「啊！」水晶不敢置信地望向肖文卿，夫人就這樣找大人詢問侍衛們了？那些侍衛會不會覺得大人介紹一個丫鬟給他們是侮辱他們？丫鬟都是配小廝的，而侍衛雖然屬於平民，卻是平民中最接近官員、貴人的，只要有機會就能升個小官職，就如那位趙明堂趙大爺。

「嗯，我覺得南飛不錯，水晶妳看怎麼樣？」肖文卿似笑非笑地望著水晶。

水晶頓時呆若木雞，小嘴微微張著。

肖文卿又道：「大人的侍衛全是孤兒，他們既然跟著大人，大人當然要關注一下他們的終身大事了。福安和福寧是大人的小廝，不過我估計妳們都看不上，如果妳們三個將來都能嫁給大人的侍衛，妳們即使贖了身、自由了，也可以經常過來跟我作伴。」

水晶緊張地低下頭，手指纏繞腰間懸掛的紅色絡子。

「好不好，妳說句話。」肖文卿催促道：「要不然我問綠萼，把她配給南飛她願不願意。綠萼……」

水晶急切地打斷她的詢問，道：「夫人，如果南大人不嫌棄奴婢，奴婢就聽從夫人的安排。」

站在一邊的綠萼聽肖文卿說要將她配給南飛頓時緊張起來，聽水晶聽從夫人的安排才稍微放下心。她心中藏了一個高貴英俊的溫柔男子，她是有機會的，只需要耐心等待。

第三十九章 盟誓

肖文卿派瑪瑙去丞相夫人那邊說自己偶感風寒，不便過去請安，請她原諒。丞相夫人馬上派了一個丫鬟過來表示關切，叮囑她好好休息。

凌三少夫人崔氏得知，百忙中親自過來探望；她的女兒們得知，也紛紛過來探望，肖文卿只好裝作一副強打精神的樣子，掩飾自己的謊言。

因為她「感風寒」，而且一直不輕不重，所以拖呀拖地到了年底。十二月十五日眾命婦進宮朝謁皇后，肖文卿也因為身子有「恙」，按照規矩不得進宮，便愜意地待在了家中。至於原本答應朋友的遊園賞雪梅，恰巧京城整個冬季都沒有下雪，所以計劃泡湯，她寫信給朋友們，表示歉意，等來年春天二月，大家可以相約踏青。

春節期間，肖文卿身體「大好」，便開始了正常的貴婦活動——有時候隨著丞相夫人拜訪、招待親戚長輩，有時獨自招待或者拜訪自己相熟的朋友。當然，她和凌宇軒很正式地去拜訪了一回她那很多人都知道其存在的乾娘趙大娘，表示不忘恩情。

肖文聰一直悶在劉學士府中讀書，因為春節，別人家大團圓，他感覺寂寞，便經常跑來找姊姊肖文卿。

肖文卿憐惜他為了給自己送嫁少小離家，只是她是婦人，這些天來往的也是別人家的女眷，不能長時間陪他，便叮囑凌宇軒有空就帶他出去見見世面。

元春第一日，天空飄著小雪，年事已高的皇上一大早帶著一眾皇族祭天地、拜祖先，然後在奉天殿接受眾臣朝賀，最後真的偶感風寒了，一直低燒咳嗽。皇上一生病，宮裡頓時氣氛變得緊張，守衛皇宮的御林軍和龍鱗衛數量都增加了一倍，凌宇軒根本沒空，甚至晚上都要帶人留守宮中，於是帶肖文聰出去見世面的事情就委託給了劉學士的兩個兒子劉紫書和劉紫丹。

劉紫書是國子監助教，劉紫丹是官學學生，他們往來的都是興趣愛好差不多的同類人，既然四舅和四舅媽拜託他們帶文聰出去見世面，他們就帶他參加春節期間的各種詩會社團。難得小秀才被允許出門，還沒有人特地吩咐不許為難他，一眾年輕書生便把他拉進他們當中，整日談論詩詞學問。

肖文卿得知情況後有些擔心，特地去劉學士府探望。在府中的劉夫人接待了肖文卿，笑著寬慰她道，肖文聰才思敏捷，學問不輸給二十歲的年輕書生們，近些日子和他們交流切磋，反而長進了不少；悶在劉府中苦讀畢竟是讀死書，文聰過年就十二歲了，提前開始接觸各路書生、才子也不打緊。

肖文卿當初也是知道劉府的讀書環境比丞相府好很多，才很放心地讓弟弟寄住在劉府的，現在聽聞劉夫人這樣說，心中很是高興。文聰是她唯一血脈相連的弟弟，她既然帶他到京城，就要為他的學習負責。幸好文聰很自覺，一點也不被京城的繁華和虛榮迷住心眼，一頭扎進劉府的書海中，每日讀書，夜晚有國子監助教劉紫書輔導，劉學士大人時常指點，學業比在西陵家鄉正常求學成長快多了，是到了可以出去開眼界的時候。

雖然春季開始了，但春寒勝過嚴冬，劉夫人的堂屋裡還燒了一個大炭盆，堂屋裡面甚是溫暖，肖文卿穿著一件紅色圓領繡花夾襖，和劉夫人一左一右坐在羅漢床上的葡萄藤紋雕花桌几邊喝茶、嗑瓜子、剝花生。

「文卿啊，妳最近可有好消息？」聊了一會兒凌晴嵐的嫁妝準備情況，劉夫人話題一轉，說起了女人的私密事。

肖文卿一愣，立刻裝糊塗道：「六姊，我能有什麼好消息，倒是紫書那邊，六姊妳可幫他籌備婚禮所須用品了？」晴嵐現在是凌家的嫡長孫女，嫁的又是對她有恩的劉學士家，宇軒和她商議後便把皇上賜予的觀賞盆景送給晴嵐當添箱。那盆景雖然比不得翡翠麒麟珍貴，但黃金為枝、翡翠為葉，還有紅玉、黃玉、紫玉為花，做得精美絕倫，曾是皇上喜歡的觀賞品之一，三哥、三嫂收到那份厚禮後，臉上的表情是非常滿意。

「紫書的婚事安排在四月裡，還早著呢，不急。」劉夫人笑咪咪地將目光落到肖文卿的腹部，道：「妳別給我裝糊塗了，知道我問什麼。」

肖文卿手中剝著花生，聞言只好道：「遲了十一天。我擔心可能是月事延遲，不敢確定。」

「如果妳以往小日子一直有規律，這次遲了，九成九是又懷上了。」劉夫人頓時一臉喜悅地說道：「妳上次小產，雖然大夫說孩子月分很小又流得乾淨，身子沒有受大影響，但只要妳沒有好消息，我就不放心。」

「謝謝六姊關心。」肖文卿感激地說道。在京城，幫助她最多的除了宇軒就是六姊了。

劉夫人扳起手指開始計算日子，然後問道：「文卿，妳在房中準備人了沒有？」

「嗯？」肖文卿微微一愣。

「文卿，妳是知道的，女人懷孕期間無法伺候夫婿，需要找個信任的丫鬟代替自己伺候夫婿。」劉夫人柔聲道。「宇軒對妳情深，妳也要為他多考慮。」

肖文卿剝著花生的手頓時僵住了，目光凝滯在桌面上。

「不能納妾的普通有錢男子，尚且會收通房丫鬟，更何況朝廷允許納妾的官員？」劉夫人輕嘆口氣，勸說道：「妳遲早要跨過這個關卡的，眼睛一閉、心一橫，這事就過去了。」

肖文卿低頭不語。

劉夫人繼續勸道：「妳主動安排總比讓妳婆婆安排來得好，這事，妳不能讓她逮著機會，把人安插在妳和宇軒身邊。」

「謝謝六姊提醒，這事，我會考慮的。」肖文卿低聲敷衍劉夫人道。她曾經是何大少夫人的陪嫁丫鬟，最瞭解這種事情了。從答應宇軒跟他走，她就沒有想過像何大少夫人那樣主動給自己夫婿安排侍寢的丫鬟；要不是母親體恤她，而富人家嫁女送陪嫁丫鬟是傳統，她連綠萼都不想帶過來。

「早些選定好人，免得事到臨頭來不及。」劉夫人轉頭向水晶、瑪瑙、綠萼一一望去，然後道：「桃葉、桃蕊，妳帶水晶、瑪瑙和綠萼去別處走走。」現在屋裡也總共只有五個丫鬟在伺候。

「是，夫人。」丫鬟們畢竟是要伺候主人的，房中的眾丫鬟雖然都在低聲說話，但都關注著兩位夫人，聽到夫人們在說什麼，也知道夫人們要她們避開。

等丫鬟們都退出去，劉夫人道：「妳現在面前伺候的三個丫鬟，妳最喜歡哪一個？」

「水晶。」肖文卿毫不遲疑道。

「嗯，水晶曾經是我面前的一等丫鬟，小模樣也不差。」劉夫人建議道：「我覺得她很溫順本分，不是那種心大的丫鬟。」

「六姊，水晶已經心有所屬了，我和宇軒都有心成全。」肖文卿低著頭道，不讓劉夫人看到自己眼中的酸澀和煩躁。

「哦，那麼妳就只剩下瑪瑙和綠萼了，妳讓宇軒自己挑選吧，反正她們的契約都捏在妳手中，如果她們膽敢犯上爭寵，妳就狠狠打壓她們的氣焰；擔心她們心中隱藏怨恨會給自己留下後患，妳將來就托牙婆給她們找個鰥夫粗漢，放掉她們。」劉夫人教導道。從古到今，富家人都把不要的通房丫鬟配給小廝或者轉賣掉，所以她覺得只要給她們安排個正經歸宿就算仁慈了。

「嗯。」肖文卿心煩意亂地低聲應道，面容嚴肅，臉色蒼白。

「大人回來了。」

丞相府福壽院中，肖文卿和丫鬟們正在屋裡討論衣裳，聽到外面有人傳報，然後擋風布簾被拉開，凌宇軒一身武官服大步走了進來，身後跟著福安。

「宇軒，你回來了。」肖文卿高興地放下手中的男子長袍起身迎接，因為年老的皇上微恙，宇軒春節後便一直值守，有時連夜晚都不回來。

「我已經連續三天沒有回府了，皇上讓我今日早些回來。」凌宇軒道。「文卿，這三日妳可好？」他說著，將身上的佩劍解下來拋給福安，福安一手接住，拿去放好。

「我很好。」肖文卿上前問道：「宮裡可好？」她面露擔憂，皇上如果真倒下了，皇后可控制得住後宮，皇太子可壓得住眾皇子？時局風雲變幻，宇軒身為皇上近臣，有相當大的性命危險。

「御林軍統領換了一個，龍鱗衛指揮使雲大人稱病，龍鱗衛暫時由我和另一位指揮同知分掌，宮中局勢目前都還在皇上掌控之中。」凌宇軒很淡定地說道：「妳放心，那裡不會發生妳擔心的事情。」

「大人。」另一個小廝福寧端了熱水、拿著毛巾進來，凌宇軒便帶著他和福安一起去了他的更衣室。

「給大人沏杯熱茶來。」肖文卿吩咐道，往更衣室走去，然後站在更衣室外面。

凌宇軒在更衣室內洗臉洗手，換下身上的官服，穿著一身居家服走出來，見到文卿便問道：「母親那邊可還好？」他三天兩夜沒有回來，心中很是惦記文卿，生怕母親想出新法子害文卿。文卿月事又遲了，說不定已經懷上孩子，如果這一回文卿再保不住孩子，她身子會再次受損，而他父親可能會表示對這個媳婦不滿。

「和往常一樣，我請安後不久就離開了。」肖文卿道。「母親忙著應酬，我也藉口應酬累了，儘量不去她那邊。」

「這就好。我白日都不在妳身邊，妳要自己保護好自己。」凌宇軒道。「妳催催丁伯，快些找兩個生養孩子經驗豐富的乾淨婦人來。」

「嗯，我知道了。」肖文卿道，兩人肩並肩回到堂屋，一起坐在羅漢床上說話。

瑪瑙端著紅漆托盤進來，綠萼快速上前端起托盤上的茶杯恭敬地放到凌宇軒面前，柔聲道：「姑爺，請喝茶。」

凌宇軒望了望熱茶，對肖文卿道：「皇上龍體安康，打算上元節在保和殿擺晚宴款待群臣，家眷也要參加，他特地吩咐我，要把小舅子帶上。」

綠萼發現姑爺根本沒有抬眼看她，心裡有些失望。專門負責泡茶的瑪瑙嘴角撇了撇，以往不覺得綠萼主動給大人上茶有什麼不對，有時候自己給大人上茶，水晶靠得近，在她端來茶後也會幫著上茶，可現在看著綠萼怎麼覺得綠萼是在不斷找機會接近大人。

「文聰？」肖文卿聽了眉頭微皺，道：「是十一皇孫和十五皇孫乘機請求的吧？」

「嗯，皇上龍體安康，心情甚好，因為兩位皇孫的緣故，打算讓眾臣子把家中十二至十四歲的男孩、女孩帶進宮中，讓年齡差不多的孩子們彼此結識一下。」凌宇軒道。「老人家年紀大，現在很喜歡朝氣蓬勃的孩子。」

「希望文聰別太引人注目了。」肖文卿憂心忡忡道。

「別人肯定會考他的才學，妳派人先給他遞個消息，讓他提前做準備。」凌宇軒頓了頓道：「上元節眾臣赴宴少不了對聯、作詩、繪畫，大體上也離不開燈節、春季、皇朝盛世。」

肖文卿立刻轉頭吩咐水晶道：「水晶，妳馬上就去劉學士府給劉夫人和三舅爺傳話。」

凌宇軒笑道：「水晶，南飛就在外面，妳讓他護送妳過去。」

「是，大人，夫人。」水晶很高興地躬身行禮，快步走了出去。外面，南飛果然站在院子裡等待著什麼，看到她出來好像眼睛一亮。

「南大人，夫人讓我去劉學士府一趟，你可願意護送？」水晶喜悅地問道，清秀的瓜子小臉彷彿煥發了一層輝光。

「好，我送妳。」南飛朗聲說道。他隨著凌宇軒在皇宮中輪值了三天兩夜，已經疲憊不堪，不過看到水晶，頓時感覺疲憊不翼而飛。

凌宇軒在家休息一天，而這一天他也沒有真歇著，一大早就帶著兩名近身侍衛騎馬出去了，也沒有告訴肖文卿他去哪兒。下午回來後，他去了凌丞相的書房，和父親說公事。

書房中的書僮、僕人全部站在書房外遠處，不得呼喚不許近前。書房門窗附近都有侍衛把守，書房裡面的人讓僕人上了茶水和糕點，老三凌宇樓從大理寺官署回來後也去了書房，父子三人就在書房談話，直到月華初上才各自回院。

「宇軒，福寧說你下午一直在父親的書房中談公事。」終於等到凌宇軒回來的肖文卿擔心道：「很重要是不是？我希望我們凌家能安然無事。」

「妳放心，外面的事情我們男人會處理好。」凌宇軒安慰肖文卿道，他和所有的男人一樣，不希望妻子為自己擔憂。

「嗯，我就是隨口問問。」肖文卿賢慧微笑地說道：「你沒有用晚膳，我讓廚房給你熱在灶頭上了，現在就端來給你吃？」絕大部分男人都不希望女人干涉他們的事業。

「嗯。」凌宇軒點點頭，他們父子三人在書房就只用了茶水就著幾塊糕點充饑。

「瑪瑙，妳叫丫鬟去廚房把給大人的飯菜端來。」肖文卿轉頭吩咐道。

「是，夫人。」瑪瑙立刻走出堂屋。

小丫鬟們很快將裝著晚膳的食盒拎了來，瑪瑙、水晶和綠萼立刻動手幫忙擺放碗筷，盛飯布菜。

凌宇軒去了更衣室更換紫色雲錦常服，過來之後坐到桌邊開始用膳，肖文卿便坐在桌邊陪著他，說一些福壽院的內務事。

凌宇軒將福壽院和他自己的產業全部交由她管理，她雖然很努力地管理，學習自己以前從來沒有涉及的產業，但有些事情還是超出她的能力，所以她需要詢問凌宇軒，畢竟那些田產、鋪子、山頭都屬於凌宇軒，普通問題她聽取丁伯或者莊頭、掌櫃們意見後可以解決，大事情就需要凌宇軒拿主意。

肖文卿最近的打算是，布疋的花樣會過期、品質會變老舊，她要把自己嫁妝中的綾羅綢緞清理部分出來賣給布行，同時將自己嫁妝中的珠寶折換成金銀，最後再購買良田和經營狀況良好的商鋪，保證自己的嫁妝每年都有產出。

「文卿，妳這個主意不錯。丁伯對這方面比較擅長，妳可以讓他幫妳跑腿，順便再替妳找幾個精明忠誠的幫妳管理新產業。」凌宇軒讚道。他的產業也是丁伯幫著他管理，他只在重要事情上做出決定，現在也是；不過文卿畢竟是主子，原來丁伯不敢處理的事情現在可以由肖文卿處理，真正留給他決定的事情很少。

「你的良田、商鋪都在京城，我不放心，決定去距離京城稍微遠一些的地方置產。」肖文卿道，雞蛋放在一個籃子裡容易全部碎掉。

「妳想得很周全，就這樣辦好了。丁伯年紀大了，我打算過兩年讓他養老，福寧、福安總不能一直在我身邊當小廝，就撥到丁伯那邊去學管理好了。」凌宇軒道。「妳近期給我挑兩個貼身小廝。嗯，最好還是去外面買。」

「嗯，我知道了。」肖文卿頷首道。福安、福寧是丁伯的兒子，是家生子，宇軒的安排是讓他們子承父業。

用罷晚膳，凌宇軒道：「文卿，今晚我有事情要出去，妳先睡，別等我。」

「出去？」肖文卿微微一怔，立刻省悟，道：「你要小心。」宇軒除了是龍鱗衛指揮同知，還是個在夜晚飛簷走壁的暗探。

凌宇軒躊躇了一下，決定還是告訴肖文卿。「我要去京城紅燕子巷。」

「嗯？」肖文卿迷惑地望著凌宇軒，她對京城街道的瞭解只有她去過的地方。

「紅燕子巷裡有三家比較有名氣的青樓。」凌宇軒平靜道。

青樓、妓女！三名正在收拾碗筷的丫鬟紛紛花容失色。

肖文卿秀美的臉龐陡然一滯，胸口好像被重物狠狠捶了一下。

不對，宇軒不是這樣的人。肖文卿迅速冷靜下來，委婉地問道：「你是去找人，還是去找東西？用你的身分？」

凌宇軒讚許地望著肖文卿聰慧冷靜的雙眸道：「找人，不過不是我凌同知找。」

肖文卿立刻明白了，道：「我知道，我家夫君現在要去花園欣賞花園夜景，我身子不適，就不陪同了。」

凌宇軒最是欣賞肖文卿的善解人意，輕笑道：「妳放心，我不會沾惹其他女子的。」

肖文卿聽著他肺腑之言，嬌美的臉龐煥發風采，水潤雙眸亮得如黑夜中最耀眼的星辰。

第四十章　宮宴

康慶三十六年元月十五日下午，皇宮大門敞開，眾多朝臣攜帶家眷進宮赴宴。男女有別，皇上在保和殿宴請群臣和男孩子，皇后便在後宮交泰殿宴請眾命婦和小貴女們。

因為凌宇軒需要值守，十二歲的肖文聰便跟著正四品的劉學士一起從皇宮正門進入，然後在金鑾殿聚集，等待拜見皇上，再去保和殿赴宴，最後去御花園賞燈。

劉紫丹很想進宮開眼界，無奈他今年十六歲了，只好眼巴巴看著肖文聰隨著他父親赴宴，自己和大哥、八歲的二妹紫綾待在家中過上元節。

肖文卿和婆婆、三嫂在交泰殿中跟各自認識的貴婦、貴女們低聲閒聊。

「皇后娘娘駕到——」太監尖細的嗓音在交泰殿中響起，眾家夫人紛紛按照品階站隊，小貴女都緊張地站在自己的長輩身邊。

皇后娘娘被一群太監、宮女簇擁著緩緩坐在皇后的鳳椅上，一擺廣袖笑道：「眾夫人免禮，眾家千金也免禮。」她頭戴絢麗奪目的九鳳朝陽掛珠黃金釵冠，頸項套著雙鳳啣珠金瓔珞圈，身穿明黃色鳳凰展翅廣袖宮裝，腰間佩戴福祿壽稀世玉珮，雍容華貴，慈眉善目，端是母儀天下。

「謝皇后娘娘。」眾夫人和眾家貴女齊聲道。

皇后落坐，命婦們紛紛起身。

皇后環視玉階下，慈祥地笑道：「今日上元佳節，皇上要君臣同歡，諸位夫人就別客氣了，都坐吧。」

交泰殿中左右兩邊已經擺好了座椅，只是眾人沒有皇后的允許誰也不敢先坐下，等皇后開了口，眾位夫人便彼此謙讓著找座位坐下。

什麼人坐在什麼位置上，長年應酬的夫人們心中都有譜，極少有人逾矩。大慶朝右尊左卑，受邀請的外命婦坐在左邊，內命婦坐在右邊。丞相為百官之首，丞相夫人便坐在第一排的第一張座位上，和她同席的是另外一名一品夫人。第一排第二張長條桌邊也坐著兩位一品夫人，其他人依次排開，如果有帶著女兒或者孫女的，就和女兒或者孫女同席，不需要特地把未成年的女孩和長輩分開。

肖文卿坐在第二排靠近中間的位置上，身邊是和她同品階、沒有帶女孩來的通政使夫人；丞相府三少夫人崔氏是四品恭人，和一名出身崔氏，同時也是四品恭人的姊妹一起坐在第三排稍微偏殿外的位置。

等眾夫人快速安靜地落坐後，皇后笑道：「今日本宮看到了不少花朵般的小姑娘。夫人們，何不介紹給本宮和其他夫人？」

「皇后娘娘說得是。」眾夫人紛紛笑著附和，將目光轉向內命婦一邊。內命婦比外命婦身分高貴，要介紹女孩子也會是從她們那邊開始。

果然，一名頭戴五鳳朝陽掛珠釵的五十歲貴婦起身，領著她身邊的鵝黃衣女童走到中間通道上，對著玉階上的皇后娘娘躬身，道：「皇嫂，這是妾身的四孫女婉瑜。婉瑜，快拜見皇后娘娘。」她是明善長公主，先皇的十一公主，駙馬已經過世，生有一女二子，女兒是齊王妃，還有兩個孫女分別嫁給皇上的孫子。

梳著雙丫鬟髻的小少女立刻嬌聲道：「臣女，婉瑜拜見皇后娘娘，娘娘千歲千千歲。」說著，她雙膝跪下給皇后娘娘行禮。她有些緊張，不過自小就練習宮廷禮儀，所以她的行禮姿勢流暢標準。

「婉瑜呀，起來吧。」皇后慈祥地說道。

「謝皇后娘娘。」小少女恭謹地起身，微微垂頭靜立。

皇后打量了她一下，讚道：「不愧是明善皇姑的嫡親孫女，小小年紀就有皇姑當年清新高雅的風姿。」她笑道：「以後多隨妳祖母進宮來玩吧。」

「是，皇后娘娘。」小少女淺淺福身道。

明善長公主看皇后沒有什麼要再說的，便道：「臣妾就先帶孫女一邊去了，看其他夫人家的女孩子。」

皇后緩緩點頭。明善長公主把自己孫女帶下去後，立刻又有一名內命婦領著自家的嫡女上前叩見皇后娘娘。

交泰殿上，貴夫人們依次介紹自己帶來的女孩，其他貴婦含笑觀望、低聲談話，開始為自己家適齡的嫡子挑選未來的小媳婦。

十一、二位小貴女們被介紹完畢後，不住誇讚她們的皇后娘娘笑道，美麗可愛的女孩們第一次進宮，她作為皇后和長輩怎麼可以不給見面禮，便賞賜每個女孩黃金瓔珞圈一對，金銀如意錁子四錠，彩緞四疋。

帶女孩進宮的貴婦人又紛紛領著女孩出列謝恩。

一番覲見後已是傍晚，皇后吩咐開席，在殿外等待的宮女、太監立刻端著宮中的美酒佳餚魚貫而入，擺放在每一張桌子上。

肖文卿望望放在自己桌上的美食，便沒什麼胃口了。這些菜都做得很精緻，但全是冷盤和湯菜，湯菜看起來也不怎麼熱了。想到御膳房與交泰殿的距離，她便明白了，赴皇家宴席是榮耀、是風光，可要想吃美食還是得回去吃；難怪宇軒要她在轎子裡準備糕點吃，原來他早就知道今日是來淺嚐御膳房手藝的。

「今日上元佳節，本宮祝皇上龍體康健，福壽萬年，祝我大慶國泰民安、人壽年豐。各位夫人，請。」皇后朗聲道，舉起琉璃盞向眾人邀杯。

「皇后娘娘請。」眾夫人立刻起身舉杯，然後動作優雅地將青花瓷酒盅遞到嘴邊輕輕抿了口酒。小貴女們也都站了起來，只是她們手中拿著的青瓷小碗，小碗裡盛裝的是蜂蜜水。

肖文卿不敢喝酒，就用嘴唇碰了碰酒盅。

皇后示意眾夫人坐下。等夫人和小閨女們落坐後，一名太監尖聲道：「奏樂，起舞。」

立刻，交泰殿右邊角落裡響起了歡快的絲竹聲，殿外兩排衣裙華麗的舞伎擺出舞姿如蝴蝶般輕盈地小跑進來，在交泰殿中起舞。

「凌四少夫人，我聽說這次上元節宴席皇上要求十二歲到十五歲的男孩、女孩進宮，是因為幾位皇孫想要見妳弟弟肖文聰。」和肖文卿坐在一起的管夫人笑著說道。

「管夫人，我也是聽說的；不過我覺得主要還是皇上寵愛孫子，順便也讓年齡相近的少年、少女們有多接觸的機會。」肖文卿笑著回答道。

「凌四少夫人呀，妳這個弟弟真的很了不起，可惜我女兒年紀比妳弟弟大了五、六歲，否則我可要纏著妳說媒。」管夫人說道，語氣親近溫和。

肖文卿掩嘴輕笑，道：「小孩子家家的，談婚事還太早了。我弟弟只是記憶力比常人好些罷了，其他的只算平平。」她心中為弟弟驕傲，不過嘴裡還是要謙虛一下。

管夫人也知道這些，便繼續和肖文卿低聲說話，欣賞殿中的歌舞，偶爾拿起銀箸挾一口菜。肖文卿偷偷觀察，其他夫人也是這般，對自己面前的菜都是略微挾兩塊，動作優雅文靜。

往日這個點上肖文卿還沒有用晚膳，而且她來時已經在轎子裡吃了兩塊桂花糕，現在一點也不餓，便和其他夫人一樣，拿起銀箸動動眼前的佳餚，很秀氣地品嚐。

宮廷的一段歌舞結束後，皇后笑著詢問眾家夫人，女孩子們往日可有學習，都學些什麼？

眾家夫人猜到今日可能要女孩子們展示才藝，在家中也都做好了準備，不過誰也不願讓自家的女孩先表演，便相互推託著。皇后見狀，便道，那麼還是從剛才介紹女孩們的次序開始吧。

這是娛樂，宴會上增加喜慶，大人不會強求女孩們非要出來展示才藝。於是，明善長公主的四孫女只好離開祖母身邊走到玉階前，說自己正在學彈琴，只是學藝不精，當眾彈奏怕是要污了娘娘的耳朵。

皇后娘娘安慰她幾句，便讓她彈奏。

明善長公主早就準備了，等皇后允許便請一個太監出去傳話，讓她府中的丫鬟把古琴送來。

錚錚然，一首輕快而嫻熟的琴曲彈奏完畢。皇后點頭讚許，立刻傳令有賞，明善長公主的四孫女立刻謝恩，退下。

交泰殿中，小貴女們紛紛展示自己的才藝，娛樂皇后娘娘和諸位夫人。

保和殿中，皇上和諸位大臣也興致勃勃地在考小少年們的才學。小貴女們展示才藝是為了提高自己身價，為將來謀個好夫家；小少年們竭盡所能地接受皇上和眾大臣的詩詞對聯、文章考試，為將來前程努力。

交泰殿的皇后和夫人們關心保和殿的情況，而太監們就負責傳遞那邊的消息。

「皇后娘娘、諸位夫人，翰林院周侍讀大人出上聯〈江南煙雨秀麗，梅黃雨暗，洞簫柳琴與錦瑟〉，小皇孫和小公子們都沒有對出來，只有小秀才對出下聯〈塞北雪雲蒼茫，草枯雲狂，胡琴琵琶和羌笛〉。」

「皇后娘娘、諸位夫人，李太師出上聯〈千戶掛紅燈，玲瓏世界竟不夜〉。小秀才對下聯〈萬樹開銀花，圓滿乾坤別有天〉。」

「皇后娘娘、諸位夫人，皇上出上聯〈盛世太平，萬丈青雲才子路〉，小秀才對下聯〈良辰好景，一輪皓月玩家燈〉。」

「皇后娘娘、諸位夫人，小秀才出上聯〈玉樹銀花，月明碧霄十五夜〉，十皇孫對出下聯〈歡歌笑靨，人醉燈下百千樓〉。」

「娘娘，這盞八面宮燈八個面上的小詩是八名皇孫公子現場作出，親手寫上，皇上讓奴婢送入交泰殿，給皇后娘娘和諸位夫人欣賞。」

和小少年們有關的事情一件件傳到後面交泰殿中，皇后娘娘和眾家夫人笑著議論，對比同齡人優秀一大截的肖文聰讚不絕口。

肖文卿知道弟弟今日被很多人注目，心裡一直為他緊張，目前得到的消息都是他那邊一切順利，才稍微有些放心；想來皇上和諸位大人都體諒小少年，也沒有出真正的難題刁難他們。木秀於林，風必摧之，京城貴族、世家子弟太多，萬一他們有輸不起的，暗中害文聰那就糟糕了；等大弟文樺進京趕考之後，她還是催著文聰返回家鄉吧，光宗耀祖、復興家門雖然重要，但性命更重要。

保和殿宴席結束，皇上帶著老臣去御花園附近宮苑喝茶歇息，讓部分人帶著小少年們去御花園賞燈。

交泰殿這邊得知，皇后也宣佈宴席結束，想要賞燈的夫人、姑娘可以去御花園賞燈，不想去的可以跟她到昭陽宮中小坐。諸多上了年紀的貴婦人對賞燈不感興趣，便和皇后娘娘一起到昭陽宮喝茶。

因為女孩子進宮機會難得，要多開眼界，所以帶著女孩進宮的中、青年貴婦便帶著女孩去御花園賞燈，順便看能不能邂逅那些小公子，讓身分門第差不多的男孩、女孩們提前認識彼此。肖文卿不放心弟弟，便和婆婆、三嫂說了聲，隨著其他夫人去御花園。

後宮御花園很大，花木扶疏，處處亭臺樓閣，假山小池，皓月當空普照世間，和亭臺樓閣上懸掛精美的宮燈，一起將黑夜下的御花園照得宛如白晝。進入御花園賞燈的大臣和夫人原本各自隨著同伴賞燈，不過慢慢地，他們當中有的夫妻相遇了，就走在一起遊玩。

肖文卿可以說是今日赴宴的外命婦中最年輕的一位，她和其他中、老年外命婦沒有什麼話題，和她們說了一陣子後便慢慢脫離了她們，帶著隨自己進宮的丫鬟綠萼在園中自行賞燈。

在一棵蒼鬱高大的松樹下，肖文卿找到了自己的弟弟，他正和一群年齡差不多的小公子們在一起說話。

「肖公子，你不如進鳳凰書院求學怎麼樣，我們幾個以後都會進去讀書。」圓臉的小公子建議道。今日唯一有功名在身的肖秀才大出風頭，讓他們這群天之驕子輸得心服口服。

「崔十一公子，在下的姊夫和劉大人討論過，認為在下還是先去蒼雲山白鹿書院讀書比較好。」肖文聰很委婉地說道。「他們都認為在下應該戒急戒躁，趁著年紀小專心讀書。」

「你姊夫凌同知大人是個武官，他未必知道讀書人進入鳳凰書院讀書意味著什麼。」一名黃衣少年說道，就憑肖文聰和凌同知的關係，別人都想延攬他。

「十皇孫殿下，在下的姊夫知道鳳凰書院，不過和劉學士大人討論後還是建議在下去白鹿書院，莫走捷徑。」肖文聰恭謹地道，還朝對方拱拱手。

「白鹿書院在大慶西部的都昌郡附近蒼雲山腳下，肖文聰，你要是去了那邊，以後大概只能在參加春闈時到京城。」另一名紅衣小公子惋惜地說道：「鳳凰書院的先生全是全國有名的鴻儒，你不去考真是太可惜了。」大慶朝的八大書院，其中前四間需要有名人推薦，然後通過考試才能進入。肖文聰被皇上和諸位大臣賞識，不缺推薦人，而就他今日的表現，大家也知道他一定能通過先生們的考試。

「諸位小皇孫、小公子在這裡呀！」手提蓮花挑燈的肖文卿笑吟吟地從松樹後面走到他們近前，朝站在中間的幾位華服小公子淺淺福身，道：「妾身凌肖氏見過十皇孫殿下，十一皇孫殿下，十五皇孫殿下，還有諸位小公子。」十一皇孫和十五皇孫她見過一面，她弟弟剛才稱呼黃衣少年十皇孫殿下。宇軒給她看過的資料中記錄，十皇孫殿下是睿王嫡長子，睿王則是皇上第十個兒子，兄弟序齒中排六，目前支持皇后之子秦王。

「凌四夫人。」三位皇孫拱手還禮，其他小公子也紛紛還禮。

「姊姊。」肖文聰很高興地拱著手走到肖文卿面前。

「文聰，你辛苦了。姊姊今日一直都在擔心你面見皇上和朝廷重臣會怯場，幸好你沒有在保和殿中表現失常。」肖文卿柔聲說道，憐惜的目光凝在弟弟稚嫩的小臉上。為了肖家，他小小年紀就脫離孩童時代早早開始奮鬥了；為了讓她能順利嫁入丞相府並不被婆家輕視，他努力營造肖家將來必定崛起的氣勢。

「姊姊，我還好。」肖文聰輕笑道。「皇上龍顏慈善，眾大臣看起來也都如溫和祖父，所以我和皇孫、公子們都沒有太緊張。」今日上元佳節，年紀一大把的皇上和大臣們在一群小孩子面前都收起他們的嚴肅和威儀，談吐或和藹親切，或風趣詼諧，讓初次進宮面見龍顏的小公子們放鬆了不少。

「凌四夫人一個人賞燈嗎？」這群人中年紀較大的十皇孫殿下詢問肖文卿，語氣和善優雅。

「是啊，妾身剛才還和兩位夫人同行，只是她們都正巧遇到了各自的夫婿，所以妾身就和她們分開了。」肖文卿道，借著燈光飛快地端詳十皇孫的臉，他的臉型是標準的鵝蛋臉，五官俊秀，三角眉，丹鳳眼，懸膽鼻，上唇稍薄、下唇飽滿，唇形優美，雖然年少但氣質沈穩堅毅。

又見丹鳳眼，由於距離不是很近，肖文卿看不出他是不是內雙鳳眼，但總覺得這個面容和五官彷彿在哪兒見過；再望望臉型偏鵝蛋臉的十五皇孫，肖文卿覺得這對堂兄弟有幾分相似。

「凌四夫人，肖秀才今日在保和殿中大展才華，讓人有驚豔之感，皇上最是惜才，妳何不勸他就在鳳凰書院求學？鳳凰書院是我大慶最好的書院，每年都為國家培養出十多名精英才子，肖秀才如果去別家書院，未必就有如此上好機遇。」十皇孫冷靜地說道。

「十皇孫殿下，妾身只是一婦道人家，哪懂得男人之間的事情。」肖文卿謙遜地說道：「妾身的夫君出身相門，見多識廣，既然他都決定讓妾身的弟弟去白鹿書院，妾身的弟弟又不反對，那麼就隨他們吧。古人云，父母在不遠遊，白鹿書院距離西陵比較近，妾身的弟弟可以時常回家探望母親，不讓她老人家感覺孤單。」

十皇孫見肖文卿連「孝」字都拿出來說，知道這家人已經做了決定，除非皇上親自開口要肖文聰去鳳凰書院，否則肖文聰會離開京城求學，避開所有人的招攬，避開別人借著他和他姊夫凌同知搭上關係。

只要沒有人刻意打壓，只要凌宇軒不在皇子爭位中得罪未來的得勝者，只要肖文聰不會出現意外死亡，肖家必定復興！三位皇孫六目相望，心中都想對肖家姊弟表達善意。

「文聰，你要不要和姊姊一同逛御花園？我住在丞相府，你住在劉學士府，我們姊弟很少在一起說話呢。」肖文卿柔聲詢問肖文聰，想把他帶離這群身後連結各種勢力的小皇孫和小公子們。

「好的，姊姊。諸位殿下、公子，請允許在下失陪。」肖文聰立刻朝諸位皇孫、公子拱手作揖，懇請先行離開。

「十皇孫殿下，十一皇孫殿下，十五皇孫殿下，諸位小公子，妾身失禮了。」左手提著蓮花挑燈的肖文卿優雅地朝皇孫、公子們淺淺福身。

他們姊弟要攜手逛御花園，別人也不便阻攔，便紛紛笑著邀請肖文聰有時間便到他們家去玩，聽說肖文聰嗜書如命，他們家中有不少藏書，肖文聰如果喜歡就去閱讀。

肖文聰面帶微笑地一一拱手，說有時間一定過去，然後便跟著肖文卿離開了這群皇孫、公子。

姊弟肩並肩走在一條蜿蜒曲折的花徑小道上，沿途欣賞宮燈。宮裡的燈全是京城最好的工匠和工部做出來的，除了傳統的蓮花燈、白兔燈、跑馬燈、八角燈，龍鳳呈祥、獅子滾繡球……每年都會有新式樣的宮燈出現，甚至還會有以歷史人物故事為題材的大型燈組。

「文聰，春闈日子將近，我估計文樺已經動身出發了，等他春闈過後，你就和他一起回家鄉吧，京城太複雜，暫時還不適合你。」肖文卿柔聲說道。

「我知道，姊姊。」肖文聰點頭道，還稚嫩的臉上隱隱有了一些沈穩平靜之氣。

「文聰，這幾個月，你多多少少瞭解了官場和世事，如果你對做官不感興趣，那還是勤奮讀書，努力成為名垂青史的博學鴻儒吧，振興家族不是只有為官這一條道。」肖文卿開始和弟弟談心。

肖文聰想了想，道：「姊姊，劉大人與姊夫都和我談過，他們都建議我在弱冠之前不要分心想著如何高中狀元、入朝做官，要把全部精力放在學業上，學有小成之後便出門遊歷大慶，只要博學多才，我將來做什麼都能得心應手。」他們的建議和母親當初想的一樣，所以他打算在十八歲之前專心學業，再花兩、三年時間遊歷大慶各地，瞭解書本上學不到的知識。

「文聰，你自己的決定呢？」肖文卿嚴肅地問道，這事關弟弟的將來，她不得不嚴肅。

肖文聰便把自己的決定告訴肖文卿。肖文卿聽了很是欣慰，弟弟終於開始為他自身打算，而不是為了家族和她不顧一切地想要揚名天下了。

「文卿，文聰，你們兩個在這裡呀。」突然間，兩人都熟悉的低沈男聲傳到他們耳中。

「宇軒。」肖文卿很高興地走上前去，左右望望，戲謔道：「你擅離職守了？」凌宇軒正帶著四名黑衣侍衛和二十名紅衣銀甲龍鱗衛朝他們姊弟快步走來。

「姊夫。」肖文聰趕緊跟上肖文卿，驚訝地打量凌宇軒。他姊夫今日頭戴銀色頭盔，外披大紅披風，內穿紅衣，身體各重要部位覆蓋精緻的亮銀鎧甲，腰佩寶劍，足蹬黑色皮靴，氣勢威風凜凜，冷硬剛陽，讓他忍不住心生幾分畏懼和羨慕。他自信自己的聰慧，可是他現在開始學武可來得及？

「姑爺。」綠萼跟著肖文卿快步走到凌宇軒面前深深行萬福。

「今日宮中外臣和女眷眾多，我需要親自帶人在御花園附近巡視。」凌宇軒望著肖文卿笑著回答道。在皓潔的月光和紅豔豔的燈火下，他年輕美麗的妻子溫柔婉約，端莊高雅，讓他心神蕩漾，雙眸溢滿柔情。

凌宇軒轉頭對頭戴秀才巾、身穿書生袍的肖文聰道：「文聰，你今日不管是對聯還是作詩，都讓皇上和眾大臣驚讚不已。」他高興道：「這一次，你真的名揚大慶朝了。」

「姊夫，多虧你提前通知，小弟這次才沒有被考倒。」肖文聰感激地說道。因為提前得知皇上在上元節設宴，他需要參加，肯定會被眾人出題考驗，他那幾天在劉學士父子的幫助下拚命做和上元節、春、盛世繁華有關的習題。

「我只是根據以往的皇宮宴會給你一些提示，努力做準備的還是你自己。」凌宇軒安慰他道：「其他大臣在得到上元節皇上設宴，要求帶孩子同行的消息後，也都做了這方面的準備。」小皇孫和小公子們提前做好的應景詩可能派得上用場，可是對對聯，那就需要臨場發揮了，所以肖文聰贏得正大光明。

「文卿，今晚我不能回去，妳回去直接歇息吧，不用等我。」凌宇軒道，轉頭淡漠地吩咐時不時窺視自己的綠萼。「綠萼，好生伺候妳家小姐。」這個有著三分姿色的一等丫鬟雖然極力隱藏，但他發現她有些小心思，不若水晶和瑪瑙本分。

「是，姑爺。」綠萼趕緊道，看到凌宇軒眼中的冷戾和淡漠，嚇得飛快地低下頭。

「晚上當心點，身邊多帶些人。」肖文卿細心叮囑道，凝望他關切自己的英俊臉龐。他臉型偏鵝蛋臉，劍眉斜飛入鬢，內雙鳳眼深邃黝黑威嚴，英挺鼻，上唇稍薄、下唇飽滿，唇峰拱起優美……

肖文卿心中陡然一動，這張臉像誰？臉型、眉毛、眼睛偏向十五皇孫，鼻子和嘴唇與十皇孫有五分相似……宇軒……莫非……宇軒的母親是皇室中人，和時年四十出頭的公公暗通款曲有了宇軒，所以公公不敢讓別人知道宇軒的生母是誰，卻非要把宇軒立為嫡子，而放棄一開始就被當作嫡長子備胎培養的庶出三兒子？她頓時不敢想了，因為這太匪夷所思，而且也解釋不了公公目前對繼承人的舉棋不定。

「文卿？」凌宇軒發現肖文卿看著自己出神，臉上浮現驚愕，顧不得身邊有很多人，伸手輕拍肖文卿的臉。她每次這樣，他就會想起她發現自己易容成趙明堂時，讓她察覺的細微破綻。

「嗯，我不小心發呆了。」肖文卿趕緊道。「你去忙吧，別讓人說你以公謀私在公務時間私會家人。」

「等我回去妳告訴我。」凌宇軒道，向肖文聰點頭致意，帶著四名侍衛和二十名龍鱗衛精英越過肖文卿姊弟朝御花園別處走去。

肖文卿雙手攏在寬大的袖子裡，秀眉微微蹙起。她知道宇軒是想問她又在他臉上看到了什麼，可是這一次，她是不會如實告訴他的。公公凌丞相認真培養宇軒，皇上對宇軒有著與眾不同的喜愛，宇軒身上說不定真流著一些皇族的血脈，而且和皇上還比較相近。

肖文卿的腦子又忍不住開始天馬行空地亂推測了。皇室中的男子，只在每月初一、十五進後宮朝謁皇后的她，到現在只看到過三位皇孫，不知道其他皇子、皇孫是否有和宇軒容貌身形相似的。宇軒的生母是皇上的某個妹妹，還是皇上的某個女兒？總之以凌丞相和皇上幾十年的私交感情，進出後宮的次數肯定很多，有機會認識皇上的妹妹或女兒；皇家公主們雖然身分尊貴，但和其他貴女一樣也是聯姻工具。宇軒這個禁忌之子，皇上必然覺得留著遠比處死有用處，便大方地讓他出生，然後讓凌丞相偷偷抱回家撫養。

凌丞相把流著皇族血脈的私生子抱回家，自然不敢虧待，只能放在嫡妻名下。因為這件事情事關皇家顏面，凌丞相不敢讓任何人知道宇軒的生母是誰，所以只能眼看著妻子漠視宇軒，自己拚命給予宇軒父愛。如果宇軒真是這樣的身世，就完全能解釋父親無限寵他，偷偷將連妻子都不知道的大筆私產轉給宇軒；而宇軒的生母，某位公主，也許因為丟了皇族顏面，也許她偷情失貞，被「難產死了」，她就算因為皇上念及親情還倖存在世，也絕對不敢吐露半點秘密。

「姊姊，妳在想什麼？」肖文聰發現姊姊呆呆地站著，眉頭微蹙，一臉嚴肅，忍不住問了一下。

「啊？哦，我突然想起了一件事，一時間分神了。」肖文卿怔了怔，回神後趕緊掩飾，她被肖文聰打擾，思緒立刻亂了。

「姊姊，可以讓我幫妳嗎？」肖文聰小心翼翼地問道。「我已經長大了，說不定能幫妳出主意。」

「文聰，謝謝你關心我。」肖文卿立刻溫婉笑道：「你是我的娘家靠山，我以後有什麼事情，說不定就需要你出面，不過現在，我只有一些女人的小煩惱，不需要你幫忙。」

「嗯嗯。」肖文聰立刻昂首挺胸，讓自己看起來很有男子漢氣勢。女人娘家的興衰往往決定女人在夫家的地位，他要努力幫助姊姊在丞相府站穩腳。

「文聰啊，你有幸見到皇上了，你跟我說說，皇上長得怎麼樣？」肖文卿笑著問道。

肖文聰警惕地望望四周，低聲道：「皇上麼，我也不敢多看，只看出他和丞相大人差不多老態，頭髮鬍子花白，個子中等，身形消瘦，聲音低沈。」

皇上老了呀……肖文卿心中暗嘆。皇上和宇軒年齡相差太大，別人從容貌身形上是找不出多少相似之處的，否則宇軒經常在皇上身邊走動，早被人發現問題了。

接近亥時，夜色已深，眾大臣和眾貴婦紛紛告辭出宮，凌丞相一家和劉學士一家離開皇宮之後各自打道回府。

洗漱之後，肖文卿在水晶和瑪瑙的伺候下上床歇息，習慣性地回憶今日自己進宮後的每一個行動、每一句話，三省自身，當回憶到和凌宇軒相遇之後，她便開始逐步驗證自己當時的假想。

宇軒真的會是皇族某位公主和父親的私生子嗎？四十歲上下的男人理性成熟，經歷時間洗練又保養得當的他們有著年輕男子沒有的魅力，深居後宮的公主鮮少見到男子，也許真會不顧名譽地和之偷情；可是，宮裡宮規森嚴、管理嚴謹，公主未婚先孕肯定瞞不住別人，當初皇室為什麼允許那公主繼續懷孕？在公主的身子沒有異常之前讓她流產或者暴斃，不是可以維護皇室的清譽嗎？丞相可以被其他大臣取代，更何況二十多年前父親還不是丞相，皇上真的是看中他和父親的友情，寧願冒著皇室名譽受損也要留下父親的私生子？

肖文卿再一思索，便覺得宇軒生母是公主的解釋很荒謬，宇軒的容貌和十皇孫、十五皇孫有些相似可能真的是巧合，而皇上近些年破例重用宇軒也許是看中宇軒的自身才華。

躺在床上輾轉反側，肖文卿因為疑惑遲遲無法入睡，便開始思考她和宇軒的未來，凌家內宅目前的情況，然後心中猶如有一道閃電劃過——宇軒……長得不像父親，會不會根本不是父親的兒子？

黑暗中，肖文卿陡然睜開了清明透澈的雙眸。宇軒如果是皇族某位男子不名譽的私生子，因為某種原因不被皇族接受，又因為某些人求情免於被處死，那麼被隱瞞出生放到丞相府中養是有可能的。

父親收養流著皇室血脈的私生子，為了表示對皇族的尊敬，就充當嫡子養，還耗盡心血將之培養成材。皇上是一國之君，眾皇子、皇孫之家長，和宇軒的父親私交又好，肯定知曉這件事情，看著那個不應該存在的男孩越來越成器，他便動了憐才之心，重用他，經常給予賞賜，算作一種補償。既然皇室當初就不要宇軒，以後肯定也不會公開宇軒的身世自打耳光。

不過是人都會有私心，丞相年紀越來越大，渴望讓自己真正的孩子繼承家門，而不是養子繼承，於是才會為過世多年的嫡長子過繼嫡長孫，在最後時刻讓嫡長孫名正言順地繼承凌家，讓沒有凌家血統的「嫡次子」宇軒帶著「凌」這個姓分出去，成為凌家旁系。丞相保住了秘密又保證了凌家真正的血脈傳承，不可謂一舉兩得。

這件事情，絕對不能讓宇軒知道，否則他會受到沈重打擊！

肖文卿目光堅毅冷靜。她從面相和皇上、丞相對宇軒的態度中推測出宇軒可能的身世了，不過為了保護宇軒，她絕不會揭開這個秘密。

——未完，待續，請看文創風426《追夫心切》3（完結篇）

2016年6月出版

莫負蓁心

文創風 415～417

謝蓁怎麼也料想不到，分別多年，
竟是在京城見到這個當初不告而別的兒時玩伴，
而他，已是不同身分的人——

纏纏繞繞　密密織就情網／糖雪球

國公府的五姑娘謝蓁，隨著知府爹爹到青州赴任，
跟隔壁李家公子第一次見面，著實不是什麼愉快的記憶。
初見面她喊了他姊姊，又「不小心」摸了他一把，
嚇得他此後看到她就跟見鬼一樣，對她也總是愛理不理，
謝蓁可不氣餒，一口一聲小玉哥哥，
總是不依不饒的跟著他屁股後頭跑，笑嘻嘻的說喜歡他。
他們一起走失，一起被綁架，一起平安回家，也算是患難與共了，
從此兩人常隔著牆頭鬥嘴聊天，關係比起從前好上不少。
他約她放風箏那日，她以為他們是好朋友了，
沒想到他卻爽約了，讓她空等一整天。
連舉家搬遷這等大事都未曾提及，從此沒了音信，
難道，他就真的那麼討厭她嗎……

2016年5月出版

我的駙馬很腹黑

文創風 408～409

她，當朝皇帝的嫡長公主，自從來到邊關、憑女兒身立下戰功，
大靖朝無人不知這位威名赫赫的女戰神，她無心朝政但功高震主，
新帝一旨下來，她莫名被指婚，還指給一個無用的胖子?!

愛情變調 真心不移

詼諧機智的愛情角力 意料不到的精采對決／**柳色**

司馬妧，本是大靖朝最尊貴的嫡長公主，只是父皇不疼、母后早逝，
她幼時便自請跟隨外祖父樓大將軍常駐邊關，
雖是女兒身，卻能立下戰功，成了赫赫有名的邊關女戰神；
不過，平靜的日子在她那位不親的太子皇兄遇難之後便沒了，
新帝登基，最忌憚這身分尊貴、外家顯赫又把持軍權的長公主，
於是一道指婚下來，命她速速回京成親——
下屬、家人都為她抱不平，只有司馬妧對於婚事心如止水，
人嘛，成個親有什麼了不起？橫豎她又不會被丈夫欺負，
只是換個地方過日子，有何關係？
況且新帝為她百般挑選的對象，據說吃喝嫖賭無一不精，
家世良好卻不學無術，最重要的是——胖得不忍卒睹！
天哪～～這位顧家公子簡直是老天賜給她的大禮，
因為她雖然貴為公主，卻自小有個不能說、只能忍的祕密，
而未婚夫君恰恰能滿足她的癖好，令她愛不釋「手」呀……

成親好難

文創風 406～407

他俊美無儔，群芳爭睹，炙手可熱的程度直比衛玠，
偏偏他長情得很，打小就對她情根深種，只喜愛她一人，
除卻她，誰都無法令他動情，若能娶她為妻，此生無憾矣……

所謂伊人，在水一方／夏語墨

沈珍珍雖是個姨娘生的庶女，可卻自小就被養在嫡母身邊，
嫡母養她跟養眼珠似的，那是打心裡寵著、溺著，就差捧在手裡了，
說真的，從小到大，她的小日子過得實在是極其愜意無比啊！
可突然間，那高高在上的皇帝老兒卻下了道配婚令——
女子滿十二歲，男子滿十五歲，須於一年內訂婚，一年半內行嫁娶之禮！
這配婚令一出，立即引起了軒然大波，家家戶戶是雞飛狗跳、忙著說親，
眼看著她的婚事是迫在眉睫了，可問題是，這新郎倌連個影子都沒啊！
就在此時，長興侯的庶長子兼她大哥的同窗摯友陳益和居然求娶她來了！
這個人沈珍珍是知道的，為人聰慧內斂又知進取，日後定有一番大作為，
不過，在建功立業而立身揚名之前，他卻先因顏值爆表成了談資，
全因他堂堂一個大男人，卻生了張傾國傾城、比她還美的臉，
甚至，他還登上了西京美郎君畫冊，成為城裡眾女眼中的香餑餑，
就連皇帝的愛女安城公主都為他著迷不已，求著皇帝招他當駙馬，
嘖嘖嘖，他這麼做，豈不是為她招妒恨來著嗎？
可眼下看來，他是最佳人選了，要不……她就湊合著嫁吧？

暖心小閨女

文創風 398～400

「五哥，我只恨不是男兒身，
不能回報你一二。」
唉，幸好妳不是男兒身呢！
這傻丫頭，究竟啥時才能開竅啊？

兒女情長 豪情壯闊／醺風微醉

從鬼門關前走了一遭，姚姒重新回到九歲那一年，
這一年母親遭人陷害葬身火窟，她因而被祖母幽禁長達數年，
唯一的姊姊抑鬱寡歡以終，最終她也心如死灰，遁入空門……
所幸重生一回，而今禍事尚未發生，母親仍然活著，
偏偏府裡各懷鬼胎的親戚、包藏禍心的下人依舊存在，
唯有提前布局，才能護著母親、姊姊一世平安，
豈料當她揭開層層謎團後，這才發現──
原來前世母親的死，竟牽扯上龐大的朝堂陰謀，
憑她一個閨閣女兒想要力挽狂瀾，無疑是螳臂擋車！
然而都死過一回了，她還有什麼好害怕的？
只要能帶著母親逃出生天，哪怕墜入地獄也在所不惜！

追夫心切 2

國家圖書館出版品預行編目資料

追夫心切 / 江邊晨露著. --
初版. -- 臺北市 : 狗屋, 2016.07
冊 ; 公分. --（文創風）
ISBN 978-986-328-610-3（第2冊 : 平裝）. --

857.7　　　　105008041

著作者	江邊晨露
編輯	王佳薇
校對	沈毓萍　周貝桂
發行所	狗屋出版社有限公司
地址	台北市104中山區龍江路71巷15號1樓
電話	02-2776-5889～0
發行字號	局版台業字845號
法律顧問	蕭雄淋律師
總經銷	知遠文化事業有限公司
電話	02-2664-8800
初版	2016年7月
國際書碼	ISBN-13　978-986-328-610-3
原著書名	**《侍卫大人，娶我好吗》**，由北京晉江原創網絡科技有限公司授權出版

定價250元

狗屋劃撥帳號：19001626

網址：love.doghouse.com.tw　E-mail：love@doghouse.com.tw